欣梦享
ENJOY LIVING

# 夜叔

三侗岸

SanDongAn

著

海峡出版发行集团 | 海峡文艺出版社

图书在版编目（CIP）数据

蚕枝 / 三侗岸著. — 福州：海峡文艺出版社，
2022.10
 ISBN 978-7-5550-3119-2

 I. ①蚕… Ⅱ. ①三… Ⅲ. ①长篇小说－中国－当代
Ⅳ. ① I247.5

中国版本图书馆 CIP 数据核字 (2022) 第 151191 号

# 蚕　枝

三侗岸　著

| 出 版 人 | 林　滨 |
| --- | --- |
| 出版统筹 | 李亚丽 |
| 责任编辑 | 邱戈琴 |
| 编辑助理 | 王清云 |
| 特约监制 | 杨　琴 |
| 特约策划 | 浅　月 |
| 出版发行 | 海峡文艺出版社 |
| 经　　销 | 福建新华发行（集团）有限责任公司 |
| 社　　址 | 福州市东水路 76 号 14 层 |
| 发 行 部 | 0591—87536797 |
| 印　　刷 | 三河市兴博印务有限公司 |
| 厂　　址 | 河北省廊坊市三河市杨庄镇大窝头村西 |
| 开　　本 | 880 毫米 ×1230 毫米　1/32 |
| 字　　数 | 267 千字 |
| 印　　张 | 9 |
| 版　　次 | 2022 年 10 月第 1 版 |
| 印　　次 | 2022 年 10 月第 1 次印刷 |
| 书　　号 | ISBN 978-7-5550-3119-2 |
| 定　　价 | 49.80 元 |

如发现印装质量问题，请寄承印厂调换

# 目录

CONTENTS

001 第一章 × 回顾·青涩雨季
CHAPTER 1

022 第二章 × 冤家·发光发热
CHAPTER 2

045 第三章 × 相处·慌张跳动
CHAPTER 3

065 第四章 × 混乱·似真似假
CHAPTER 4

084 第五章 × 确定·初开之花
CHAPTER 5

108 第六章 × 溯回·成熟岁月
CHAPTER 6

# 目录

CONTENTS

135　第七章　×　变化·恶性花蕊
　　　CHAPTER 7

156　第八章　×　风云·苏醒时分
　　　CHAPTER 8

180　第九章　×　难坎·萎靡下坠
　　　CHAPTER 9

202　第十章　×　梦魇·黑色纸张
　　　CHAPTER 10

223　第十一章　×　现今·破茧化蝶
　　　CHAPTER 11

241　第十二章　×　结·我们仨
　　　CHAPTER 12

277　番　外

# 第一章
CHAPTER 1

## 回顾
### 青涩雨季

枝道最终回了春城。

李英和枝盛国说该回去了。她收拾了几身衣服和日用品，坐着绿皮火车回来了。

两年时间过去了，屋子里都是腐朽和霉菌的味，光线打了折扣。

枝道用新扫把扫去地板灰，又跪在地上拿抹布清除污垢。李英挑去蜘蛛网，枝盛国拖地。两个人倒在沙发上喘气，枝道倒了三杯水放在茶几上。

"好女儿。"枝盛国拿起来。

李英也拿起一杯水："我生的女儿。"她喝了两口水放下杯子，看了看枝道的脸，问道："在这儿准备干什么？"

枝道握着水杯的手指交叉着，说道："我去看看招不招收银员。"

李英下意识地双肩上扬，又缓缓放下来，仿佛胸腔有浊气排出，她点点头："随你。"

过了一会儿，枝盛国不会用新买的烧水器，叫李英帮着弄弄。李英一步一步地教他，最后问："明白了吗？"

枝道松开十指，一下把水喝光了。

枝道在小区附近的超市做收银员。

学历不限、干活勤快、男女无差、十八周岁以上，超市离家挺近的。

工作了三个月，她对单调的工作已经习惯：打理货架，备好补货，勤劳卫生，不落诟病，兢兢业业地工作着。隔壁邻居的孩子徐光喜欢让枝道辅导作业，今天翻开一页，问她："'知道'的近义词是'明白'吗？"

"姐姐？"徐光伸手在枝道的眼前晃了晃。枝道抓住他的小手，说："是。"徐光填好答案，向她告别，回家吃饭去了。

今天下了雨，像是在下小石头，公路被砸得直叫唤。

见超市里的顾客少了，枝道刷起搞笑视频，过了十秒钟，食指向上滑，又过了十秒钟，食指向上滑。

超市的透明门帘突然被人拉开，雨声钻进她耳朵，不一会儿又消失了。

这么大的雨。枝道往右偏过头去，朝门口看了一眼。看见人了，她垂下眼睛，头往左偏，右手收拢，后来她又往门口看了一眼，很快收回来。最后低下头，短视频还在循环播放。

进来的顾客撑着一把黑伞，肩膀湿出一个三角形，灰色的帽檐洇出深色。他斯文地收好伞靠在墙边，用手摸了摸衣服湿了的地方，是个身高腿长的俊俏男人。男人直视前方，拐个弯儿，进了超市深处。

枝道的手开始发抖，她把手机放在玻璃柜台上，双手紧握。

玻璃柜台里摆满了香烟。她低着头，下巴上的肉叠出两层，眼睛直勾勾地看着香烟上的红字。

"姐姐。"他的手指纤长，拂过她手上的黑色禁束。

春城太小，还是碰到了，枝道不想碰到他，这个想法在脑子里盘踞了两年。她的手肘抵在柜台上，用手掌捂住脸，闭上眼睛又睁开，如此反复。

脚步声近了，像纸落在地上。枝道握着扫码枪的手又开始发抖，腿也开始颤抖起来，她深吸一口气，用力跺了跺脚。

一提抽纸放在柜台上。

枝道低着头:"二十九块八。"枝道能看见他衣服上的一串白色品牌标志。他从兜里拿出一张一百元人民币,递给她。

蓦然想起他的名字与她有一种说不清道不明的联系——明白。一句在她心里千千万万遍被重复烂了的话一下开封了:明白,浑蛋。

不想和他有肢体上的接触,枝道愣了一会儿,翻到纸巾的货码,扫码枪扫过去的那一秒钟,她抬头看了他一眼。他似昔人,又不是昔人。男人的面相惹人怜爱,也多了几分成熟,身高见长,身形比例抓人。以前是三七偏分的头发,现在推了平头,精致的五官更令人瞩目了。还是怕,她怕一个突然闯进她的生活,让她的青春变了样的人。但她承认,两年了,令她胆怯的人,依然眉眼如潺潺流水,似有万水千山奔赴。

枝道扫完码,将纸巾搁在原处。她看向他的手,一只曾滑进她指缝间的手,指尖呈淡粉色,白玉无瑕的手掌上躺着一张崭新的红色钞票。她捏着钞票的一角,很快收进储钱柜。

他没有做出令双方难堪的动作。或许他已经放下了,枝道想。不再偏执地反噬她、威胁她、欺骗她、禁锢她。她找给他零钱,他摊着右手不肯来接。她只好把钱放在他的手上,离开时,手心被男人的指尖撩过。

痒,以前她喜欢用食指去钩他敏感的手心。枝道的双手放在背后,不纠结他是故意的还是不经意的。她转身坐下来,没对顾客说"慢走",只是看着窗外的雨下得森冷。

门帘又被人拉开了。雨声钻进她耳朵,不一会儿又消失了。

一个小时后,枝道起身走到货架旁,在一排镜子里拿起一面,照了照。以前她剪了个好学生头,刘海儿直到眉毛,发尾直到脖颈。现在她一头褐色波浪,眉毛用棕色的眉笔涂得一高一低,眼睛浮肿,没气色的脸上,遮瑕膏也对黑眼圈没辙,眼睛稍显无神,二十岁的女人和老房子一样霉烂。

把镜子放回原位,枝道松了一口气之后,觉得心头有点儿闷。她想,或许他没有认出来。过了一会儿,她又想,没认出来就好。

枝道点了根烟。抽烟不好,现在她断断续续地戒烟。

偶尔抓抓头发，没命地三四根烟连着抽。一边咳一边抽，抽完烟，习惯性地闻闻手里的烟味。烟也好，可以除去一些烦恼。

真的是他。想完这句话，她已经抽完一根。

枝道咳了两声，声音有点儿沙哑，她走出柜台，左手撩起一片门帘。把烟头扔到门外，用鞋底踩了两下，拿开脚，黄色的烟头扁了，烟灰被雨水带走。她甩甩皮革鞋上的雨水，抬头看了眼乌沉沉的天。

"枝道，今天有打折吗？"邻居撑着伞路过，随口一问。

"今天没有。"枝道放下门帘，走进黑乎乎的店里。拿过手机，她又以十秒钟一次的滑动频率刷起短视频。

不知道几个十秒钟过去，雨停了。她把门帘捆好，露出门外雨过洗尘的清秀景色。

"我刚碰到帅哥了。"在同城上大学的田喜周末回来，手里拎着一个包，笑得比外面的阳光还灿烂，"真的，这辈子没见过这么帅的。"

枝道坐在椅子上，撑着脸："多帅？"

"我要是能形容出来，高考作文也不止这点儿分。"田喜无法用语言表达激动的心情，只能尽力描述过程。

"就在小区的门口。我拿完快递塞进包里，拉好拉链，一抬头，我的天！一下子我就傻了，手心都开始出汗。他提着一包卫生纸，腿长肤白，脸真的长得……"她点着头，双手由衷地做了个赞的手势。田喜又纠结地说道，"不知道他有没有女朋友。"

枝道瞟着田喜："你妈能让你谈恋爱？"

田喜："我喜欢，管她呢。"

有些话题只要一说"我喜欢""我愿意"，似乎就很难反驳了。枝道不接话，拿出了抽屉里的塑料打火机。

田喜拿了一瓶洗发水，一边走向收银台，一边叹息："好想跟帅哥谈恋爱，肯定贼过瘾。"

枝道垂眸，接过洗发水扫码："会很累。"

"我一看脸就气不起来，还怎么累？"田喜是个十足的颜控。

田喜一眼看到枝道放在柜台上的手机屏幕，声音低下来："你又刷小视频。"

枝道把页面退出来，手机刚黑屏，就听田喜问："枝道，你才二十岁。怎么不读大学就出来工作了？"

枝道让田喜打开付款二维码："上学没意思，就不上了。"

田喜把二维码对准枝道，脸色有些阴沉："多少人想上还上不了。"扫完码，她收回手机放进兜里，又说，"跟你说帅哥你也没兴趣。"

枝道低着头，右手玩着打火机，声音有点儿嘶哑："因为我高贵，男人配不上。"

田喜停顿了一下："那谁配得上？"

枝道眼前一瞬间闪过的是一顶灰色的帽子，在教室门口。她把打火机放回原位，模糊地记起那段令人战栗又愉悦的日子。

沉默了一会儿，田喜又想到刚才那个惊艳到她的人，忍不住念叨："而且那个帅哥看起来好阳光。"

枝道笑笑，是真的不接话了。以前也是这样。老师、同学、家长、周围的人，大家都觉得他不是坏孩子，不相信他的皮囊之下有极端的另一面。

枝道迟钝地抬起手，摸到了左边耳垂，捏了捏。只有她知道。

晚上十一点，超市关门。

枝道整理完收银台，跟老板说再见，掀开门帘。

小区逐渐破败，池塘干涸，杂草满地，木头搭的凉亭上，藤蔓爬满木头，木头发绿。草坪缺斤短两，路灯亮一个暗一个。两年的时间里，时间砍走漂亮的衣服，留下一批残破的骨架。

曾经走过的街道小路，背熟的店铺门牌，按出指印的门钮和走过无数次的十字路口。枝道站住，抬头，仰视四单元第七层楼。黑漆漆的四格窗户，这里旧得好像从没有人来过。

枝道摸黑回家，她捏着包带，夜风里指尖微凉。

进了小区拐弯，绕过草坪，再拐弯，前面是凉亭和池塘。单元门是老式的铁门，十几条镂空竖杠，住户门按钮上的数字脱落很多。最高七层，只有楼梯。

路过凉亭，她掏出钥匙，把钥匙圈在食指上，一阵阵响。声控灯在远方，她跺了下脚，灯亮起来。灯光昏黄，照得周遭的事物有些模糊。再走近些，有一个人，背对着她，很高，低着头，衣着不明。

枝道对陌生人不再感兴趣，她绕过那个人走到门前，挑出钥匙后弯下腰，把钥匙对准锁孔。所有的锁齿对上，她往右扭动，门锁咔嚓一声。她直起腰，手握住门把手，脖颈突然感到一阵潮热，湿湿的。她摸过去，还没摸到地方，就闻到熟悉的气息，顺着鼻腔吸入肺叶。她又想咳嗽了，枝道的双臂紧缩，嘴唇有点儿发抖。

他凑到她的耳边，热热的气息传入耳朵："好久不见。"声音冷漠，音尾像有把钩子。

枝道的沉静被钩得七零八碎。咳嗽两声，声音嘶哑，抽烟的嗓子有沙沙的杂音。她低下头，说："好久不见。"

他绕到她的身前，枝道退后两步。蝉鸣得厉害，她被叫得发晕，灯光也晃眼，她低眉顺眼，晃着晃着，一下子听不到声音了。

"枝道——"

枝道慢慢地抬头，他的衣服在眼前。她看着他的衣服，说："什么？"

声控灯突然暗掉，他的脸在黑夜里看不清。隔了一会儿，枝道听见他问她："刚回来？"

枝道点了下头，右手抓住门把手，手肘用力。他的动作更快，手一推门又锁上了。她的五指动了动，没说话，手放回腿侧，偏着眼看向一棵茶花树。

清楚地看了她很久，风在中间穿梭自如。她额头的一缕头发被吹起来，他看着她的头发落下来，心情也平复下来，右手把她的乱发别回耳后："怎么不说话？"

枝道侧脸，躲开他的触碰。张了张嘴，还是什么都说不出。

说什么？谈谈以前？不想谈。

他脸色有点儿阴沉，语气还是很温柔："回来了怎么不说一声？"

见她不说话，明白接着说："我去南方找你，没找到。"

枝道摸了摸上臂，想南方、北方。北方有一所北一，他现在应该在读北一，怎么来春城……

话说得多了。他停顿一下，声音也沉下来："我没同意分手。"

枝道偏着头，看向他："嗯。"认可就是最好的反驳。

有人回家，从她的身后走过来。中年人打量两眼站在门前的两个人，跺了一下脚，声控灯亮了起来，光线一下漫开。枝道便看清了他的脸，精致的脸庞，舒服的眉眼，比水柔软。外表无害，眼睛很大，她被这双眼睛折磨了很久。

中年人把门拉开，门自动地关上，门关上的一声巨响后，枝道听见他说："枝道，我错了。"他对她油盐不进的态度慌了。

枝道摸了摸左耳，一阵沉默后，说："你不回家吗？"

明白："我哪儿来的家？"

枝道又沉默下来。眼睛看向了他的裤脚，他穿了条灰色的宽松长裤，看上去很休闲的感觉。

枝道想，对陌生人应该用熟稔的口吻才有礼貌，才显得她是真的过去了。她握紧包带，认真地与他对视："我忘了，恭喜你考上北一，以前就觉得你是个天才，现在读什么专业？"

这次换他沉默了。他只是看着枝道，嘴唇抿着。

枝道笑着："肯定是金牌专业。真让人羡……"

他掐住枝道的下巴，眼神凌厉："我才羡慕你，一声不吭，说走就走。"她的话一下卡在喉咙。

"走得这么轻松。"他的脸贴近枝道，鼻息交濡，阴影越来越浓，"你知道我最忘不了什么吗？"

"那天我拿着通知书找你，敲了一天的门，打了两百多个电话。最后有人告诉我，你家把房子卖了。"他的眼神越来越冷，"我真该折断你的腿。"

枝道闭了一下眼睛："那当初怎么不下手？"

闪电劈向骨头，明白猛地回到现实，阴霾之色散去。他慢慢地放开她,后退了一步,看起来颇为后悔。

"你别放心上,我乱说的。"他开始转移话题,"回来常住吗?"

枝道不想和他缠下去了,又把钥匙放进锁孔。她无奈地低声说道:"好聚好散,好不好?"

他停顿了一下:"只有好聚,没有好散。"

枝道败下阵来,她感到轻微头痛。她抬手,用大拇指按了按太阳穴说:"有事明天再说。"

明白瞥了一眼,拿出手机,解锁后直接点开电话拨号界面:"手机号码说一下。"

枝道的沉默让他皱起眉头。明白直视着她,摇了摇手机,固执得很:"号码给我吧。"

枝道长长地一叹,只有她一个人听见。枝道迅速报了一串十一位数字,他一个一个地敲打。她开门的速度没敌过他打字的速度,嘭的一下,单元门又被一只手关上了。她的领子被他拎住。

"您所拨打的号码是空号……"电子音在安静的空气里显得吵闹。

"骗我?"

枝道编了个蹩脚的借口:"手机昨天掉进厕所了。"

沉默了一会儿,他却出乎意料地放开了她,声音温和:"你不说没关系,明天我去找你。"

枝道想拒绝,他却转身走了,用后背告诉她:明天见。枝道愣在原地,捏着钥匙的手有点儿乏力,她把重心放在腿上,后脖颈突然细细碎碎地痒起来了。她记得他的气息:一朵恶之花,越腐烂越美丽。

枝道转身,望着他的背影,影子在地上一现一没,很快灯暗了,他的人也不见了。

她放眼望去,四单元门前的灯亮了。接着,楼道的灯一层一层地点亮。她抬眼看到第七层也亮了。接着,那扇黑乎乎的四格窗户也亮了,人影在窗子上晃着。枝道伸出右手,大拇指和食指比出一个圈,一点一点地圈住那个人影,圈住过往。曾经,四单元七楼住着一个少年。他叫明白,跟她一样取名不幸,是个浑蛋。

四单元七楼有人在搬家。枝道隔着客厅的窗户看了一眼,对李英说:"妈,有人住进去了。"

李英看着电视剧:"你关心这个干吗?"

读高三的枝道双臂支在窗栏上,眼睛往下望,四单元门口进进出出的人络绎不绝。

她理理头发:"我就好奇。"后来她想,好奇心害死猫。

小康家庭,老来得子。枝道在家和学校一直都过得无忧无虑。父母宠溺,她活泼乐观,因此有不少朋友。但她的内心也很叛逆,别人都喜欢漂亮的东西、漂亮的人,她却特立独行。

班里的女生追星,收藏帅气男明星的海报,她心里满满的不屑,虽然她也喜欢帅气的人,但更看重才智。与朋友谈起这个话题,她便说:"一个男的再好看,还能长成哪吒不成?他是脚踩风火轮还是手拿混天绫?"

枝道强调,哪吒是最帅的,没人能帅过他。

"那小白龙呢?"

枝道抬头道:"……哪吒更狂野。"

初中时,枝道爱胡思乱想,无心学习便上课睡觉、看小说,成绩一落千丈。中考结束,被她妈语重心长地教育了一番。枝道跪在地上,哭着抹眼泪,说一定好好学习,再也不让父母担心。

李英:"爸爸妈妈砸锅卖铁都要把你送去上个好高中的。你知道爸爸妈妈的能力就在这儿了,钱来得不容易,借了一个多月,嘴都求干了,进去后你要为你自己争气。"

枝道的眼泪流进嘴里:"妈,我再也不贪玩了。"

一中是春城最好的高中,也有三个等级——平行班、飞机班和火箭班。

每个学年结束,都有一次分班的机会。文理科的火箭班各设三个班,一班最好,按文理分科前的成绩,年级前四十名才能进去。文理科的飞机班各四个,剩下就是平行班。而枝道被分到二十五班——平行班。

进校时,枝道的名次是第1003名,她的目标是上火箭班,这意味着要在文理分科前闯进年级前 120 名。然而，学习成绩一落千丈容易，想追回去却不是定个目标就可以做到的。这个愿望毫无意外地落空了，枝道只能继续努力。

巨大的挑战使她付出比常人更多的精力和时间在学习上。鸡鸣时刻，她便拿着单词本和笔记在公交车上背知识点，晚上做题直到凌晨，一下课就追着老师问问题。强者必然要孤独。枝道为了补上之前落下的功课，和时间修行。早中晚的吃饭时间，都是边吃面包边捏着书背诵。有时在厕所背诵，背得很快，吓得隔间的女孩以为她在念经。

某天放学，公交站牌下喧闹的众人都松了神，只有她拧着筋，孤独地看书。校园内的话题无非围绕老师、学长学姐、风云人物，人人八卦得有滋有味。周围等车的学生很多，即便她静心看书，也会听进几句令人感兴趣的话。

"那个男的是谁啊？"一个长发女生瞟了一眼，扯扯短发女生的衣袖。

一个站在站牌尾端，几乎被人群淹没的少年，肩宽个高，四肢修长。

短发女生很小声地道："不知道，上去问问？"

"算了算了，不好意思。"长发女生撞了撞她的肩，"真帅，没想到我们学校还有这种让人惊艳的帅哥。"

"转校生？以前都没见过。"

"我们去某吧问问？"

某吧，那时还是最火的论坛。

枝道十分平静。这个少年，她见过，第一次见是在开学报到结束后。他站在公交站牌背后，生怕被人发现，戴着帽子，始终低着头。

人流汹涌，枝道与他坐上同一辆公交车，无意间瞟到了他的侧脸，的确惊艳，耐人寻味。美貌比灵魂的引力快得多，灵魂需要几个来回，而美貌只需要一秒钟，你就知道你会不会被猛蹬一脚。

枝道愣了一下，这个少年的五官精巧，低垂的睫毛又长又翘，周身萦绕着一种说不清道不明的幽冷气质，皮肤无瑕，细嫩得令人心悸，仿佛吹口气就会晃荡，英气冷峻的男性面孔上给人几分柔和的感觉。很快，枝道恢复平静。但她承认，长得好看的人就像风暴之眼，普通人稍不留神，就有骨葬大风的危险。好比这个少年，见你看他，他便看过来，偏了点儿头，眼眉未动，无形中却总觉得他在引你而去。这让枝道生出一番很强的防卫感，她赶忙看向车窗外。

不需要枝道打听，公交站牌边的女生快把他的背景扒干净了。说他是初中部的风云人物，成绩优异，上了高中后依然在火箭班，受到许多女生的关注。枝道听了后，捂着嘴轻笑一声，心想也太夸张了，班里不会就两个人吧。

枝道并没听到他姓甚名谁。女生们太吵，影响背书，她听了一会儿就躲远了。她一心只想考进火箭班。

枝道对他最初的印象是高冷。有一次，枝道无意间站在他的身旁，司机一个急刹车，她没稳住，撞在了他的身上。一股微甜清新的洗衣液的香气袭进鼻腔，幽远尖利，她的肺叶顿时敏感得颤抖起来。她是气味控。

枝道有些失神，忙站回原位，对他抱歉地说了一句："对不起。"

他却什么都没说，没有给她一个眼神，径直往车厢后面走，好似她是病毒。留下枝道情不自禁地嘟囔着："挺高冷啊！"

到站了，夜晚的星空辽阔。枝道看他也在最后一站下车。少年的腿长，悠然地走在她前面。她的双眼睁大，看他拐了弯进了另一个门口——四单元。原来，他和她住在同一个小区。

枝道想了想，可能因为他们之前上的不是同一个初中，班车不一样，所以以前没碰见过。这事让她震惊了一下，随后也淡去了。那时，枝道没想到会与这个少年有交集，也从未想到与他会有任何关系。平时他们在车上相遇的次数不多，那次刹车是两个人最近的距离。

她没有留意他，只想好好学习。

学习难搞。枝道明白天赋是学习的一部分，而她的资质平凡，所以要靠千百倍的勤奋。每天白天，她的时间全给了书本和练习册。晚上点灯苦读,累了困了,就掐自己一下,每晚定好明天的计划,什么安排都有条不紊。

高二下学期期末大考,她终于以理科第一百二十名的成绩进入二班。枝道的父母知道了,便带她去北方游玩了两天三夜,顺便提前给她庆祝两个月后的十八岁生日。坐着电缆车,乘着风,枝道十分享受这种有成就的感觉。

后来没上成大学,她没想到。

全家旅游回来时,枝道又见到了"公交车少年"。他刚扔完垃圾,戴着帽子,帽檐压得很低,没看清脸。

与他的纠葛,她也没想到。

高三的枝道活泼,性格外向,一天下来跟班里的大多数女生都混熟了,主动负责擦黑板、换水和打扫教室卫生,老师觉得这个孩子心地不错,做事积极,便让她当了副班长。

班级一共四十人,枝道和每个同学几乎都能说上话聊聊天,除了明白。在班里见到这个"公交车少年",她愣了一下。对他在全校知名的传闻算是含糊地了解后,她对这个少年有深深的距离感。一是他的外表冷峻,令人不敢主动跟他说话;二是他的眉眼真的勾人,跟偷了个雷公住进眼里似的。

说起明白,新学期大家自我介绍时,班里人因他和枝道的名字笑了好一阵,还编起段子。

"先说明一下,我不是口吃。我知道枝道明白明白。"

"明白,你明白了吗?枝道,我知道了。哈哈哈……"

害得枝道多看了明白两眼,以为他的名字也是父母随便取的,不禁摇摇头,唉!同病相怜。

高冷的明白,她接触得很少。只站在他旁边一小会儿,便觉得到了冬天。从别人的口中,枝道听说他虽然长得好,但为人孤僻,不与人来往,冷淡、话少,其他人不敢轻易上前搭话。可奈何他长得好看,再加上一件件听起来夸张和令人唏嘘的事,一下把明白给捧红了。但枝道一向"避红而行",生怕惹事端,也不自讨没趣,跟冰山讲话。除了学校、班级的事,她很少与明白有交流。说过的话,五根手指头,数完了。

那时学校还有一个红人——英语老师茉荷。

二十四五岁,肤白貌美,声音也甜美,很受学生欢迎。

枝道也喜欢茉老师。第一,她讲课有趣易懂;第二,她是视觉盛宴。谁不爱看漂亮的生物?枝道有时候偷摸打量茉荷的身材,打量完,多次感叹。她什么时候也能长这么大啊?

枝道的小脸白净、乖巧,仿佛鸡蛋刚剥壳。或许是因为正值青春,内心总有点儿对未知事物的悸动。说起茉荷老师,要翻到那天。枝道撞见明白和茉荷的误会——从此也扯下了她命运的拉链。

那时已经放学,枝道留在教室里,假意收拾书。等人走光了,她偷偷摸摸地跑到老师办公室翻看英语成绩。现在想来,肠子都悔青了。

办公室的门外,枝道蹑手蹑脚,左顾右盼地推开门后,锁定目标。刚一跨进去,不远处的一幕吓得她差点儿离开这个世界。刺……刺刺刺激。枝道不由得心跳漏跳了几拍,瞳孔放大。茉荷的椅子上,端端正正地坐着一个俊俏少年,这个少年,她熟悉。这没什么好大惊小怪的。如果这个少年不是名叫明白,不是班里清冷疏离的明白,这份惊讶会少那么一点儿反差感。这也没什么好大惊小怪的。但若不是明白面前的办公桌边,有个背对着她的茉荷。

枝道是想走,可……少年被发丝遮住,那张好看的脸一下子从茉荷的身后偏头露出,眼神凌厉,如飞箭般盯着她。她顿时愣在原地,又看了两眼。茉荷的波浪卷发披在背上,因为她的抽泣而颤抖着。明白的神色漠然,他突然开口,嘴唇翘起小小的弧度,音色清朗:"老师?"

猛地,枝道仿佛被雷劈中,她喘着气,拿起书包拔腿就跑。明白缓缓回过神。茉荷伤心过度,他来送作业本,本想安慰她几句,却被她强行按在座位上批改作业,还没来得及站起来,就被人突然看到。他感到烦躁,按了按太阳穴。

这边,枝道吓得边跑边拍心口。明白的眼神太吓人了,若她像砧板上奄奄一息的鱼,那他就是把又厚又重的砍骨刀。暗自给自己壮一下胆,枝道稀里糊涂地走到一条小道。她慢慢平复下来,想着明天装傻,躲远点儿,以后要跟他保持五米以上的距离,两个人顺其自然地忘掉这件事儿就好。

正想着,右臂的校服突然被两根手指头捏起来,大力扯向高大的树丛。

那时,天微微黑下来,枝道尖叫一声。那个人不耐烦地道:"闭嘴。"

枝道一下听出来是谁了。明白的声音,最有辨识度。清澈,字正腔圆的一口普通话,口音偏嫩。枝道胆怯地下意识地吞了一口口水,缩着身子。他怎么就追上来了?枝道低头看了看。男生穿着校裤的双腿修长,校裤高出脚踝一截儿。她的校裤都是找阿姨重新裁短,别人长到拖地的校裤对他来说竟然短了?难怪,小短腿肯定跑不过他。所……所以……他……他要干吗?枝道的心里话都在颤抖着。

以前,枝道虽然觉得他高冷,但也没往坏处想,潜意识里还认为他人畜无害:不打架,不抽烟,不喝酒,是个乖乖的好学生。可现在,那眼神……

等等……他的身上好香,她又闻到了。枝道看校服的衣袖被扯出一个三角形,壮胆看向他。他的眼神已经变得温和,可她有些后怕,忙撇清:"明白同学,我刚刚什么都没看见。"他的神色未变。

"不不不,我……"枝道慌乱地摆摆手。

他轻轻挑了挑眉。完蛋了……她太紧张了,完了。

那一刻,枝道真想遁地。她在结巴什么?!

"我……我的意思是……"枝道仰头鼓足勇气看他,"你别惹我,否则……我就告诉我妈,我还去告诉校长。我跟你说,我在广播站,你最好小心点儿。信不信我在广播站传你的事,一天一夜循环播……播放……让……让你……"枝道气势磅礴,声音越说越小。

只因为对面的少年突然伸出手,趁她不注意,捏住她左边的耳垂,稍稍用力扯了一下。

疼。枝道打了一个激灵,害怕地不敢说话了。这次,枝道害怕到了极点，双腿轻轻打战。他刚才揪她的耳朵？真的太过分了。

"告状？"明白轻声问。

"没……没，我的意思是，告诉……告诉我妈明白在班上成绩优异，是我学习的好榜样，您听错了。"枝道笑了笑。

明白还是那副冷漠的样子："广播站？"

枝道连忙一拍手："我在广播说传你的事，就是夸你。你误会了。"

明白："夸我什么？"

他也忒不要脸了，这是变着法威胁她夸他。无耻！她也是个有尊严、有脾气的人，想听她夸他，呵呵，下辈子吧！

眼看明白又伸手过来……她这怕疼的体质一下子抗拒得浑身颤抖起来。

枝道："就夸你帅气，学习好，身高高，手指长，头发短，校服干净这些啊！我这人就词穷，想不出形容词，你别介意啊！哈哈……"

明白："刚刚，你看错了。"

"对对对。刚刚发生了什么，唉，我怎么记不住了。哎呀，我这破记性就总要忘些特别——不重要的事。"加重某五个字的音量。

明白："嗯。"

枝道条件反射般地觉得耳朵一阵细微的疼，真是被他刚才的眼神与动作吓住了。枝道慢慢地低下了头，捂着耳朵。浑蛋！

如此这般，枝道提心吊胆地过了一周，枝道看他又回到那时的状态：对别人不理不睬，孤绝于世。

枝道长长地松了口气，太好了。陌生人关系，她很满意。

"喂，你觉不觉得……"课间，同桌的徐莹悄悄偏过头，低声说，"明白好帅啊！"

左耳疼，枝道捏了捏。她放下笔，轻轻抬眸，明白是英语课代表，正在讲台上低头清点试卷。他的神色清寥，抽条的身子早早发育，比穿高跟鞋的茉荷老师高出一个头。

枝道心虚，便抬高声音："我觉得还好啊！"

"小声点儿。"徐莹忙扯她的袖子。枝道一股气一下子就上来了，大家都被他的表面唬到了，其实他有多坏，她最清楚。浑蛋啊！浑蛋！

徐莹眼角的余光却不由得分给台上的少年，从发完试卷，到他一路回到座位，她才缓缓地收回眼神。她对枝道说明白长得难得地精致，令人意外的是他居然还有才华，之前在一场辩论赛上，平时冷漠不语的他居然条理清晰，字字戳人，辩得对方哑口无言，最终还得了个最佳辩手。

枝道长出了一口气，长得帅又怎样？她可不是什么外貌控，就是有点儿……气味控。

她是副班长，有时免不了和课代表有些接触。有一次，枝道一听老师让她和明白一起发试卷，整个人就差点儿裂开。两个人一前一后走到办公室前，枝道免不得站在他的身边，他不说话，只沉默地数着卷子。她尴尬地低着头不愿意看他，手背在身后，看着地面，内心焦躁，一直默念能不能数快点儿啊！

三十秒钟后，枝道轻轻嗅了嗅。他的身上……怎么会有香味呢？还是她喜欢的味道。枝道赶紧退后两步，抽了另外一张桌子上的试卷偷偷闻了闻。啊……好臭！少女露出愁眉苦脸的表情。过了一会儿，她又皱着眉头深吸两口气。臭就臭吧……宁愿臭着，她的鼻子里也不想有他的味道。自此，免不得要经过他的身边时，枝道都恨不得离得老远，如遇洪水猛兽，离远了才大松一口气。

一次月考结束，开家长会，本来没啥大事。可就那次家长会，枝道她妈偶然看见明白和他妈也坐同一辆公交后，心情跟怀了二胎似的，激动地拉着她就坐在他俩的背后，跟明白他妈聊起了天。

"明白这孩子这次考了年级第一，真聪明啊！不像我家的，班级倒数第二。"

又来了又来了，你夸别人家孩子就夸，踩自己孩子一脚干吗？枝道幽怨地看了李英一眼。

明白的妈妈叫明月。容貌清丽，三十几岁的年龄看起来就像二十几岁的姑娘一般，举手投足都带着优雅，像书画里的美人般，说话也是柔柔的："谢谢，你家孩子叫……"

李英："枝道。枝叶的枝，知道的道。"

明月轻轻地一笑："一个知道，一个明白。你家孩子跟我家孩子还挺有缘。"

枝道一听，双眼不由得一瞪。谁要跟这个浑蛋有缘分，谁要！搞笑呢，要是因为名字就要有缘分，她现在就去改名，改成枝不道，枝不晓，枝不明，都绝不可能叫枝道！

明月举止优雅，话少，很快便偏过头一言不发。李英也不自讨没趣，便没再聊天，看着窗外问了枝道几句晚上想吃什么。

公交车开到一半，路上一个急刹车，枝道忙握住前方的椅背稳住，身子却前倾。待回过神，少年已经贴回椅背，他们之间的距离有些近。抬眸间，枝道看到他白净修长的脖颈有着小小绒毛，黑发白肤泾渭分明，冷调的白色略略发青。灰色的帽子戴在他的头上，他低着头沉默寡言，跟他的母亲全程没有说一句话。

枝道下意识地轻轻嗅了嗅，立刻又慌张地捂住鼻子。又是那股香，浓而不腻，沉而不躁。枝道撤回身子，贴在椅背上。她摸了摸左耳，抿了下嘴唇，双手做成喇叭状放到嘴边，缓缓地贴近他身后，轻轻地张嘴，没有声音："明白，浑蛋。"

脖后一股暖暖的热气袭来，痒痒的，少年下意识地偏了头看过去。身后的少女见明白看过来，忙露出一副"你看我干吗，有病"的眼神一瞟，便偏过头佯装无事发生地看着窗外。明白面无表情地转了头，手指压了压帽檐，盖住一大半脸庞，交叉着双臂，散漫地靠在座椅上。

枝道的手，微微出汗。

期中考试结束后，枝道剪了短发。主要是因为李英念叨她梳头慢，每到早晨，母女间总有一个像烧炭时的火星般火急火燎。面包塞到枝道的书包夹层里，李英总催促她快跑。公交车总是不能慢点儿。时有迟到，老师旁敲侧击，李英便下令——剪了。

当天放学，枝道走进小区的第五个门店，她叫杰森老师随便剪剪。杰森本名陈强刚。二十分钟后，齐刘海儿，发尾短到下颌，直溜溜地被剪成一线，像个锅盖。杰森说她像个可爱的西瓜，枝道谢谢了他全家。

照照镜子，左右看了看，少女把头发撩到耳后露出全脸。杰森一拍手，说这样好看多了。

枝道的脸圆圆的，巴掌大点儿，有一个软软鼓鼓的下巴。一笑，眼睛就是个小月牙，胶原蛋白满溢。大人都喜欢揉她捏她那张软软的脸，一揉就泛红，有着耐人寻味的凌虐美。一个白糯糯的小个子女生，看起来很可口，仿佛撒了椰丝的雪媚娘。

回家以后，李英看了她半天，最后歪着头，皱了皱眉："……我觉得你还是长发好看。"枝道捂住胸口，微笑，忍住快要崩溃的血脉。

自从李英第一次替枝盛国参加家长会见到明白母子后，枝道感觉明白就跟李英的私生子似的。

放学后回到家，枝道刚放下书包，屁股在沙发上还没坐热，李英就问："枝道，你们班上那个叫明白的，这次班里多少名啊？"

"第一。"枝道喝着水，有点儿不耐烦。

"这孩子真聪明。"李英由衷地感叹道，"几次都考第一，那可真了不起。"

"呵……呵。"枝道干巴巴地笑起来。

期中考试后的家长会。很少参加家长会的李英竟然主动请求参加，回来就拿着成绩排名表，用红笔在明白那儿勾勾画画，然后下滑到倒数第二的位置，把枝道的名字画了个圈。

"你看看人家，数学满分。你咋才这点儿……"李英握着笔，用力地点了点纸。

枝道委屈地道："班上就他一个满分……"

"就他一个？"李英高兴得仿佛是她的儿子，"这孩子真厉害啊……"

枝道没有觉得郁闷，倒有那么点儿感激。因为李英高兴，把例行该骂她的事全忘了，就盯着成绩单上明白的一栏，笑得像个花痴的妇女。

枝道就纳闷儿，不知道她妈为啥这么高兴……该不会真是她的私生子吧。她的心猛地跳一下，枝道不由得仔细地打量李英——瞧这张脸也生不出来啊!她飞快地轻咳几声,低下头,不好意思再看李英。

有时,李英坐在沙发上打毛线,她吃着糖醋排骨看《动物世界》,李英会冒出一句来:"哎呀,明白这孩子,长得好看不说,成绩又好,看上去多乖的一个孩子,以后肯定出息得很。"

啥玩意儿?乖?嗯?这个词是跟他沾边儿的?

枝道舔了舔油腻腻的手指,瞟了一眼正乐呵呵的李英,露出不屑的表情。枝道狠狠地啃了块骨头,结果一下子磕着牙还咬到舌头。好疼,疼得眼泪一下子就下来了,她两眼泪汪汪地看着手里的食物,舔舔舌头上的伤口,"嘶"的一声,可又放不下糖醋排骨,只好抹把泪,抽泣着小心翼翼地啃骨头。再看了看还对明白念念不忘的李英……小孩子心性就一下上来了。

赶紧啃完糖醋排骨,枝道洗干净手,拿出抽屉里的黑色塑料袋套在头上,不开心地对着墙壁坐着。她抱着膝盖,说话大舌头。

"你赶紧找明白当你的女儿。我笨,我是从垃圾桶里捡来的,等会儿我就回家。你让他试你买的裙子,让他陪你唱《青藏高原》,让他陪你逛街,我就孤苦伶仃地坐在垃圾桶里等下一个妈来领养我。"

"你套个塑料袋干吗?"李英瞥了枝道一眼。

塑料袋因为呼吸在枝道的嘴边一收一放:"我闷死我自己,看你心疼不心疼。"

"好了……"李英笑得放下毛线,"我家枝道聪明绝顶得不得了,火箭班的才女,大才女一个。"

枝道一听,满足了,扯下塑料袋,神情傲娇:"火箭班是年级前一百多名才能进去的……"

"瞧你吃醋的那样。"李英笑着摇摇头。

明白高冷,班里的同学乃至全校学生都这样形容。

课余时间,无意地,她免不了听明白的同桌徐盛聊起他。说他一天说话不超过十句,别人下课聊天,他做题。他总是独来独往。吃午饭,体育组队,他都一个人,除了硬性要求,其他时间就坐在座位上看书做题，身边连个男性朋友都没有。

徐盛说："从来没见过他笑，就感觉……太冷漠了。我都不敢跟他搭话，连支笔都不想找他借。"又无奈地笑笑，"不想合群，他可能就这样……"

枝道一听，更胆寒了。枝道心疼地看了看徐盛，摇摇头又扬起嘴角，心中掠过一阵小庆幸：还好我不是他的同桌。

一放学，明白戴好帽子出了教室的门，把帽子压得很低，似乎不愿意让别人看他的脸。他总站在公交车站牌的最尾端，从来不插队，整个人如雾般，让人看不透，猜不着。

有时，她碰见明白站在走廊上吹风。微风扫动他额前的散发，慵懒的美少年正微微眯着眼睛仰起尖翘的下颔。如玉的脸颊上，被风吹红了鼻头。他的双臂悠然地搭在栏杆上，冬季校服显得并不厚重，身单影薄，像一枝干玫瑰。

明白突然偏头瞟向她，只是一秒钟，就又垂眸，像是不经意的。

枝道的脚趾猛地缩紧，心如火苗般一闪一闪地颤抖着，手不禁抚上左耳，轻轻摸了摸。

月考结束，枝道没有摆脱倒数第二的名次，连徐莹都开玩笑叫她"枝老二"。

枝道虽然表面上看着乐观，表现得无所谓，回来就紧锁房门，右手捶床，脸埋进枕头里哭得稀里哗啦。

不一会儿，她又振作起来，写了张便利贴贴在桌上，用了双面胶，看了很久才出门。

——不要气馁，不跌落悬崖你怎知道自己不是只雄鹰。

高三上学期，十月、十一月都平淡地过去了，眼看着离那个浑蛋远远地相安无事，为什么命运要狠狠地踹她一脚。

她整个人差点儿裂开。班级一次月考换一次座位，期中考试后的第一次月考后，枝道站在门口抱着书本，背着书包，等着根据成绩排名顺序一个个进去抽签排座位。全班四十个人，分成十组，一组四个人。

她倒数第二个进去，咽着口水看了看仅剩的两个位置，闭着眼睛不停地念叨："上天保佑我，十年寿命换此一劫。"她缓缓地伸出手，掏出来，再打开。低头，她看了看纸条上大大的"D1"两个字，再看看底下的那个人。看看纸条，再看看那个座位，再看看纸条……

"枝道？怎么了？"班主任凑过来看了看她手里的纸条。

枝道紧紧捏着纸条，扯出一个艰难的微笑："没事，老师。"

一步一步地，双腿灌铅般走向D1，全身竟难以克制地颤抖了两下。

明白起了身，让她进去，衣角缓缓刮过她的手背。她紧紧地挨着墙壁，眼神不敢往右，脚也不敢伸出那条三八线，写名字的手僵硬无比。

后来她将书本放进书包，不经意地瞟了右边一眼。少年正慵懒地伸着腰肢，手臂抬起，白色的毛衣扎进裤子里，不经意间露出一点儿腰，很白。

枝道的耳朵有些发热，她坐直身子。

## 第二章
CHAPTER 2

✕

# 冤家
## 发光发热

高三上学期那年的十二月份，枝道成为明白的同桌。

那一天，她感觉自己都要窒息了，比闷塑料袋还令人窒息的感觉。书封上的名字歪歪斜斜的，她的眼神飘飘忽忽的，总不敢往右偏一点儿距离，偶尔那个人的几缕发丝刚入眼，她便觉得耳朵疼。

从小到大，枝道都胆儿小。看见血腥图片，她的两腿就抖成筛子，晚上也不敢入睡，害怕做噩梦。枝道知道自己的性子，所以从不主动翻阅那些东西，若是真的不小心听见些恐怖的传闻，怕了便死死地咬着嘴唇不发出尖叫，默默地坐回座位低着头自己难过，她不想别人猜测说她矫情。

自从"耳朵事件"后，她看见明白就提心吊胆的，跟听恐怖故事没啥两样，一见他左耳便条件反射地假疼，总念叨着不能惹他，因此看起来有些畏畏缩缩的。她在内心辩解说，这叫"识时务者为俊杰"。正想着，丝丝的味儿又钻入鼻腔，她忍不住深吸一口气。一分钟后，她的耳朵红着，急忙用化学课本遮住脸庞。

第二天，枝道带了一瓶风油精。少女摩拳擦掌，一脸满足，左手按住瓶子，右手大拇指和食指放置在绿色的小瓶盖上，轻轻地，慢慢地，拧开一小截儿。

"拧回去。"

她偏着头，僵硬地瞧着身旁食指正放在鼻子下，面露不耐烦的神色，低着头看习题的少年。停顿了一会儿，她的左右手一时用力到骨节凸起，以恨不得毁天灭地的手劲愤愤地拧回瓶盖，话却柔得似云："好的呢。"并面带微笑。

枝道偷偷地瞪着这个隔绝于世又蛮横的浑蛋！她只好离他更远点儿，贴着墙壁像要陷进去般，她想，忍一会儿，忍一会儿，就跟拉屎一样，刚开始觉得臭，等适应以后就不会闻到了。于是直到鼻子渐渐习惯这种气味后，她才感到如释重负。

从这几天的相处来看，枝道对明白的惧意，不减反增。

农夫山泉是固定饮用水，他从不吃零食，不喝奶茶。枝道有时在食堂端着餐盘经过，不经意地低头，便意外地发现他的餐盘里，没有重口味和油多的食物，感觉他口味清淡得像个素食动物。他的早餐是雷打不动的一盒纯牛奶和一个酵母面包，固定在早自习开始前的五分钟内吃完，仿若成了规律。

相反，吃得慢吞吞的枝道便把头偷偷掩在书本下，在众人的朗读声中，一点一点地掰着面包从桌子下面拿起来塞进嘴里，鼓着脸颊含糊着混过去。

直到第三天，明白说："早自习别吃东西，影响别人。"

她顿时愣住了，咀嚼的动作停下来，一大口面包便整个吃下去，差点儿没被噎死。她瞅见那个人只冷淡地看着书，只好低着头郁闷地狠狠地扯着面包，大骂两句浑蛋。自此，多年的习惯，因为害怕他而被迫含泪终止。

浑蛋的笔盒里永远只有三支笔——红笔、黑笔、铅笔；书桌面整洁得每个地方都有指定分区；每本书连一个褶子都没有，若不是上面勾画的直线和文字，一眼看去还以为是本新书。

有时上课枝道跟不上老师的节奏，笔记没抄下来，便下意识地懊恼地往右瞟着，想偷摸看两眼。这不看不要紧，一看就……他的笔记也是规整地分区，丝毫不乱，笔记上的文字从来不会超过那条横线，令人发指的齐整，而且纸面干净，毫无划去错误的黑疤。这种大神的笔记，一般是脑子里已规划好了内容、分布、细节，才能胸有成竹地写下来，不留错痕。

枝道不由得看看自己哪儿有空就填在哪儿的杂乱笔记，莫名觉得脸颊一红。

不过，枝道又偷偷瞟了一眼，低眸……少年的侧脸线条精致如马夸特面具般，低垂的眼眸睫毛纤长翘动，脸颊光洁，唇线因为认真思考而抿成一条直线。他的手骨肉恰配，五指如竹，恰有嶙峋的风骨感，指甲略薄，白皙的手背上青脉微微鼓起。一只难得一见的漂亮右手正握着笔，线条利落。等等！他……他竟然比她还白？枝道瞪大了眼睛，不甘心地缓回情绪后，看着他一笔一笔地写下的字，眉头渐渐皱起来。他这字……这字……这也太丑了吧！像一群蜘蛛在地上疯狂打滚，真真儿白瞎了他的脸和手了。看不懂不说，还莫名有种看恐怖片的感觉，她顿时感觉后背一凉。

明白察觉到身边少女的眼神，轻轻一瞥，手没停："看什么？"

"没……"枝道赶紧挤出微笑，露出八颗牙齿，低着头，"哎，您写，您写。"

两个人做同桌的时间越长，接触他越多，枝道心里的问号便越滚越大。

她想，他该不会是个……变态吧？他除了上厕所和体育课，哪儿也不去。中午十二点下课，吃完饭，十二点二十分前他便一定回到座位上做题，放学就戴着帽子出门，一分钟都不停留。

一次，她吃辣条的时候不小心溅了小小一滴油在他的衣角上，他顿时皱着眉突兀地站起来，直直地盯着她。他的眼神如刀般锋利，她吓得忙颤抖着手把自己平时洗碗用的小瓶洗洁精递过去，一脸歉意："对不起……"

他漠然地快速接过去，然后在洗手台那儿不停地搓着衣角，上课铃声响了都还没回来。当他回来时,她看见他的校服上已经湿了一大片,油点的确是没了,但因摩擦得太厉害,衣服已经皱得不成样子。

他落座时瞟了她一眼,似乎要用眼神凌迟她。这……这也……太过分了吧。那一整天,道歉也不是,求和也不是。枝道都不敢看他一眼。这让她想起刚进班级时,班长让全班同学加入班群,隔了两三天了都没见明白进去。下课后,班长去问他,结果他居然一脸呆愣的表情,问班长 QQ 是什么。

嗯?枝道一脸问号。病态般的自律和洁癖,完美主义者,又很孤僻,这顿时让她想到以前徐莹给她讲过的一部电影,汉尼拔吃人的故事:一个变态杀人狂,伪装在正常生活里,却难免因一些过分的行为而露出马脚。

这……这不就是那个浑蛋吗?等等……汉尼拔!天啊!她不该想起来的……完了完了,啊!晚上又得做噩梦了。

少女郁郁寡欢地趴在桌子上。

总而言之,她对他的害怕,靠脑补足足又上升了一层。

明白是从不会主动和枝道搭话的,如上一个受害者所言,他太冷漠了。偶尔蹦出的几句都是课堂上的名言警句。别的同桌之间有说有笑,打打闹闹。就她那里跟提前入冬似的,两个人像是上辈子互砍进医院的仇人一样,冷到雪都觉得自己是暖的。

对于枝道这种总想说话的活泼少女而言,这种气氛无疑是非常压抑的,她一度以为是自己得了失语症。最憋屈的是她坐在靠墙的位子,想出去就得麻烦他,每次想到要轻声说一句"麻烦能让一下吗"就觉得难受,总觉得他是个大爷,而她跟个小丫鬟一样,弄得她想上厕所都只能憋着,还不是因为她怕他?

两周下来,枝道想换座位的想法一再高涨,不曾落下。

两周后,她因为懒,洗完头没吹干头发,半夜又掀被子着凉感冒了。鼻涕一直流着,喉咙里也渐渐有了痰。最最难受的一周便来了。她想擤鼻子,却只能轻柔地擦一下,不敢大力,因为一擤鼻子,旁边明白的眼神就像是要杀了她。因为不能一次性用力,所以只能反复多次地擦拭,第二天就擦得鼻子都破皮了,一碰就疼。痰在喉咙里又痒又难受,咳痰一次,那个人便立刻偏过头,虽然没说话,但这种不善的眼神,害得她连痰也不敢咳了。后来她终于忍不住拿着纸巾咳出一次,那个人居然立刻把桌子往右边侧移了一个拳头宽的距离,并且嫌弃地看了她一眼,声音清冷:"你到外面去咳。"

枝道终于感到有些委屈了,酸着鼻子偏过头没理他。手指握着纸巾不停地捏着,心头翻江倒海的感觉难捱。明明自己在生病,他冷漠也就算了,她都已经尽量在克制自己不去打扰他了,他还要这样嫌弃她,说的话又伤人。这个浑蛋!

李英总教她要以德报怨,大度宽容,所以即使明白之前做了过分的事,她都没想过要报复他,还一再避让。他居然得寸进尺……

呵,大度……大度个屁!别以为人都好欺负。她转过头,靠近他,在他面前狠狠地擤着鼻涕。从来没这么痛快地擤出一次,连纸都在飞,声音都够味儿,再把纸巾畅快地丢进垃圾袋里,仰着下巴:"不好意思,我感冒了,实在走不动。你要是受不了那就自己出去。"

明白盯着她没说话,侧着身子,左手缓缓伸向书包,像是在掏什么东西。可枝道瞧着他的动作,眼睛一下便睁大了,身子不自觉地靠近墙壁,声音微微颤抖着,还越来越小:"我……我跟你说,拿刀是犯法的啊!等会儿就上课了,你……你要是敢动手……"

枝道一抬眼,他停下了动作,深深地看着她。

枝道被他的眼神看得手臂顿时收紧,身子猛地颤抖了一下。双手忙捂住耳朵,害怕地低头乖乖地认怂:"明……明白同学,我错了,我错了!我现在就出去。你……你别吓我。"

少年的神色没变,看着枝道害怕地蜷缩着,良久。

"怕我?"明白偏了偏头,"这么胆小?"

枝道下意识地摸了摸自己的左耳,低着声:"汉尼……"

他挑挑眉,右手的手肘撑在桌上,手掌托着脸,身子微微前倾,超过了三八线。

明白低着头，左手从包里掏出枝道第一天生病后，他为了防止被感染而提前准备好的高效感冒药，扔在她的桌上："我听不了那些声音，你快点儿好。"

枝道愣愣地看着桌上，再听着他的话，心头的火猛地蹿起来。

浑蛋，浑蛋！

少女长长地呼出一口气，平复起伏的胸口，往右偏头，几秒钟后，缓缓勾起左边的嘴角。右手摸进抽屉里，拿出一圈双面胶，扯掉一截儿，又扯掉一截儿后，撕开白色的表层，将胶体在指尖搓成泥状，乌漆麻黑的，色如鼻屎般，再一颗一颗地粘在药盒上。

枝道看着盒子再稍微联想一下，都觉得胃有些不舒服，再轻轻瞟了一眼正低头认真看书的明白。她一面笑着，手上却加快动作。有洁癖是吧！怕恶心是吧！你看我怎么整治你！

第一节课间，她埋头苦干。上午第二节课，她抽了抽鼻涕，将"武器"扔到他的桌子上，看着他投来的目光，大拇指便弹着小拇指指甲放在鼻子旁，假意抠完鼻孔的模样，眼睛盯着盒子，笑着。

"谢谢你。我特意挖了鼻屎给你看看你的药是有多好。"枝道一脸认真的表情，"我真的太谢谢你了……"

椅子拖在地面上，刺耳的声音突兀地响起来，班里的众人疑惑地打量着猛然站起身却紧皱眉头的明白。老师问他怎么了，他摇摇头。

枝道忙低下头，为自己的小把戏得逞扬扬得意地偷笑。

身旁的人已经坐下，她看了看，盒子已经没了。

右侧的空气有点儿冷，少年沉默不语。枝道的身子下意识地颤抖了一下，咬咬唇抿成一线，笔握得紧紧的。行，现在起谁都别……说……话，看谁先冷死谁。整个上午她都抗住了。她不发一言，也不出去，怕他回来早了她进不去，他出去她都不出去。她跟前后桌聊得很欢，时不时瞪一眼那个只会做题的浑蛋，再偷偷地翻个白眼。

切！谁稀罕跟你搭话。

可惜午饭时间到了。民以食为天，她得吃饭。

枝道看了看仿佛钉在座位上的明白,一看时间已经十二点十分了。按他以前的规律,他只有十分钟的吃饭时间,她暗自腹诽,他不着急吗?却又开不了口,他们还在"冷战"呢。她的肚子已经饿得咕噜响了,她吞吞口水,再看看外面等她的徐莹已经不耐烦了,于是瞟了一眼少年。低下头,撕出一张小纸条,用笔轻轻写了什么,揉成团扔到右边。好吧……扔过了,而那个人还毫无反应。再撕一张,这次不揉了,一根食指小心地推着纸条送到他正在下笔的习题册上。

"明白同学,你不吃饭吗?"

少年只看了一眼,用嘴轻轻一吹,继续做题。

枝道深吸一口气,忍住那股洪荒之力,狠狠地又撕一张。

"我错了,我不应该开你的玩笑。那些其实只是双面胶而已。"

明白瞟了她一眼,两只手指捏起来,在她的注视中优雅地扔进她的垃圾袋里,转回头继续做题。

枝道瞪大双眼看着那张纸条是怎样轻飘飘地搭在她用过的卫生纸上,双手缓缓捏成拳,死死地咬着嘴唇,气得五脏六腑都疼。

行……非得逼她出大招是吧。

她偏过身子,认真地看着明白,咬牙切齿,怒发冲冠,胸口剧烈地起伏着。笑容满面,声音轻缓,如礼仪小姐般:"哥哥……"

少年顿时被这声"哥哥"吓得停住了笔,偏过脸,上下打量着她。

"君子能屈能伸。"枝道不停地默念此句,一脸哀求地看着他,一面揉着肚子,做出一副有气无力的样子。

"你就让我出去吧,我真的好饿……再不吃饭就饿死了。我死了你还要为我收尸,多麻烦啊!我要真死了,麻烦告诉我妈我要水晶棺,要摆满鲜花的那种……"

少年猛地起身,头也不回地朝教室外走去。

不知道他是被这一句"哥哥"征服,还是嫌她话多,反正……

枝道疯了一样地冲出教室,边跑着内心又为刚刚那一幕后悔不已。奇耻大辱!奇耻大辱啊!她怎么就屈服到为了吃饭连"哥哥"都喊出来了……啊啊啊!她怎么这么憋屈!

每天都要被这个浑蛋压迫、欺负，每日又害怕得苦不堪言。她是做了什么孽遇上他！换座位，她一定要换座位！

"他咋不让你出去吃饭？"徐莹吃着饭，低着下巴。

"呵呵，你不知道他这人有多难相处。"枝道拍了拍桌子，"冷漠，有洁癖，说话还毒，毛病又多。我咳嗽多了都不行。哎，你说，他年龄大，说话待人就不能稍微和蔼点儿吗？"

徐莹疑惑地眨眨眼睛："你不知道吗？明白跟你同岁，比你还小一个月呢。"

枝道："什么？我一直以为他比我大！他长那么高竟然还比我小？"

徐莹："那是人家发育得好。你回去翻翻学校某吧，好多人都在说他。"

枝道不屑地撇撇嘴："谁要翻他的资料，管他是大是小，反正我一刻也不想跟他待了，我要换座位。"

"那你跟老师说说。"徐莹咬着筷子，犹豫了一会儿，"刚好……我跟我同桌也相处得不好。你就跟老师说和我换，这样我们都舒服了。"

枝道想了想，徐莹平时也不怎么说话，说不定能跟浑蛋和谐相处，反正她是做不到。

"行啊……不过王申怎么惹你了？"

"哎呀，不想说……"徐莹垂了眸，"烦。"

枝道看徐莹那样，也不想深究，满心只念着换座位，就是要想想一会儿怎么和班主任说这件事。

中午班主任不在，白跑一趟后，枝道只好下午课间再去看看。下午第一节课下课后，怕老师又不见了，她忙着要出去，便一时不妥地伸手拍在他肩上。

枝道不自在地收回手，眼神有些闪躲："那个……可以让让吗？"

明白打量她一眼，低眸，一只手背随意地撑在脸上："这么急？"

枝道一下子就心虚了，声音不由得提高："我尿急！"

明白抬抬眸子，认真地看了看她，没说话，移了移椅子。

见他没有疑心，枝道忙向办公室跑去，见班主任正好在，忙跑到她面前直接说出自己的想法："张老师，我想换座位可以吗？"

"怎么了，枝道？是明白平时太自律给了你太大的心理压力吗？"张老师喝了口茶水。

"欸？"枝道扯了扯嘴角，咬牙切齿地道，"……对，明白同学太优秀了。我觉得自己呼吸一口他身边的空气都是亵渎。"

张老师一下便笑起来了，摸了摸枝道可爱的脑袋："枝道，你真是……我跟你说笑的。现在座位都已经安排好了，你要换又有哪位同学愿意和你换呢？对别人来说不公平，等以后再换吧。"

枝道着急："老师，有的有的……"

话还未完，身后突然传来一个声音："老师，你们在说换什么？"声音清澈，嗓音磁性。

枝道的身子顿时僵得像个木乃伊般不敢动弹了。三秒钟后，枝道缓缓地扯出一个笑容。

"张老师！我没事了，老师再见！"说完便如兔子般飞快地跑出去，刚跑到拐角处，便被身后悠闲追来的某人扯着脖子后的衣领拉到楼梯下的角落处。

黑暗里，他居高临下地看着她。枝道的手指慌乱地不停打转，眼神飘忽，心里乱成一团。他听到没……应该听到了吧……换座位应该也没啥大不了的吧，反正他也嫌弃自己。他拉她到这儿要干吗？

咳咳……枝道不自在地偏过头。

少年渐渐弯了腰，脸与她持平："你这么讨厌我？"

完了，枝道的呼吸顿时停住。就算他嫌弃她，那也该是他先提出换座位。她这样做还被他逮住现行，自尊心肯定备受碾压。枝道摸了摸左耳，清了清嗓子，仰着头，忍住颤抖后做出一副很认真的模样看着他。

"那个我刚刚……其实是在跟老师商量关于换……"

"……换作为的事。你听错了。"枝道干笑两声，"老师说我最近作为不好，所以要换作为。虽然'换'字是听起来有点儿别扭。但是你知道的，我们班主任就这样，说话得换点儿那啥的词才显得有文化。那个……我作为班里的副班长，这个就得有所作为啊！所以老师正找我谈话呢……"

少年的脸逼得很近，近到他的睫毛看起来根根清晰，纤长浓密，排列有致。她禁不住嗅了一下他的气味，再醒悟般地屏住呼吸。平时只是粗略地打量，不敢仔细看。这时，枝道才发现他的眼睛很大，有内双眼皮的她羡慕的深宽双眼皮，小小的招风耳。这种面相，她居然觉得可爱。或许是平时他高大的身材和身上清冷的气质，远看便觉得有超越年龄的稳重感，近看才相信他真的比自己小，俊俏的脸因一双大眼睛而显得模样可怜。他比自己小，难怪脾气跟个弟弟似的。

"你说你尿急，"明白的双手插进兜里，腰弯着，声音令人毛骨悚然，"骗我？"

枝道不敢说话了。少年的眼神冷如寒箭，她感到心惊肉跳，又有些畏怯。

他直起腰，说话声音冷得骇人："想换就换。"

现在枝道全身都石化了，风一吹就成了散沙。她见他走了，身子顿时软得靠在墙上。她想着他的话，一时又觉得委屈。她又不是他，不顾及别人的感受就能直白地说。她总觉得使人感觉难堪的话都难以启齿，所以才憋在心里。

说不说都会伤他的自尊，说也不是，不说也不是。

这个浑蛋！她不换座位了还不行吗？

整个下午，枝道都贴着墙不敢发出太大的动静。两个人默不作声。

放学等他出了教室门她才移开椅子，上了公交车低着头便拉着扶手一直乱想，下了车便去小区超市，想买点儿水果吃。

枝道爱吃香蕉，进了超市一看，就只剩下两根了，不多不少，于是手伸过去刚碰上冰凉的香蕉皮，一只温热的手突然覆上她的手。枝道还没反应过来，那个人便比她快一步撒手，却握住香蕉的另一端死死不放。

什么玩意儿？枝道不满地抬头一看。好嘛，又是那个浑蛋。

"是我先摸到的……"低着眸,握紧了,枝道不想让。

那只手便快速松开,不带任何迟疑。

付完账,枝道看着透明的窗外那个人的背影,孤孤单单地走着,心里有些酸酸的滋味。

他说的也是,不该骗他的,而且在老师面前提换座位肯定伤他的心。换位思考一下,要是他比自己先提出换座位,她肯定也会生气的。何况……他本来就孤僻,总是一个人行动,不懂怎么和人打交道,年龄又比她小,自己算是他的姐姐吧……他们还得做一段时间的同桌呢,何不好好相处呢?

沟通才是最好的解决办法。

枝道忙小跑着追上明白,轻轻扯了扯他的袖子,见他停下脚步冷漠地看着她,她忙掰开一根香蕉递给他,语气恳切而认真。

"那个,明白,我们还要做同桌。所以我希望我们以后能好好相处。我有什么不对的地方我会改正,我知道你的性子是有点儿特殊,以后我会尽量顾及你的感受。"停顿了一下,她舔舔嘴唇,"上次你吓我……我的胆子比较小,还是个女生,害怕你是正常的。但是……对不起,我也不该骗你,你要相信我想换座位绝不是讨厌你的意思。"

枝道轻轻抬眸:"以后我们在学习上互帮互助,努力考上心仪的学校,你对我有什么不满的你就说,我们相互体谅,共同促进,做个好同桌,可以吗?"

明白低头看了她几眼,过了许久,却没有接过香蕉,转过身子往前走了。枝道咬着牙,看着他的背影,紧紧地捏着香蕉。这个浑蛋……她都说了那么多!行,算她今年倒霉,摊上这么一个浑蛋同桌!她气愤地正要抬脚,少年却迈着长腿回来了,扯过她手里的香蕉,从裤兜里抽出五块钱放在她的手中,声音淡定:"谢谢了。"

这个……枝道摸了摸手里的纸币,看着他离去。这个浑蛋,也不说同意不同意。早知道在香蕉上吐点儿口水再给他。

晚间洗过澡,写完作业的枝道终于拿出手机,刷刷短视频,看看俊男美女打发时间。视频里帅哥斜挑的眉眼,蓦然让她想起楼道里明白的眼睛。杏仁状,很好看。

她鬼使神差地点进 QQ 空间,躺在床上翻起了说说,从顶上的第一条看起。

高三二班的明白:你一直都是我的榜样,每次看见你都在认真学习,我都会警告自己不能贪玩,我很羡慕你的自制力,所以这也是你常年考第一的原因吧。我会向你看齐的!

枝道扁扁嘴:哟,还能激励别人努力学习,了不得!了不得!

高三二班的明白:以前我们是同班同学,我一直被你的学习态度感染。你表面上看起来很冷漠,但是我知道你很愿意帮助别人,你其实心很软。真正和你接触久了的人,才会明白你的优秀。希望你永远是第一。

她没看错吧?心软?帮助别人?这个人梦里幻想的吧!咦……鸡皮疙瘩都起了一身。太恐怖了!枝道摸了摸手臂上的小疙瘩,扔下手机,不想再翻了。他哪有那么好?切,不过就是个臭弟弟。

最后一盘油菜上桌,明月洗了手解下围裙,看着紧闭的卧室门轻轻地唤了声:"明白,吃饭了。"

门咔嚓一声开了,少年已经换上黑色的家居服,远远地望向玄关处弯腰穿鞋的女人,她右脚的鞋已扣上鞋扣。

他说:"你以后别来了。"

左脚的鞋扣没有扣上,只捏在手中,明月也没有起身,语气很平淡:"我不来你吃什么?"

"我自己做。"明白的手放在崭新的椅背上,低着头。

明月缓缓扣上左边的鞋扣,便直起了腰,低着头整理包,拉开拉链,将鞋柜上的钥匙放进去,眉眼温柔地道:"你别说气话了。明白,你要理解我。"

她深吸了一口气,缓缓吐出来:"当初是我不对。可现在我们俩吃的、用的、穿的全是他给的,我没有钱去雇保姆……"

少年只偏了偏头:"那你好好住他那儿,别来这儿了可以不?"

她的手轻轻搭在门把手上，有些僵硬，轻叹一声，把门把手轻轻往下压。

"顾隐……"又叫错名字了，她停顿了一下，"明白，我走了。晚上你一个人小心一点儿。"

门沉响地打开，再重重地阖上。一室一厅的房子里，还飘着饭菜的香气，听腻的话依旧响着。

洗了六次碗筷才放进碗柜里，明白八点准时进了卧室。书桌左边是排列整齐的书本，右边是堆积有序，足有半米高的练习册和试卷。他拉开椅子，继续之前未完成的习题，做了十分钟，手机屏亮了。他拿过手机看了看，立刻轻轻皱起了眉头。又是好友申请的消息，这些红点看得他难受。

之前被别人追着要QQ时他就不想下载，更不愿去使用。没想到高中新分的班级要求大家加群，于是他一拖再拖，直到班长说重要的班级消息都只发在群里，才不太情愿地申请了QQ号码，没过几天却被别人爆出去了。自此，每天都有申请好友的提示。设置验证回答也没用，总扰他的清静。他下意识地长按着QQ的软件图标拖到顶端垃圾桶的标志上，两秒钟后，又双击返回桌面，再点开软件，快速按下拒绝，利落地放下手机。

手指不小心碰到凉凉的东西，他偏头一看是香蕉。枝道——这个和他名字相近的同桌，很爱说话，有时下课听她和前后桌聊天，他便皱眉用食指捂住双耳，她和别人说话很吵。她胆小。

明白侧着身，掀开床上的黑色枕头，慢慢拿出一把小刀。冰冷的刀锋闪过，一根头发落下。墙上的影子猛地双手捂着脖子使劲干呕起来，听声音十分痛苦。

胃有些痉挛，明白闭着眼睛缓了缓，还没过十秒钟，手机又响了。是一段冗长的铃声，明白拿起手机看了看屏幕，过了会儿才慢慢按下接听。

"吃饭了没？"

他低着眸："吃了。"

对面的人轻轻一笑:"你在家复习功课没?我跟你说,你要是来我这儿,我可不会给你放水,你得老老实实考试听到没?"

"复习了。"

茉荷抿着嘴又笑了,良久,收起了笑意,莫名有些吞吞吐吐地道:"你……要认真读书知道吗?"

一月份,期末考试将至。今天的太阳很好,身边的同桌不怕冷地撩起袖子。

衣袖离手肘大概五厘米处,阳光、灯光照耀的白,枝道被夺了眼球,早晨的一束阳光坠落,她不由得追着光往右看去。

干净的手臂,一颗小小"手表痣"落在手腕中央。她愣了神细看,才惊讶地发觉他没有体毛,便显得更白了。青色的血管错综,右小臂肌肉随着写字的动作微微鼓动,手腕骨像个小山丘,蜿蜒而下,线条利落。晶莹的少年,肌肤太干净纯白了些。

枝道低头看看自己开始生长的汗毛,用力翻开书本,纸页如刀划过她手心。

上帝未免太过偏心。

期末考试结束,拿了成绩单,明天要开家长会。

枝道看了看成绩单上自己的名字,从语文一直看到生物,再看到总分、班级排名、年级排名,忍不住鼻子轻轻一酸。又是倒数第二。她抬头看见第一名的名字和成绩,再往右看了看淡定如水的少年,他正低头看书。她把成绩单夹在笔记本里,拿出作业本开始写字,食指微微颤抖着,写完一行下滑到第二行,第一个字写的是"解",停顿了一秒钟,便默默地合上了作业本。

"这次同学们发挥得都挺不错的。班级平均分年级第一,甩开第二名有七分。大家也知道要是少了谁,我们班连第二名都排不上了。"班主任张雪看了看PPT(幻灯片演示文件)分析这次考试。

枝道又忍不住抽出那张成绩单,看了一眼比她多出一百多分的分数,比她这个倒数第二名高出三十八名的同学——明白。是不是她真要改名叫"知道",成绩才能跟他一样优秀?

"我还要说一下两个人,卢子谅和枝道。你们两个是把倒数第一第二当家了?年级排名也在下降。"张雪笑了笑,"还要好好努力啊!"

脆弱的心被猛地抓得更紧,紧得呼吸急促。曾经的辉煌到这儿成了一文不值。枝道的下巴已经低到了锁骨里。

班会结束,徐莹邀枝道一起吃晚饭,操场的灯已经打开,高三已开始了晚自习。

"枝老二,你是不是把倒数第二给收购了啊?"徐莹舔了舔筷子。

枝道笑着:"是啊,全年承包。霸道总裁枝。"

"说真的,你跟卢子谅两个人绝了,不用看成绩单就知道最后两名是谁。"徐莹歪着头说。

枝道听到这话气得差点儿跳起来:"连你也嘲笑我!"

"别那么激动嘛,我错了还不行吗?"徐莹也不吃了,擦擦嘴。

枝道起身端着餐盘。今天不应该较真儿的,只是有股气一直憋着,弄得她心情烦躁。倒完残饭,枝道和徐莹安静地走在操场边上。周围的人擦肩而过,球撞到地上的声响被少年的喊声淹没。

枝道看了看身边沉默的徐莹,摸了摸裤子,一分钟后,还是没消气,气鼓鼓地说:"你干吗跟着别人一起叫我枝老二啊……"

"绰号嘛,大家都喜欢这样叫你,我就跟着他们一起喊了。"徐莹无所谓地摇了摇手。

"好吧……"枝道低下了头。

到了卫生间,她拍了拍徐莹的肩:"你先回去吧。我想上个大的,有点儿久。"

徐莹点点头:"好。"

枝道进了卫生间只上了个小的,她看了看手表,离晚自习开始还有时间,便出去了。她一个人坐在操场看台的第一级台阶上,撑着脸看着沉暮。

周围安静得像海底沉船，深水在挤压她的五脏六腑，很暗。这段渴望知识，也对分数敏感的青春，写了"人生"两个字，未来就很沉重了。

她知道徐莹是无心之举，周围的人也是觉得她是脾气好、不较真儿、心比较大，所以才叫她"枝老二"，显得她合群又没有距离，这份人缘，是被排挤的女生羡慕的班级关系。只是这个词刚好戳在她的敏感处。他们不是倒数第二，不懂苦苦挣扎在最后的滋味，也不明白对她而言是根见证她挫败的刺。她是尖子班的高中生，拼了命才进来，不可能不在意成绩，不在意是否比别人低一头，不在意是不是真的没他们聪明。

天赋与勤奋，天赋总走在最前面。

"为成绩难过？"枝道抬起头，看着面前的人。

"上课十分钟了，老师让我来找你。"明白平静地看着她。

"啊，已经上课了。我没听到……"枝道动了动身子，正要起身。

明白说："把眼泪擦了。"

枝道不习惯被人看见她在认真地哭，忙抹去眼泪："我是因为支付宝种的能量被人偷了，我就难过那么一小下而已。"

明白没说话，只盯着她，居高临下的身影，灯下长长的影子掩住她的身体。眼神像是要掀开她的遮羞布。

"你瞪什么瞪？眼睛大了不起啊……"她的眼泪又流了一滴，是之前的，现在激动得流了出来，"我要是像你一样，眼睛这么大，题也不会错这么多……好了，你现在知道我不仅胆小，还爱哭，行了吧，我也没班里同学说的那样乐观向上，大大咧咧的。你就说我矫情吧，谁让你碰见了……"

明白揉揉眉头："矫情。"

枝道瞪大了眼睛："你还真说啊！"

明白沉默地看着她，过了良久，挑了挑眉，说："走吧。"随即转了身。背后却没有脚步声跟上来，他的右脚刚迈出第一步，少女像石头般的声音便传了出来，多了几分沉重感。

"明白，你有……迷茫过吗？"枝道盯着明白的背影，"我们好像就这样，按部就班地读书，然后高考、上大学，可上大学又是什么？上完大学之后又是什么？我以后又能干什么？我是谁？从何处来？往哪里去？你也想过吗？"

少年缓缓地转回身，瞧着认真看向他的枝道，过了许久："我只关心我往哪儿去。"

"明白，我妈夸你是个天才。我嫉妒你……"枝道抬眼，深深地看着他，"如果我也像你在学习上那么轻松就好了。"

一个人的生命，只有被需要的时候才被称为天才。

明白交叉着双臂，低着头："你一般多久玩一次游戏？"

枝道被他问得有些心虚，动了动眼珠子："两天……一次吧。"

明白缓缓抬了头："那课间你在干什么？放学回去干什么？看了多少书？卷子、练习册做了多少？你算过吗？"枝道被明白的话问得有些懵，不说话了，只呆呆地望着他。

明白轻轻地蹙眉："我并没有你说的那么轻松。"

"对不起……"枝道为自己的话感到抱歉，转而看着他的鞋，双脚的脚尖轻轻地拍打着地面。深思良久，终于对上他的眼睛，用尽力气说道："可是，明白，你的确比我聪明，我可不可以……"她重重地咬了下嘴唇，"请你帮我监督复习。我什么都听你的，我想……进前十。可以吗？"明白对上她湿湿的眼睛，眼睛圆圆的，双手因为害怕被拒绝而紧紧地握着，小小的肩膀缩着，像落单的幼兔。什么都听你的。他动了动鞋，偏着头，眼眸垂下，隔了一会儿，才轻轻地点了点头。

枝道被震惊得张大了嘴："真的？你同意了？"

明白轻轻一笑："我们不是要做好同桌吗？"

少年笑起来意外的好看，像风中的树，千叶鸣歌。左脸上有个小小的梨涡，绘出可爱与率性的面容，像另一个人般失了冻人的冷。他的眼角微微上扬，像是故意般的惊艳，清秀无害。

枝道一低头，又看到他短了一截儿的裤脚。这个人真是！能不能换条长一点儿的校服裤子。

枝道的眼神赶忙往旁边看："明白，谢谢。"话音刚落，一滴水打在头上,她抬起头茫然地摸了摸头发,望着路灯。下雨了,她的视线还未收回来,一件衣服突然盖在头上,他的味道像浪潮般席卷而来。明白的衣服,带着说不清的清香。

"下雨了,走吧。"

她急忙掀开衣服,少年已经在雨中跑开,身形矫健。

"谢谢……"声音低得只有她自己能听见。枝道悄悄拿起衣袖,慢慢地盖住鼻子。或许真像QQ空间里说的那样,他只是表面上看起来冷漠,其实心很软,愿意帮助别人。

人的第一印象在相处久后总会被推翻。

浑蛋明白。今天就不记你的小账了。

回来时脚刚迈进教室,衣角便被人扯了下来,枝道停下,微微转身:"怎么了?"

坐在门口的徐莹看着她身上肥大的男生穿的校服,眼睛上抬:"枝道,你的校服怎么这么大?是我看错了?"

枝道低头看了看:"不是我的。"又看向徐莹说道:"是明白借我挡雨的。"

"哦……"徐莹不由得羡慕起来,"有点儿反常啊,他平常不是不理人吗?"她左右看了看正在安静学习的同学,于是压低了声音,低头道:"你回座位吧,老师快回来了。"

枝道看了看已经在座位上低头做题的少年,忙应了声"好"便急匆匆地走向座位。

晚自习是学校专门留出来的自我学习时间,枝道晚了十多分钟才回来,也不知道明白对老师说了些什么,她回来也没看见老师,老师回来了也没找她。

枝道疑惑地挠挠头。

"谢谢。"枝道折好衣服,两个袖子都对齐着,轻轻地放在他的桌上。

少年没有抬头,依旧低眸握笔,声音清冷:"嗯。"

枝道看了一眼被打湿后灰了一片的长袖校服，又看了看认真学习的明白，他的侧脸精致如工笔画般。他……借给她衣服挡雨，而且居然真的同意帮她补习。这么一个高冷孤清的人，偏偏对她展示出善意，为什么呢？难道——枝道偷瞟了明白的侧脸一眼——把她……当朋友了？明白确实没有什么朋友。但一想到他"冻死人"的性格以及曾经吓唬过她，她才不想和他做朋友。就做普通的同桌，督促她学习就行。

于是她清清嗓子，委婉地说道："抱歉……衣服打湿了。那个，下次我可以自己跑回去。你不用对我这么好……"

少年听了轻轻放下笔，上下打量着她，看了很久，缓缓蹙眉："你在想什么？"

嗯？枝道拧着衣角的手松开了，心脏怦怦乱跳。

明白说："我怕你感冒，我不想听到猪叫。"

感冒？他给自己衣服是怕她感冒，万一咳嗽让他听了不舒服？很好。枝道的耳朵顿时红了，逼着自己露出了八颗牙齿："原来如此。"胡思乱想！丢人至极！

晚自习第一节下课，坐在讲台下面第一排的姜红突然走过来，问她："枝道，你的手机没事吧？"

"啥？"枝道疑惑地看着她。

"就你手机掉了的事啊！明白跟老师说你上厕所时，手机不小心掉坑里了，正在洗手机，所以回来晚了。"

枝道的手指顿时停住，笑着挑了挑眉，咬牙切齿地看着身旁的少年。

"姜红，我的手机没事了，谢谢关心。"

姜红点点头，转身走了。枝道见姜红回了座位，深深地吸了口气，眯着眼看向明白，拳头握得紧紧的，恨不得手里是某个人的尸体。

"请问，我的手机什么时候掉坑里了？"

明白继续做自己的事，眼睛未动半分："你想让我说，是因为你考差了，所以在操场上哭了将近一个小时？"

枝道瞪着他："所以你就跟老师说我去洗手机了？"

"我觉得你舍不得你的手机。"

"我舍不得个麻花球!"枝道气得牙疼,"你这个理由也太烂了吧!这下全班都觉得我手机是掉过屎里了!我以后还怎么好意思拿出我的手机玩!"

"枝道。"少年偏了头,眼里肃杀之意冷却,"你不是说什么都听我的?"

气压低了下来,枝道被震惊得不敢开口,只闷闷地低头。

明白说:"第一条,绝对不能玩手机。"

他这绝对是公报私仇吧!绝对是!反正欺负她是最让他满意的事了!揪她的耳朵,嫌弃她感冒,还经常在吃午饭时不让她出去。欺负她,欺负她!就知道欺负她!事已至此,她现在无比后悔拜托他监督她学习,现在反悔还来得及吗?什么都听他的。这个浑蛋,今天必须记在小本子上,必须!这次她还要着重地记五颗星!浑蛋!

晚自习结束后,走廊里的灯黄白交错。人声嘈杂,两两而行。

枝道与不同路的徐莹在校门口道别后,一个人逛了下文具店,看中好几个本子,又默默地放下出去了,她侧眼瞟过卖凉皮、凉面的阿姨,咽了口口水,赶忙绕过这诱惑地带。

她捏着书包带摇晃着,看着擦身而过的人群渐渐离散,便向远处望去。眸中,身高腿长的灰帽少年,在同龄人里,像簇簇翠盖里的一棵孤高松树。他总是走在她的前面。枝道下意识地低了头,右腿脚尖抬起离开地面,再轻轻放下。好像是有点儿腿短,一下就觉得郁闷了。

这辆36路公交车,她在车头,他在车尾,终点站是他们的家。播音声响起最后一站的提醒,枝道缓缓往左转身,不经意地瞟过车尾。少年拉着吊环,身子微微摇晃着,手臂遮住了他的半张脸,仅剩了双眼睛,似无意地往她这边斜瞥一眼,如猫尾划过小腿。

枝道就纳闷儿了,同样都是眼睛,怎么他的眼睛就那么好看呢?

枝道低着头,匆匆下了车。不知何时他又走到她的前面去了。一个月前小区的路灯坏了,物业一直没修,枝道回家的必经之路黑得瘆人。

途经的一楼几周前养了只凶恶的狗,见人便叫,却怪得很,看见明白就乖顺了。她怕得总要悄悄紧跟在他的身后走才敢长舒一口气。

明白走在她的前面总还是有好处的。

明白的家在分岔路口的右面四单元,一室一厅,价格便宜,是开发商专门修建的小公寓。那他跟他的父母怎么睡?枝道瞟了一眼前面人的背影。说起来,她好像还没见过他的父亲……

枝道的家住在二单元,要远些,在岔路口的右面,要经过一个小池塘和凉亭。

进了小区的大门,天色黑如墨卷。拐个弯绕过草坪快到达岔路口,枝道脚边碰到一颗鹅卵石,她下意识地低了头踢着玩。左一脚,右一脚,左一脚……石子缓缓滚动,被踩在一双黑白相间的运动鞋下。

她缓缓地抬起头。

少年垂下睫毛,将石子踢进草坪:"回去加我的QQ。"

她瞟了一眼草丛里的那块石头。

"哦。"

少年的QQ名为"。",头像是一片白,倒符合他冷漠的性子。

枝道咬了咬嘴唇,盯着"我通过了你的好友请求,现在我们可以开始聊天了"这句话很久,开始输入,双手的大拇指停停动动。

明白让她加他QQ干吗啊……补习不就平常讲讲题、画画重点,然后监督一下不就行了?那……要不要给他发消息啊?发消息的话感觉是自己在用热脸贴冷屁股,有点儿谄媚;可不发……又显得自己不太礼貌。

啊!烦!少女趴在床上,把头埋进枕头里,摇着小腿,想了想,最终敲下两个字,再放下手机去洗漱了。

"你好。"

少女裹好浴帽,把大腿放在书桌上抹着润肤露,哼着歌,瞟了一眼手机屏幕。

没有动静。

枝道擦干净手,拿起手机盯着,皱了皱眉。早知道就不发了,真尴尬。浑蛋……明明同意了好友请求却假装看不到她的问好。切，假矜持！她也没想跟他打招呼，却死盯着，似乎要盯出个洞来。

"学习监督补习合同.doc。"

对话框突然传输过来一个文件，枝道愣了一下，看了看显示大小10KB……她下意识地点开，像打开一个新世界。

学习监督补习合同

甲方：明白。

乙方：枝道。

甲方承诺帮助乙方补习，进入全班前十，乙方需付出条件为不触犯法律及乙方底线的无反抗听从。合约时间为一年，中途可随时终止，不做约束。以下页码（不打印）为补习监督内容，乙方未完成三条以上，则合约作废。空白页为后续内容做补充。

甲方签字：

乙方签字：

日期：


枝道翻了翻内容：

1. 禁止在学校玩手机，每个月有一次玩游戏时间，时间不超过两小时。

2. 早上七点准时在单元门口集合晨跑两圈。

3. 每天放学抽查背英语单词和英语作文。

……


少女突然觉得有些头大。手机又振动了一下，枝道眯起了眼睛。

"没问题明天打印，签字摁手印，你我各保存一份。"

"签字……摁手印？"

"嗯，这样合同才生效。"

枝道轻轻揉了揉太阳穴，闭着眼睛放下手机，深深地吸了口气。

有人听说过帮人补习居然还要签合同吗？哦，保障双方权益的做法还真是独树一帜。特意批注甲方、乙方，多正式。还必须签字、摁手印合同才生效。怎么？还怕她反悔不成？

补习合同，怎么有种卖身打工，他是老板，她是下属领工资的不爽的感觉？自由还是成绩？枝道咬咬指甲，低着头，又仔细地看了下内容，过了很久很久之后。

"好。"

消息发出去后，枝道下意识地摸了摸左耳。

什么都听他的，听起来像是小孩子的对话，其实那晚也是一激动，想不出别的条件就胡乱说的，结果他还当真了。这下收不回去又厌得不敢改。他应该不会对她很过分吧，他可是答应做好同桌的。可是，他……为什么要同意帮她补习？他明明不是这样的人。

枝道看着再没新消息的聊天框，用拳头轻轻捶了下那份文件。管他呢，能进前十最重要！枝道表面上无所谓，但心却不自觉地泛冷了。现在的她居然要"卖身求荣"。是她学习真的不行吗？是她没别人聪明吗？是她没别人努力吗？还是因为懒惰没上心。

她轻轻低下头蹲在椅子上，眼睛蒙上一层水色，抿着嘴唇不停地玩着自己的脚趾。

明白，是真的想帮她提高成绩吗？她又真的能从倒数第二进到前十吗？其实他也相信她并不逊于其他人的吧……

一分钟后，手机轻微地振动一下，她伸出左手，用指纹解开。

少年的话像温水浇在冬天，春天的芽破冰，颤颤巍巍地伸出头。

"努力只够及格，拼命才能优秀。勤奋是懒惰的另一种方式。"

两秒钟后又收到一条消息。

"对自己认真点儿。"

# 第三章
CHAPTER 3

✕

## 相处
## 慌张跳动

"枝道,我和你爸明天早上去湖州工地一趟,晚上不回来了,你自己弄饭吃啊!"

枝道家承包工地,工地在外省,还没找到领班前都是亲自去看。枝道已经习惯这番嘱咐,点头答应了李英,准备入睡。

早上六点半,枝道不情愿地起床,闭着眼睛刷牙洗脸。临出门前打开冰箱,咬着指甲盯着里面许久,然后伸出右手,还是拿了两瓶牛奶。

抵触是一回事,感谢是另一回事。谁叫浑蛋成了她的小老师。

打开门下楼,绕过水满鱼游的池塘和青色的凉亭。岔路口穿着校服的少年正低着头看着水泥路上的一条缝隙,脖子上的皮肤白得像珠贝。

明白听到脚步,侧头张望,少女的刘海儿被风吹乱,眼睛半醒半眯着。

"走吧。"他回头,迈开步子。

她赶紧跟在明白身后,手捂着嘴打个哈欠,抽出书包右侧的一瓶牛奶放在他右手中:"补习费。"

明白停下了脚步,握了握又低头看了看,没转身:"谢谢。"又朝前走去。居然还有礼貌了,真稀奇。枝道插入吸管,抬眸看他肩宽腿长的背影。

　　小区有个如篮球场般大小的四四方方的广场。树荫如盖，郁郁葱葱，他们直走五十米便到了。

　　枝道看了一眼身旁把黑色的书包横放在木椅上的人，书包下面铺满了卫生纸。这么浪费？矜贵。不，做作！枝道悄悄地翻了个白眼。走到木椅前，平时不管不顾的，这一刻却也反常地抽出卫生纸擦了擦，看了几眼才放下书包。她压了压腿，蹲了个马步，双手向上拉伸，又蹦蹦跳跳了几下，认真地做着热身运动。

　　一旁的少年默不作声地站在原地，看了她很久。枝道做到了转体运动。脑袋、腰身随着抬起的双臂往右倾斜，一时对上他琢磨的眼神，突然感觉到局促，于是缓缓将双手放在腿侧，偏过脸不愿意看他，却提高声音："看我干吗？"

　　明白："你报名运动会了？"

　　枝道："不是……跑之前不都要热身吗？"

　　"我们是慢跑而不是去比赛。"明白瞟了她一眼，高高在上一般，"蠢。"随即，迈开脚步开始晨跑。

　　他骂人！他居然骂人！枝道一听这话气得肠子都绞成一团。立刻盯着那个人的背影，眼神如鬣狗般，双手握拳，咬牙切齿的。两秒钟后，再深呼吸，胸腔急起缓落，慢慢地露出礼貌的微笑。没关系呢，这是开始补习的美好的第一天呢，枝道，你不能生气，也不能和他对着干，稳住稳住。她爱晨跑，她爱晨跑，她爱晨跑。

　　那个人的校服因肩胛骨的凸出而显得空荡荡的，瘦挺的身形在她前面左右摆着。枝道的眼睛一抬，开始望着天跑。

　　广场的周长一百多米，枝道的身体素质不行，几次停下来扶着腰部艰难呼吸，瞧着少年跑完后已经拿出英语单词开始背诵。她又艰难地呼吸了几次，终于结束。她一时弯着腰，双手抵住膝盖，张大嘴喘着粗气，难受地看着神清气爽的人已经背上书包，收了单词册，低下头，默不作声地瞧着她。

"等……等我缓缓。"枝道抹了抹汗,"那个……干吗要跑步啊?"

明白:"离高考越来越近你就知道了。"

枝道:"哦。"

胸腔里荡着的难受气息好像消散许多,枝道直起腰,还没说话,一团喷雾袭来。明白收回香水瓶,再退后很多步:"有汗味。"

空气里的香气是陌生的,不是他身上的味儿,甚至有些刺鼻。被人变相说臭的局促感立刻出现在脸上,她挥手扇了扇:"你就没汗味?"

明白:"我出汗少。"

微笑再次爬上枝道的脸,瞧着对面的人,带着三分假笑的礼貌:"呵呵。"

她下意识地往前几步,眼睛平视。一块压线的硬石头却意外地绊得她打了一个趔趄,双腿膝盖猝不及防地跪到地上。她下意识地抬头。两个人,四眼相对,两脸懵圈。

枝道明显地看见面前的人,从条件反射般地微微睁大眼睛到一秒钟内双眉上扬,面颊的梨涡若隐若现,眼睛如月牙般,歪着头,右手握成拳放在鼻下嘴前,双肩不停地抖动。

明白在笑。第一次,她叫他哥哥;第二次,她跪了他。没有人比她更丢脸了!

枝道双手撑地,艰难地爬起来,揉着膝盖瞪着偷笑的他,气火攻心直挠胸:"你在笑?"

"没有。"明白恢复冷脸,跟闪电似的转过身子,"走了,上学。"

枝道没有动,她看着明白的背,头低着,有一丝失去尊严的委屈感。

"跟上。"明白摇了摇手。听到后面没有动静,他转过身,看了停在原地的枝道许久,才开了口:"你说了什么都听我的。"

什么都听他的,她就知道,她就知道。很好,她现在感觉非常好!好得不得了!

于是咬着牙,迈着受伤的腿,跟跄着,一脚高一脚低地努力正常行走,她走向木椅准备拿书包,疼得眼睛都酸了,但也不肯露出半分软弱。明白看了枝道的膝盖一眼,大步走到木椅前,右手拎起她的书包,几步走到她跟前递过去，眼眸垂下，声音平稳："你在这儿等一下，我去给你买药。"

枝道迟钝地接过书包，好似因为这句话气消了一大半。她呆呆地望着快步离去的明白，白色的衬衫在风里吹出褶皱。

几分钟后，少年喘着气，把一盒云南白药递到她的手中，白皙的手指尖泛红："你给我提前拜年，所以这是回礼。"

很好，这人"村里已经通网了"，会调侃人了。一瞬间，温情冻冰，百花凋零。枝道恶狠狠地接过明白手里的东西，礼貌的微笑又露出了："谢谢您呢。"

今天，记住，是今天啊！总有一天，她会让这个浑蛋软软地、心甘情愿地……不！是被她强迫地、心有不甘地、哀求着叫她一声姐姐！等着！

少女的脑袋轻轻向右转去，笑容和蔼可亲，眼神求学若渴，讨好的声音小心翼翼："明白，嘿嘿……请问这道题怎么做啊？"

明白瞟了她一眼，收回视线："自己做。"

"哦。"枝道嘟起嘴。

与习惯做斗争是一件痛苦的事。平时每天中午，枝道都会与前后排的男生偷偷玩一局手游后再午睡；现在却只能坐在桌前做题、看书，总静不下心，一会儿碰碰水杯看它的生产日期，一会儿又看看自己的指甲是不是该修剪了，再然后是静坐，却感觉十分难耐。

明白偏头看了她一眼，又转回去做自己的题："你把早上布置的作业做了。"

枝道看了看墙上的时间："等到四十分，我就去做。"

明白放下黑色签字笔，偏着头看着她。

枝道不自在地瞟了他一眼："干吗？"

他的右手无名指轻轻地敲击着桌子，五下声音轻重不一："枝道，你知道你是怎么废掉的吗？"

话里的凝重和严肃感让她神经一紧，只能呆呆地看着他，眼睛微微睁大。

他收收嘴角，声音低沉："好高骛远地计划了一大堆却总做不到，沉溺在高一时的成功却无视现在，任自己懒散贪玩，还总想选个黄道吉日、黄金时间才肯动手去做。"明白从她的一堆练习册里抽出那本作业放在她的桌上，"你越拖延心就越静不下来，现在就去做。"

枝道左手僵硬地放在作业上，右手从文具盒里拿了笔，缓缓地低下头，声音低低的："哦。"

她瞟了一眼，却不经意看到抽屉里那张白色的纸，合约上甲方处红色的大拇指印下方两个难看的字，像是藤蔓，缓缓攀着她这堵墙。因为这一纸合约，她的胆子比以前大多了，不会的就使劲问，基本上每一节下课她都要问两三道题。

直到下午第三节课，她还没开口，少年便皱着眉头："别老问我，有些问题自己做。"

"哦。"枝道闷闷地缩回往右偏的小脑袋。

好吧，勇气又被打击没了。枝道气愤地咬了咬指甲，偷偷瞅了他一眼。他不是让她问吗？多问几个问题他就不耐烦了。

明白低着头，握着笔在书上画出一条笔直的黑线。

"别咬指甲，很脏。还有，遇到问题，首先应该是独立思考，然后再去问别人。"

枝道仔细琢磨了一下，发现他说的在理。她不能养成依赖别人的坏习惯，万一这道题是自己能做出来的呢？不得不说，明白自从做了她的补习小老师，便开始一点一点发现她在学习上的缺点，还总调动她对学习的积极性，不仅从各个角度给她灌输知识，还帮她分析学习方法。

有时下课了，她的神儿还没缓回来，他便即兴抽查她："从物理学角度，下面哪些说法正确，制冷、致冷、制热、致热。三十秒钟后给我答案。"

"哎……"

"回答错了，真心话大冒险选一个。"

嗯？枝道瞪大了眼睛。他不该是个老古董吗？一个连QQ都不用的返祖少年，竟然还能知道真心话大冒险？枝道觉得自己一时看不懂这个浑蛋。然后她在走廊上骂着浑蛋做了二十个深蹲。

明白看了看她的考试卷子,拿起那张物理试卷,皱着眉。

"公式基础没有打牢,必须达到条件反射般的熟背程度。你还需要建立一套物理模型,用框架去套。解题要从运动对象、大致的运动过程、运动条件,确定初末状态再解运动过程的思路去想。"原来,他可以说这么多话。

枝道望着明白愣了一会儿。平时惜字如金,说起知识与思考来倒是滔滔不绝,难怪拿过最佳辩手。性格原是因事而异。她忙点着头,不禁看了看自己的语文卷子,阅读题的个位分数看得她头疼,于是用笔头带着怨气戳着文章。

"真搞不懂,有些阅读题明明作者都不是这个意思,却非要理解成这样。"

明白低了低头:"作品创作出来不是让你去找作者要表达的含义,而是去找你所看到的、所受到启发的,是找自己而不是找作者。阅读题考查的就是理解能力和变通能力。写作是作者的事,分析是读者的事。这就是一千个读者,有一千个哈姆雷特。而考卷答案只是为了方便判卷,我们要学习的是语文里的发散思维。"

"你是老师派来的卧底吧。"枝道收回语文卷子,"反正高考只看分数,谁看你什么思维不思维的。"

明白整理好自己已经做完的练习册,放进抽屉,缓缓地说道:"你想得太浅了。分数背后的毅力、耐力、理解能力、反应速度和悟性等等,这才是考量的因素。不过这些都太虚了,所以要量化比较。"

枝道沉默了一会儿:"……我说不过你。"说着,她就投入地做题了。

一道光落在他的鼻侧,少年的脸庞如脂玉般透光。囿于自我的少年,独有一份感染他人的引力,枝道浮躁的心也沉下来了。认真投入的人,像是一杯凉水,四周的空气都因他而洇成静色。

努力的人千千万,持之以恒的人却稀少。难怪精英罕见,平凡的人一堆。

他的英语词汇量让她望尘莫及，他和老师有时讨论问题，脱口而出便是这样的话："天体的形成是引力系统中的自发过程，是熵增过程，但很显然这样的过程并不存在平衡态，因此熵没有极大值，也就是说熵增是无止境的，所以不会出现'热寂'……"

有些话，明明每个字都认识，但组合在一起怎就不认识了。枝道一时为知识贫乏的自己而感到羞愧，潜意识里对才华横溢的少年不由得肃然起敬。知识更深一层的人一旦对渴望知识的人进行思想洗涤或教诲，不论性别外貌，听从的人免不得会对其产生一种崇拜感。

周五没有晚自习，放了学的学生们像蜂潮，枝道坐在座位上埋着头翻了翻左边的笔记，右手在练习册上停停歇歇，她微微侧头看了看窗外。一个个人，单的双的，都渐行渐远了，成了芝麻般的小黑点。蓝灰色的窗帘挡了一半糅着紫纱的红日。

熟悉的味道弹了下她的神经，右侧的光一下子暗了："不回家？"

枝道转头，眼神顺着他的动作向上又向下："你不是也没回去。"

明白拉开书包的拉链，拿出一套试卷放在桌上："你没看合约？以后晚上我都会在车上监督你的背诵。"

枝道看了一眼明白，右手从抽屉里翻出合约，低着头用手指从上往下划着，嘴里嘟囔着说了什么，半分钟后手指停在一个位置上，而后又把合约塞回去了。

"明天放假，我想今晚把作业都做完，然后……"她瞟了一眼他，后面的话顿时咽了回去。

明白拿出一支黑笔，翻开笔迹满满的试卷题册，低着头压低了声音："嗯，我等你。"

为什么要等她？枝道看了一眼他的侧脸，重新握起笔，轻轻"哦"了一声。

黄昏的时候，下起了雨。雨轻扣着窗户拉出丝线再滴进窗沿，夜已沁凉，教室的长灯增白了少年的容色。窗外淅淅沥沥的雨，窗内两段浅浅的呼吸声，签字笔画在纸面上发出沙沙声。枝道的老毛病又犯了。她放下了笔,摸摸脸、看看指甲、扯一根头发绕在指尖看它勒出一层层的肉圈,看看明白,看看窗外,又看看明白,看看黑板,再看看黑色的大垃圾桶。

"枝道。"

"嗯?"

明白没有抬头,右手的笔还在动着:"把优秀养成习惯,不做会痛苦的习惯。所以……"他的笔点了点她的练习册,"专注。"他很快收回笔,不愿浪费更多的时间。

枝道看了看练习册,深吸一口气,闭上眼睛静了静心,拿起笔神情认真。

最有成就感的事往往也最痛苦,不是吗?

少年还是用那顶灰色帽子遮住大部分面颊,棱角如分割的下颌角与帽檐下的阴影一起呈现成暗淡的色调。清冷的气质在周身散发。他站在门口,下巴微微抬起:"快点儿。"

她自然习惯地走在他的身后,步子小小的。低头间阴影突然笼罩下来,枝道吃惊地望着他。

明白扯了下她黄色的书包带:"腿短?"

枝道只好与他并肩行走。明白很高,是全班个子最高的一个。她想,他会不会是已经发育到顶了……

雨停了,学校里每个花坛的绿叶都吸饱了上天赐予的汁水,贪婪地溢出来。城市喧嚣的快节奏音乐清晰入耳。街店灯火辉煌,霓虹灯旋转,湿漉漉的黑夜溜进石板路。他在左侧,有时离得远,中间有单车经过;有时离得近,衣角与衣角摩擦。她谨慎地呼吸着,有些不知所措。

"是明白……"

她听到周围窸窸窣窣的交谈声,脚步便稍稍放缓,跟在他的身后,直到少年的身影完全挡住她。她望了一眼他肩胛骨的位置又低下头,直到公交站牌离她有一米远,少年扯了下她的书包带。她踉跄着右脚迈出一步，左脚随着惯性迈出后一个急刹停下，离他更近了。

"后面有人，小心点儿。"

她退了两步，站在人较少的地方："谢谢。"

枝道不自在地拉着吊环，瞟了眼左侧的他，目光又回到玻璃上。这场补习交易，他的话依旧少，除了点拨和督促她，其他的闲事一概不闻。枝道为自己站在他旁边，沉默也尴尬、开口也尴尬的局面为难。她咳咳嗓、张张嘴，还是说不了。

"今天背了多少个单词？"明白俯视着她，下巴挨着手臂。

枝道："……二十个。"

明白："就这点儿？"

"……哈哈。"枝道局促地干笑两声，眼神偷瞄他的反应，"那你觉得……"

"最低五十个。"

枝道微笑着说："太多了，会记不住的。"

明白转过头不再看她，他说："知道艾宾浩斯遗忘曲线吗？"

"……什么？啥爱滨海线？"

明白："不知道就回去百度。"

枝道又干笑两声说："哦。"她有些闷闷地握紧了拉环。

她就不知道一根线，有什么大不了啊？

车身摇晃间，她盯着窗外的夜市，突然想起一件事儿。自律、勤奋、天资聪颖的少年，往年都是年级第一，不明白为什么分班考试后不在一班却在二班。他考砸了？

今天晚上，小区里的那条狗依旧没有叫。


"信息输入大脑后，遗忘也就随之开始了。遗忘率随时间的流逝而先快后慢，特别是在刚刚识记的短时间里，遗忘最快，这就是著名的艾宾浩斯遗忘曲线……"

枝道看着手机，一字一字地读出了声。

"人的记忆周期分为短期记忆和长期记忆两种。第一个记忆周期是5

分钟,第二个是 30 分钟,第三个是 12 小时,这三个记忆周期属于短期记忆。下面是……第四个记忆周期是 1 天,第五个是 2 天,第六个是 4 天,第七个是 7 天,第八个是 15 天。以上 8 个周期应用于背词法,作为一个大的背词的循环的 8 个复习点,可以最大程度地提高背单词的效率。"

枝道将这些记在自己的笔记本上,咬了下笔头,仔细想了想自己的英语背诵计划。

这根线感觉还可以。她将最后一本物理作业放在桌上,翻开作业本开始做题,半个小时后拿出手机,点开 QQ 联系人,再点一下白色的头像,用食指点开输入框,大拇指在键盘上快速地点动。

六出:"明白,我能问你道题吗?"

枝道等了十分钟,双脚贴在桌沿上摇动椅子,她吃了一颗碗里的葡萄,消息提示音响了。她抽出纸擦了擦手,用指纹解开手机锁。

浑蛋:"就一道。"

枝道扁扁嘴,仰头想了想,低下头啪啪打着字。

六出:"长为 $L$ 的轻杆一端固定一个小球,另一端固定在光滑水平轴上,使小球在竖直平面内做圆周运动,小球在过最高点时的速度 $V$ 极小值为 $\sqrt{gL}$ ?当 $V$ 由零逐渐增大时,向心力也逐渐增大?当 $V$ 由 $\sqrt{gL}$ 值逐渐增大时,杆对小球的弹力也逐渐增大?"

浑蛋:"你以为把所有问题打在一个消息里就算一个?"

六出:(发送狗狗斜眼表情包)"嘿嘿。"

浑蛋:"别发这种很丑的图片。"

枝道轻笑一声,缓缓放下双脚,蜷着交叉在屁股下,点开表情包,下滑,发送。

六出:(发送熊猫人表情包)"OK,没问题。"

……

浑蛋:"你自己想吧。"

六出:"哥哥!"

六出:"哥哥!请受小弟一拜。"

六出:(发送磕头表情包)"哈哈,我不想活了。"

等了半个小时，明白最后还是把题讲了，却害得她又晚睡。最后她气鼓鼓地骂了句"浑蛋"，洗漱上床。

枝道脱掉所有衣物，喜欢裸睡的她已经保持这个习惯七年。身体躺进柔软的被窝里，每片肌肤如海绵吸水般酥化了。

早上七点，枝道准时下楼，走到拐弯处便一眼看见身高体长的少年，她看了许久他那双仰视天空的平淡的眼睛。

"走吧。"明白低下头，走向晨跑的广场。

中午枝道和他一起复习早上背诵的单词，整理分析笔记后睡半个小时的午觉，然后等放学后明白抽查。晚自习后，两个人心照不宣地同行。枝道怕旁人说闲话，总走在他的身后，他不在意，只是有时她实在太慢、太靠后，才停下脚步背过身低下头，如箭矢般盯着她等着。

对方的眼神越来越冷，枝道匆匆跑上前。

"今晚你自己回去。"明白将最后一本书放进书包里，拉好拉链。

按照合同，星期五可以自由安排。

"……好。"迟疑了一会儿，枝道点了点头。

夜晚沁凉，风声过耳。枝道走下楼梯，绕过操场的一颗石头，出了铁丝网门，路过食堂。枝道扯下一片铁树的叶子，用叶尖戳了戳手心，走出五步后把树叶扔进了垃圾桶。

她走出校门，手里玩着书包带，在下坡路上哼起了歌："可惜不是你，陪我到最后……"

枝道无聊地瞟着四周。从绿色奶茶店的招牌到锈红色的冒菜店招牌，文具店旁泛旧的凉皮推车，各色高高低低的男女走着、停下。她远远地看见有一对情侣正牵着手过马路，他们成了黑点，逐渐没入人群。她无意识地看向左面的一个下坡路，看见明白和茉荷并肩走在一起，背影长长地拖在脚下。他们认识吗？他们是亲戚吗？她很快收回眼神，没再看一眼，低了头便随着人流走了。枝道走得很慢，比平时还慢一倍的速度行走。她怕撞见尴尬，也怕他。她看着人群，脑子里有些茫然。

茉荷是研究生毕业,差不多与他同时进学校。在高一时她就教明白,所以他们早就认识……他们的外貌都很出众,会是表姐弟之类的吗?……

枝道突然拍了拍自己的脸,让自己停止胡思乱想和多管闲事。

按照合同,她一个月可以打一次游戏,时间在两小时内。她星期六早晨七点钟在 QQ 上向明白报备,待批准后就可以开始玩了。

浑蛋:"刺激战场是什么游戏?"

六出:"枪战类的游戏,很刺激。"

打完字,脑子里一闪,枝道害怕这个返祖少年突然蹦出一句"带我玩玩"的话,于是加快手速拼写。

六出:"就是太简单了,一点儿也不适合你这种高级玩家。"

六出:发送表情包:女孩辫子头。

六出:撤回一条消息。

六出:"刚刚那个图片是手滑,你别误会啊!"

浑蛋:"嗯。"

浑蛋:"去吧。"

明白并没有兴趣,打完这些字便下线了。枝道也没回复他,只想抓紧时间,争分夺秒地玩游戏,恨不得手机运行得再快些,比光速还快。

一声鸡叫,枝道开启了她的世界,兴奋得在床上蹬起了腿。

明白放下手机,慢慢地叠好自己的衣袜,整齐地放在衣柜里,关上衣柜门。黑色瓶身的香水轻轻一点儿喷在衣袖上,任它散发出香味,掩盖血腥。

"抄我的。"明白轻轻放下一本黑色的笔记本在她桌旁。

枝道轻瞟右侧一眼,他如往常般侧了脸,如陌生人般没有说话,看不出神态的交流。她稍稍停滞,看了一眼笔记本黑色封面上的白色几何图案。

"谢谢。"枝道小心地拿过去,左手翻开封面。

明白写他的名字很重,墨痕深入纸页如镌刻生命般谨慎。

"就是字也太丑了吧……"枝道嘟囔了一句。再翻一页,入眼是密密麻麻、规规矩矩的字形,一笔一画都纤长有致,就是组合起来……枝道眯着眼睛,双手按着纸页,脸凑近,再凑近,直至鼻尖碰到纸页。她视线定住,眉头皱着,一副难受的表情。这……这写的啥?啥玩意儿?她什么时候不识字了?

于是枝道坐直身子,偏了偏头,笑着说道:"明白同学,你很有当医生的潜质啊!这字写得……"

少年慢悠悠地转过头,低斜着眼睛看她,看了很久。久到枝道不自然地摸摸脸,低了头,眼睛不敢与他灼灼的目光对视。明白拿回笔记本,塞进抽屉里,声音微冷:"那就别看了。"

"那个我的意思是,就是你的字……就……就很有艺术气息,懂吧。凡人怎么能看明白呢?"枝道扯出笑容,侧眼不舍地看向他的抽屉。

少年平淡地目视前方,回复了一句:"嗯。"

明白是真的不给她看了。枝道瞧他毫无挽回的余地,也恼自己嘴快,就像上次表情包事件一样。她心想,看不懂就当考古不就得了,非要捅破这层纸。这下明白肯定觉得她在怼他。其实她只是忍不住说了出来,当然还是要看的。枝道又想,自己也是变着法地夸他,又是医生又是艺术的,又不是带着鄙视去故意针对他说他的字丑。

果然,与他相处好难啊!

今天又是因为惹到浑蛋让他不爽,逐渐远离成为学霸的一天。

星期五那天暖洋洋的,午休时,大家安静入睡,时而有书页翻动的沙沙声。

"喂,明白。"枝道虚声微气地朝头埋在双臂间的明白说话。

少年手臂的青色脉络错落,白如润膏的肌肉压在桌上。背拱着,流畅的脊线从校服下凸出,安静的气流无形。他的鬓角如墨晕水。

"明白。"她加大了声量,却还是虚的。

窗外微风袭来,扇动他发顶一簇黑发。

她靠近明白,身子倾向右侧,隔着他的手臂两个拳头的距离。

"浑蛋。"

明白的右耳轻轻动了动。

枝道看着明白,很久。很好,他真的睡着了。于是她从书包里抽出小说,小心地放在桌面上,轻缓地抚平纸页,如偷盗般蹑手蹑脚,又抽了张纸巾握在手中。

昨天路过小区的书店,不经意地看到一本小说,斗大的字顿时抓住她的眼睛,上面写道:甜到流泪。

枝道爱看小说,她的心痒痒得厉害,跟着明白回了家又自己跑出来,将这本书买了。那天晚上她一把鼻涕一把泪地看,吸着鼻子骂三侗岸这个作者写的小说哪儿甜了,只有流泪,骗子。虽然她看过电视剧中的爱情故事,但看得少。书里的一些情节对她造成不少心灵冲击,她顿时迷昏了头。她昨晚没看完,被强制熄灯睡觉了,于是她念念不忘,想着今天带到学校来偷偷看。

明白终于睡了。

她看到第六十八章,手臂不自在地掩着字,投入地看着。

"右手食指和大拇指轻轻揉捏着她紧闭的下唇……"

少女捂着的脸不禁红了。正准备翻到下一页,耳畔突然传来熟悉的声音,猝不及防敲击她的心房。明白一字一句地念道:"男人宠溺地看着她……"

枝道慌乱地将小说合上,手足无措地迅速放进抽屉里。耳和脸瞬间染成了红色,比夏日更燥的热正在身体里横冲直撞。她不敢偏头与他对视,似炉子般的火烧沸全身。只低下了头,自欺欺人地握着笔在草稿纸上随意比画,杂乱无章。

"你……你醒了?哈哈,天气真好……"

明白怎么就醒了?醒来逮住她看小说也就算了,可为什么偏偏是在这一章?这一章也就算了,他为什么要一本正经地念出来?浑蛋!装作没事发生不好吗?啊……她的纯洁形象!她也不知道为什么要在他心里保持纯洁。

某人佯装平静,笔下在胡乱地写字,心脏却跳得如炸雷般响。

又一次摸底考试中,经过明白的辅导和她自身的努力,枝道前进了五名。不高不低的变化难以说明什么,她瞟见右侧写着漂亮分数的卷子,一张接一张。

枝道吸了吸鼻子,也不知怎的情绪一落千丈。是意识到永远追逐不上的绝望?还是对自己本性少智的不甘?那她学什么学?学习就是为了证明自己平凡又愚蠢是吧。

"不急。"明白仔细地看完她卷子上所有的错误。

"明白……我和你不一样。"她低着头。

同样都是晨跑背英语,中午整理笔记背书,晚上做题纠正错误,睡前也在背诵,和明白几近相同的学习方法和学习计划,然而差距却这么大。她不得不承认,每个人生下来,智商就是不一样的。

"什么不一样?"明白挑眉问道。

枝道沉默了。她这一刻奇怪地嘴硬,就是不想承认明白比她聪明,衬托出自己的蠢笨。她看着左手臂边的白色墙面:"还有什么不一样,你站着上厕所,我坐着上。"

明白摇了摇头,拿起她的试卷认真地看着。

"你现在的积累还不够,目标并不是一蹴而就的。我坚持了多久,而你才坚持多久?"明白说,"别急躁。"

枝道听了,话在心头打转,缓缓消散了几分心中的郁闷之气。她想,明白说得对,他自小积累的就比她多,哪能是她补习一段时间就能赶上的。只不过是太自信,错误而狂妄地以为努努力就能进前十。

明白说:"不是只有你在努力。"

大家都在努力,可是她却能超越一同在努力的人,也算变相承认了她的不平凡。枝道联想到这种思考,心里开始满足。她偏过头,看着明白。

"明白,谢谢你。"枝道诚恳地说,"你真的教了我好多。"

明白握着笔,笔盖戳了几下桌面,用红笔在她的卷面上勾出几条线,又写了什么,公式、讲解都有。

明白说:"世上没有救赎。"

只有自救。

过年了,李英没有让枝道去拜年,明月也没有邀请他们。李英拿了一袋腊肉和香肠递到枝道的手中。枝道才了解,原来,李英与明月通过广场舞认识很久了。

"给明姨家送去。"李英在围裙上擦擦手。

枝道看了看坐在沙发上的外婆外公、爷爷奶奶,又看了一眼正在重播前几年春晚的电视画面,紧紧地握了握手中的袋子。

她没有拒绝,换了鞋便开了门。她现在已经不怕他了,甚至多了几分感激和敬佩。

四单元七楼。她站在空地上仰望,黑色的窗棂,白色的瓷砖,罹难重重的时间漫步而过的残痕。

她敲了三下。停顿了一会儿,视线落在自己的鞋面上,抬头又敲了三下。三分钟后,用手指骨节再敲三下。门终于打开了,眼前高大的少年斜着身子倚在高高的鞋柜上,手臂耷拉着,微微眯着眼睛,有点儿迷糊地看着她。

"新年快乐。"枝道提高手中的袋子笑着。

没有电视的纷乱声,没有亲朋好友的交谈声,没有饭菜的香气入鼻,门上连一副春联也没贴。铺天盖地的冷清无孔不入地扑面而来。她一眼看见饭桌上空空荡荡的。

明白接到手中,神色疲倦:"谢谢。"

她看明白不对劲,凑近一些,闻到一股酒味。她有点儿惊诧地看着面前的少年。

"你喝酒了?"枝道问。

明白晕乎着,身子微微摇晃,手指揉了揉太阳穴,闷哼一句:"嗯。"

"你爸妈呢?"枝道又问。

明白不说话,只闭着眼睛,手中的袋子突然掉在地上。

枝道捡起袋子将它放在鞋柜上,侧着身看了看里面:"你吃饭了吗?"

明白缓缓睁开眼睛看着她,好半天。

"我饿。"像是另一个人的声音。往日里冷漠清高的人现在却如此可怜,枝道的心轻轻颤抖了一下。她扬着脸深深地看着他带着醉意的脸庞,抿抿嘴，又扯扯头发。两分钟后，她走进他家的厨房。她说进只有男生的屋子里为他做饭，只是想对他帮她提高学习成绩给以回报。

枝道瞟了一眼他关闭的卧室门，又低下头径直往厨房走去，心里暗暗好奇：孤僻高冷的明白，他的房间会是什么样？

厨房很干净。

枝道从几近空空的冰箱里拿出一包碱水面。把姜、蒜切成粒，倒了一小勺鸡精、酱油和麻油。看了看辣椒油，想想又放了回去。

透明的茶几上摆了三瓶酒，两瓶空了，如列队的士兵。她的食指放在碗底，大拇指放在碗沿，小心地端着面，放在桌上的隔热垫上后，看着躺在沙发上望着阳台的明白："吃饭了。"

明白歪歪斜斜地起身："谢谢。"

明白吃饭的动作很斯文，咀嚼的声音也极小，温柔如粥。她看着他。也许喝醉的他才会卸下对人的防备与獠牙。他平时冷得如腊月飞雪，说话带冰，哪有人敢靠近。不过他的确容貌突出，这睫毛、嘴唇，和一双正在看她的杏仁眼。

突然一阵猛烈的敲门声响起。她被吓了一跳，猛地向门口看去，下意识地起身，迈出一步后，被明白阻止了："别管他。"

门外的人疯狂而激动，拳头大力地敲打，过了一会儿便用脚狠狠地踢踹，言语粗鄙不堪："让明月那个老娘们儿出来！听到没？趁老子不在偷汉子！"

门外的人喝了酒，神志不清，几近癫狂。他踹着门，门外瓶子被砸破的声音伴着长长的酒嗝。枝道害怕地抓紧椅子，看了一眼平静的明白，好奇心渐起。

"听到没？你快给我开门！死崽子，老子白养你十多年，你竟然敢捅我！狼心狗肺的东西！就跟你妈一样，有张好脸就贱了，是吧？不认你爸是吧？你不认我，你以为那个狗东西会让你叫他爸？"

一阵刺耳的拉扯椅子声压低了门外的话音。她看着明白握着盛有面条的瓷碗，手指伸进汤里，神色冷漠地快步走过去打开门，把碗冲着门外的脸用力地扔出去,瓷碗破碎的声音响起。

"滚。"明白关了门又坐回到沙发上,拿出柜子里的开瓶器撬开第三瓶酒,对着嘴直接饮下,喉结因为吞咽不停翻滚,他仰着头,下颌角锋利。

门外的人还在骂骂咧咧的,脏话是枝道出生以来从未听过的,她无措地捂紧耳朵,排空思绪,却难以抑制一个个好奇的问题。门外的人,真的是他爸吗?为什么过年了家里只有他一个人?明月阿姨呢?他打他爸爸?为什么?还有他喝酒……

枝道摇摇头,暗示自己不要参与这些事。于是她起身站在明白不远处,干笑着说:"那个……我该回家了。我妈肯定在催我。"

酒瓶里的酒已经少了一大半,她不敢看豪饮的明白,见他没回应,也不作停留了,转过身就要离开。只是一瞬间圈住她手腕的手凉得像水,她转过身仰视因醉意而昏昏沉沉的他,不自在地动了动手。他没放开,似乎是还在梦中般,脸颊泛起酒红。

"天黑了。"明白说。

枝道点点头:"对……天黑了,我……我要回家了。"

明白放开她的手,缓缓走向阳台。

"枝道。"明白唤她,没有停下脚步,他说,"不要忘了合约。"

枝道瞪大了眼睛,看着他的背影走上阳台。

浑蛋,浑蛋,浑蛋!她在心里大叫。

阳台上没有光。客厅的灯很暗,他们坐在地上,她坐在他的身旁。她看不清他的脸,偶尔风送来洗衣液的香气,她眺望窗外楼宇的光,猜想里面的人们应该正看着春晚,嗑瓜子,房间里一派过年的热闹景象。

她现在和一个可怜的醉鬼坐在一起,陪他过年。她知道他留她是想有个伴,却还是觉得尴尬。她仰头不愿正脸看他,任沉默发酵,任烦人的气味钻进鼻腔。

明白却在看她。盯着她的侧脸,从发丝到下巴,鼓鼓的肉颊,狡黠的眼睛,情绪如此直白的人。为什么答应补习?好像与她相处是一件很舒服的事，让自己也跟着轻松起来。他想，也许对于她来说受伤是种浪费。

明白看着她的眼睛，嘴唇轻动："人会因为一句话杀人吗？"

干净的声音说着罪恶的话。枝道的心头一颤，被"杀人"两字骇住，迟缓地说："……我没听清。"

明白眺望远方，停顿很久："因为一句话，证明他有种。"

枝道不知道明白在胡言乱语什么。她的手指拧着衣角，默默地卷成羊角，又松开，又卷。明白的气息越来越浓，她察觉他的温度在靠近。她莫名地蜷缩脚趾，心被人抓紧般吊在喉咙里。

他的呼吸在她的耳侧，微微带着些酒气，她不敢转头看。

"我听见你的心跳了。"他嘶哑的声音溜进她的耳朵。她也听见了。

明白低垂着眼："你的心跳得好厉害。"

她冷静地说："我是怕你因为一句话杀了我。"

"我杀你？"

"你忘了你以前揪过我的耳朵？"枝道摸了摸左耳的耳垂。

少年轻轻笑了一声："还记着？"

"这没法忘记。"枝道不爽地回答他。

明白的声音嘶哑："抱歉，那时太紧张，我是不小心的。"

浅薄的理由，她不信。

另一个明白。原本高冷殿堂里的学霸，正襟危坐，一派正经，一直对她冷言冷语，行事冷峻孤僻，一副厌世隔绝的声调。现在，他的气息里杂着酒气，歪坐在她的身边。枝道抬头认真地看他，见他的眼神迷离，脸颊绯红，看着还有些可爱的姿态，不由得恶从胆边生。她笑着歪头："叫姐姐。"

少年扭过了脸，缓缓地问道："为什么？"

"因为你比我小。"她又想了想，问他，"你平时喝这么多酒？"

"没，第二次喝。"

枝道心想，难怪容易酒醉："叫姐姐。"

"为什么？"

她编了个蹩脚的理由："我是你远房表姐。你看你喝那么多肯定记不住。你叫声姐姐，我给你倒杯水醒醒酒。"

少年的右手撑着脸颊，轻轻眯着眼睛打量她，似晕似醒地垂下眼眸不知在想什么。黑夜从他的背后无声地漫过来，他半晌都没有发出声音，沉默中，她以为他其实没醉，于是尴尬地咳了咳，想说些什么。

清脆的少年的声音却突然响起来："姐姐。"

她偏过头，少年的双眼正认真又单纯地看着她："水。"

枝道愣了许久。

明白真的叫了她姐姐？他平时对她冷漠成这样，现在居然乖乖软软地叫她姐姐。枝道被他的反差弄得不仅声音颤抖着，心脏还差点儿停止跳动，双手急忙捂住快爆掉的心脏，既兴奋又后怕。

她想，等他第二天醒来知道后，还不得拿刀灭了自己。

但是……爽啊！

明白突然踉跄着起身，身子歪歪斜斜的。她紧张地张开手臂想扶他，却碍于肌肤的碰触又不愿真的挨上。于是他一个不稳，膝盖一弯，不小心摔在她身上。枝道被撞得也跌坐回去。他的小臂撑在地面，身体与她隔得不远，他垂眸与她对视着。嘴轻轻地闭合，醉眼恍惚。

"姐姐。"明白温柔地问，"为什么……我一喝酒脸就觉得好热？"

枝道张了张嘴，没回答。

夜色浓郁，黑暗在眼里。远处突然响起一阵烟火声，轰的一声在天空里炸开，再炸开。她似乎能听见电视里播放着蔡明的小品，听见小孩讨要红包的笑声，听见李英说她怎么还没回来。

这里，却安静如死亡。

"你帮其他人也补习过吗？"

"只有你一个。"明白知道她想听什么答案。

枝道偏头望向黑夜，一轮残月正挂空中。月亮好昏好花，混沌的、模糊的，像人的心，耳朵也迷糊了。

第四章
CHAPTER 4

×

# 混乱
## 似真似假

　　明白瘫软在地，浅浅的呼吸深意绵长，他是真的醉了。闭着眼脑子里混沌着，转而侧了身双臂上下叠着贴在脸侧，如同被遗弃在下水道的猫。

　　他的嘴里喃喃自语着："顾……隐，你……哥……"

　　枝道坐在他的旁边，没听清："啥因你因我的……"

　　她俯视着他，他穿着一件黑色立领短袖，脖子修长，耳朵红了。侧脸的白色皮肤在黑夜异常显眼。

　　"话都说不清。"枝道低头，无意间看见戴在手臂的手表上的时间，于是瞪大眼睛骂了地上的人一句响亮的"浑蛋"，撒腿便走了。

　　后来李英问她怎么去这么久，她说自己在外面转了一圈。过了几天后，她跟李英说："妈，那天你让我去明白家，只有他一个人在家，而且家里连过年的样子都没有，他爸妈呢？"

　　"是吗？不知道……"李英摇摇头，她没怎么见过明月了，又说道，"别人家的事，你别管那么多。"

　　"嗯。"枝道点点头表示认同。

那一晚后，枝道觉得自己有点儿神经质。

她睡前回想与他有关的情景，不禁后怕自己胆敢骗他喊"姐姐"。第二天她反思这样的行为不过是好奇心作祟。于是接下来的一周，她发现自己变得更神经质了。比如早晨习惯性地给明白也带一盒牛奶。李英问她怎么拿两个，她居然心虚地扯谎说："我觉得一盒不够我喝……"

不应该啊！这有什么心虚的？她说清楚情况不就好了？于是说完谎就觉得无比后悔，总害怕事情败露，坐实父母心里的猜想，怕有理也说不清。有时她去小卖部买吃的，居然脑子一抽问明白需不需要自己帮忙带什么。他说"不用"后的第二秒，她就懊恼她为什么要问他。明知道他不吃零食，也不该有其他交流，偏就随口问出来了，显得她很关心他似的。

枝道恼自己怎么就轻而易举地被这些弄得心神不宁、小题大做。

"你这儿怎么红了？"他盯着她右手手腕的一圈红痕。

枝道看了明白一眼，摸了摸凹进去的肉："这个啊，小皮筋勒的。"

他不说话，她沉默地写着作业。明白看了很久，眼神幽深，久到她不自在地慢慢缩在背后。神经！枝道心想，然后又觉得明明是自己更神经。

枝道想起了开学前几天，班上举办班会，约在冷人家吃冷锅串串。他前一晚突然发消息说顺路一起拼个车。省钱的事她自然立即同意。她换上前几天刚买的淡绿色长裙，收腰型的，露出锁骨和大片白净肌肤。淡绿色显白，她仔细擦干净运动鞋，搭配一双绿色短袜，再背上可爱的小黄鸭小包。她认真地涂了防晒，看着镜子中的自己，左歪歪脸，再右歪歪脸。然后小心翼翼地从抽屉里拿出崭新的双眼皮贴，细心地贴在自己的眼皮上，内双变外双。又抽出一管带颜色的新润唇膏，拆开包装，对着镜子认真地涂抹。

明白看着她，也是那种眼神，然后他说："回去把衣服换了。"

他怎么什么都要插手。枝道不满地捏着包带："为什么？"

明白说："不适合你。"

是是是。她和他走在一起丢他的脸了是吧？好歹她也涂了唇膏……

也不算丑吧。他说不适合就是委婉地说不好看呗。他好看，行了吧，他最好看可以吧，她不配。

枝道立刻转身往家走："我不去了，你自己去吧。"

明白喊住她："怎么了？"语气里是满满的疑惑。

"没有啊！"枝道笑着转过身，"我只是发现自己的肚子是饱的，不想吃饭而已。"然后肚子非常不合时宜地咕噜噜地响了，因为这是她为了想吃回本，一天都没吃饭的后果。

枝道尴尬地捂住肚子，闪躲着眼神不愿看他。身上突然搭上一件薄薄的、淡蓝色的衬衣，面料很软。熟悉的味道瞬间袭来。

对面的少年说："你的衣服领口太低了。"

心猛地跳了下，枝道知道自己的耳朵在发热，她的手掌下意识地掩住胸前。回过神后，她便恼羞成怒地直接往前走。他怎么连这个也能直白地说出来？

枝道一点点扣上他宽大的衣服，袖子轻轻地折了三下才露出双手。慢慢地，她的眼神打着弯瞅向他，为什么要给自己衣服？他不是有洁癖吗？

体育课还未结束，突然下起雨来。

没带伞的枝道摊开双手放在头上，一边和徐莹说笑着奔跑，一边发出叫喊："啊啊啊！徐莹！快跑啊！哈哈哈……要不我们再淋会儿。"她顶了顶徐莹的肩，"等我们俩都感冒了就跟老师说请假回家……"

"枝道，去睡觉吧。"徐莹也跑着，笑着看向她。

"什么？"

"睡着了梦里啥都有。"

到了教室，枝道的校服已经湿透，这个季节温度适中，一旦下雨就冷了，她打了两个喷嚏。她用手臂遮挡了一下，想起自己的长袖还在座位上，忙和徐莹道别跑到座位旁。

明白还没回来。做完操也没见他在操场上，她还以为他一直在教室里学习。

枝道拿起桌上的长袖校服坐在椅子上，麻利地套着袖子。这件衣服的袖子怎么这么长，她伸了半天才能露出双手，右手拉着拉链时，她才发现不对劲。暖意融融，冷湿的身体回温。她看了看已经到达膝盖的衣尾，把袖子凑到鼻尖。气味漫进鼻腔，吸进肺叶，芳香晃荡。

　　枝道忙脱下身上的衣服，低着头，揉成杂乱一团抓在手中。她偏头看了一眼右边的座位，明白还没回来。她慢慢转回头，双手捧着衣服，叠得整齐的是他的衣服。她垂下脸，轻轻嗅了一下。

　　"我的衣服很香？"声音突然从上方响起，如惊雷一般。他从背后无声地走近，俯视着少女。

　　枝道手足无措地放下衣服，看了明白一眼便收回视线："不是，是我不小心穿了你的衣服。我我……不确定，就闻一下看看是不是……"要死人了！真丢脸！

　　明白停顿了一下。她忙将衣服放到他的桌子上："你的衣服怎么在我的桌子上？"

　　"不知道。"明白慢慢地穿上衣服，"没注意，放错了。"

　　枝道突然想打喷嚏，她忙用双手掩住鼻子，往墙边侧了脸轻轻地打着喷嚏，又从抽屉里拿出校服穿上，才觉得暖和了些。化学课下课后，明白出去了。坐在身后的徐乐怡拍拍枝道的肩示意她转身，一脸八卦的表情。

　　"枝道。"徐乐怡小声说，"明白是故意把校服留给你的吧？"

　　"嗯？"枝道惊讶地皱眉。

　　"就体育课不是下雨了吗？我看他站在走廊上看着楼梯，我就顺着一看，结果看到你在打喷嚏。回头他就把衣服扔到你桌上了。"她挤眉弄眼，"明白是不是怕你生病啊？"

　　"怎么可能？你看错了吧？"枝道摆摆手，转过身，"我继续写作业了啊！"却没有一个字落在纸上。

　　明白，他说只是放错了衣服。枝道又想起前几天。她听他讲题，讲完后脑子一时转不过来，于是她放空了，把笔抵在下巴上，呆呆望着试题。明白的手在她的眼前晃了几下，她出神了，没有理会。明白突然捏住她的脸颊，轻轻地扯了扯，轻声问她："还在想？"

枝道立刻回过神，低下头："嗯……想不明白。"

"那我再讲一遍。"他到底抽了什么风？不是高冷孤僻吗？

十二点了，枝道抱着枕头还睁着眼睛在想这件事。

"明白，今晚我答应和徐莹一起走。"周五放学后枝道对明白说。

明白停顿了一下："什么事？"

"她想去逛逛饰品店，我陪她一起。"枝道觉得心虚，却不明白原因。枝道的确不想和他一起走了，之前总难以开口。这次却是事实。

明白点头："好。"

徐莹和枝道并肩走着，然后坐车前往市中心。她拉着吊环，歪歪斜斜的，对枝道说道："枝道，其实我一直都想问，你跟明白什么时候开始放学一起走了？我才知道这个消息。你还把我当朋友吗？居然一直瞒我。"

"不是，这个没必要说啊，都是同学，又是同桌，就刚好一起走呗。"枝道回她。

"要是其他人我才不问，关键是明白，他不是平常都一个人走吗？"徐莹笑着说。

枝道愣了半天，低下头："……他帮我补习功课。"

"别看他总是一个人，其实他也有热心的一面。不理解他的人就会瞎想。"徐莹笑了笑。

热心？有多热心？

"他帮很多人补习过？"枝道问。

"你不信啊？"徐莹拿出手机，翻开一个女生的QQ空间，往前三年的说说翻去，又说，"我们是初中同学，她坐在明白的旁边。明白补习的那段时间，她的学习成绩提高得可快了。你看她发的说说……"

枝道看到昏暗的教室里有作业本、试卷，女生瘦小的手臂和另一只修长宽大的手，手腕中间有一颗手表形的痣。

"原来他这么好心给别人补习啊，挺好的。"枝道笑着看了两三条就不看了，又说："徐莹，原来你和他是初中同学啊！你也瞒着我。"

徐莹笑着："这个没必要说啊！"

浑蛋，说只给她补习过，估计他对每个女生都这样说吧。亏她还信了。

回家的路上，枝道觉得天黑压压的，路灯也灰蒙蒙的。

这次周考枝道的成绩一般，比上一次进步两名，排名第三十二。枝道不像以前那样怨天尤人了，因为这个烦恼不是主要的。试卷一发下来她就总结自己的错题并反思自己做题的时间安排是否合理。枝道想和明白说，补习进前十有点儿难，要不算了……算了吧。她觉得有些郁闷，却开不了口。后来班里的同学去实验室做化学实验，老师让两两组队，徐莹推托不了她同桌的请求，让枝道找别人组队。

枝道找了卢子谅。卢子谅的成绩差，特别是化学操作，上次差点儿烧了实验室。枝道在班级仅剩的明白和卢子谅中想了想，两秒钟后立刻做了决定。做决定倒容易。当她陪在卢子谅的身边，路过一个人靠在墙上的明白时，又觉得心虚了，忙低着头借卢子谅挡住自己，快速走向没人的座位。

枝道也不知怎么就不敢与明白对视了。本来就没多大事，平时明白不也是一个人行动，她心虚什么？后来只有明白一个人做实验，其他人想加入，都被他冷漠地拒绝了。下课后，枝道看着明白第一个走出教室，脚下生风。枝道抿抿嘴，跟卢子谅道别，捂着额头第二个走出教室。她去小卖部买了瓶矿泉水递到明白的面前："要喝水不？"

明白没看她一眼，低头写着作业："不了。"

枝道讪讪地收回手："那让一下座位吧，我要进去。"

没有移动椅子，他缓缓停下写字的手，偏头仰视她，他问枝道："刚刚你们那儿怎么那么大的动静？"

也不算太大的动静吧……她暗自想着："我不小心把溶剂打翻了。"

明白转着笔："我听前面的人说你们俩的关系很好，是真的吗？"

枝道瞪大眼睛："这哪儿跟哪儿？"

"他们说你们拉着手出去的。"明白笑着看她。

枝道气不打一处来："那是因为我的双手都染上了，他好心带我去洗手。"

明白突然移开椅子让她进去。她坐回座位上，她还为这个谣言感到烦恼。

"他们可真能猜，什么都能扯上联系。那我以前每天中午还跟他玩游戏呢，还不知道会被说成什么样？真是一天天闲得没事干。"枝道小声念叨着。真拿这群爱八卦的人没辙了。

"就洗个手碰上了而已……小题大做。"枝道抬起右手。

"掰手腕不？"没等她反应，明白的右手突然握住她的右手腕往上滑，大拇指滑进她的虎口。

"喂。"枝道挣扎了一下。

"怎么了？"明白笑着紧握枝道的手，他看着她的眼睛，说，"反正都是同学。"

枝道愣住了。

"输的人在单元门前做十个下蹲。"明白又说。

明白的手很好看。指甲光亮，指尖圆润，修了小小的弧度，骨节有力。曾教她做题时，思路在他笔下生花的手。枝道还没反应过来，右手早已被他轻易地压下。他放开她，手背的温度由桌面冷色的木漆替代。

明白："我赢了。"

枝道回过神来。浑蛋！他一个大男生好意思跟她掰手腕，还得意扬扬地说他赢了？

"十、九、八……"费力做下蹲的枝道咬牙切齿地看着身前气定神闲的人，"一。"最后一个数字从他的嘴里说出来。

"不要脸。"枝道小声骂他。

明白挥手笑着和她告别："枝道，再见！"

"再见。"枝道也笑着。

再见你个麻花头！浑蛋，她是哪里惹他了？

枝道的父母是包工头，经常出远门看工地的情况，有时要第二天才回家。李英和枝盛国离开前就嘱咐她晚上要一个人做饭吃。

　　枝道会做简单的西红柿炒鸡蛋、炒大白菜等，够她吃。所以她一点儿也不烦恼，出门前"嗯"了一声表示知道。可好巧不巧的，路过超市想买点儿小菜时，她突然想起钥匙好像不在包里。于是翻来覆去地找，把包翻个底儿朝天也没找到。

　　那一刻天真的黑了。李英他们去的地方太远了，她没有备用钥匙也没多少钱，难道真要露宿街头？枝道的脸都黑了。

　　明白看枝道的动作和脸色，问她："怎么了？"

　　枝道的心里难受："我爸妈今天不在家……我忘带钥匙了。"

　　她正要跟父母说这事，刚要打电话就听见身边的人对她说："去我家吧。"

　　枝道愣了一会儿，摇摇头，指指电话："我问问我妈……"

　　明白看着她："你想听你妈骂你？"

　　一针见血。按照李英的性子，她要是打电话过去，肯定是先被骂一顿再给她钱。她不想听她妈总说她脑子不好，还要低声下气地找她拿钱。可是……她能怎么办？

　　"我妈同意你今晚住我家。"明白摇了摇手机。

　　"啊？"枝道有些呆，"阿姨知道了？"

　　他放下连屏幕都没开的手机："嗯，我刚刚给她发消息了。"

　　明姨在家应该可以吧。他们这不算孤男寡女，毕竟上次她也去过他家了……枝道还在犹豫，明白突然强扯了她的书包带就往前走。枝道只能被他拖着往他家的方向走去。好吧，她的性子最怕说出来的话使人觉得难堪。只能麻烦他们一晚了，尴尬点儿总比另一个选择好吧。她又想明白有时还挺好心的。

　　"谢谢。"枝道说。

　　可是，当她和他并肩爬楼，脚踏上第一层的台阶后，她就后悔了。等会儿自己还要洗漱、刷牙、上厕所什么的……多麻烦啊！于是她看着明白，咽了口口水，张开嘴。

　　明白说："我家有酒店带回来的洗漱用品，你将就一下。"

"……好的。"枝道闭上嘴，转回头。

第二次进明家。明白这次给她递了双黑色的拖鞋，她穿上，感叹幸好自己没有脚臭。

"明阿姨呢？"她看到明白打开客厅的灯，疑惑地问。

"她晚上从不睡这里。"明白坦然地看着她。

枝道的动作僵硬了。她突然觉得这里太空，空得让人心慌。心突然燥热，她用手扇了扇脖子："我还以为……你们……"

灯光照亮了整个空间。在少年话语的晕染下，这个地方骤然降温。她仔细观察四周，桌椅若干，透明的茶几上空无一物，墙面只有白色，一个米色的双人沙发，没有装饰、电器和其他家具，整个房间像个无人居住的地方，充满阴郁的色彩。

她摸了摸左耳，盯着他垂在腿侧的手。

"怎么不进来？"明白看她。

枝道看着平静的明白："你一直都是一个人住的？"

他倚在右边的墙上，双臂交叉，侧着头深深地看着她："害怕？"

"我怕你？"枝道笑了一声，"你有什么值得害怕的？"

明白："那怎么不动？"

"明……明白。"枝道咽了一口口水，身子紧紧地贴住墙，"你……你得发誓不会像第一次见面那样对我。"

明白大步向她走去，扯着她的衣袖直直地往前走去："放心，我不想进派出所。今天缺个做饭的。"

明白将她带到沙发边，用手指指着沙发说："今晚你睡这儿。"又指了指里面一个关闭着的房间门，"你可以在里面写作业。"收回手，他俯视她，"晚上做什么菜？我去买。"

枝道被明白的表现弄得有些迷糊，她下意识地说："西红柿炒鸡蛋……"

明白出门了。枝道还愣在原地，背着书包，捏着书包带，看着天花板，不知所措。

枝道走到客厅最里面,看着他的卧室门。手放到门把手上,内心踌躇着。

他说可以在里面写作业的……于是她打开这里的唯一一个房间,像是两个房间打通成的一个。房间宽敞,空气里有一股香味,干净整洁。室内的陈设不同于客厅,深桃花心木的英式家具,看上去舒适豪华。书桌上放着白色的台灯,墙边摆放着一排整齐的试卷和练习册,一个透明花瓶里放了一束干玫瑰花。

她一眼看见放在窗前落地衣架上的一排衣服:袜子、校裤、灰色长裤、纯色的深紫短袖……她匆匆收回眼神。小桌上放着一个香薰,他的味道像是由此发源。小桌旁是他的床,黑色床单、白色枕头,整齐简洁得像他的笔记。

他的卷子真多啊,密密麻麻的全是优异的分数,从初中到现在。初中?她看见一摞试卷最上面的一张——一中期末测评。班级初二一班,姓名……顾隐。她用手小心翼翼地透过纸的缝隙翻开剩下的纸张。姓名全是顾隐。他是顾隐?就是曾经在学校里备受关注的顾隐?他什么时候改的名?

枝道现在的表情像已经吃了屎一样,脸色极其难看。她偏不信造化,她将这一摞每张试卷都看了,越看脸色越青,直到最后一张——初三期末测评,姓名顾深,旁边一团被人划过的黑疤。她拿起看了一眼,一张空白试卷,什么都没写。没听明姨说过他家有两个孩子啊……可能是他堂弟乱写乱画的吧。

门一响,明白回来了。枝道忙把书包放在椅子上,迅速抽出作业翻开摊在书桌上。她出门看着他:"回来了……"

"嗯。"他把口袋放在厨房,"去做饭吧。"

她是他的煮饭婆?枝道的心里升起些微的不爽,后来又想到寄人篱下,算了。她大人有大量。

李英他们经常不在家,枝道早早地就学会了做饭和炒家常菜。她利落地打蛋,烧油翻炒。做到一半,她察觉不对。枝道转身,一眼看见明白侧着身倚在门边。他看着她,与她对视。枝道暗说一句"神经",又转回身继续炒菜。

饭后明白去洗碗，枝道就去写作业。写完作业出来，枝道背着书包看到明白慵懒地躺在沙发上认真看书，安静而祥和的气息笼罩着他。她想说她写完作业了，他可以进去了，但又不想破坏此刻的气氛。

他却抬头，放下书：“写完了？”

"嗯。"她点点头。

枝道准备玩游戏，这个月的游戏次数还没用。主要是没电视，她太无聊了，想放松放松，她掏出手机坐在沙发上。鸡叫一声，登录游戏。枝道突然抬头，他正看着她。她的心头一紧，摇了摇手机：“你要玩吗？”

"我不玩游戏。"话完，明白转身进了卧室。

切，枝道翻了个白眼。明白的那个眼神，她还以为是他怪她打游戏不带着他。

枝道的身量小巧，沙发刚好躺得下。明白不会让她睡床，还好他的心思直白，让她不觉得尴尬。

夜晚来临，她的眼睛、双手和思想均沉沉睡去。半夜莫名地清醒一阵。枝道迷糊着，以为还在家中酣眠。她一摸上身，皱眉疑惑着，怎么还穿着衣服？真不舒服。她眯着眼睛利落地褪去上衣，后来太困，裤子实在不想脱。她又熟睡过去。

半夜起身去厨房倒水的明白，打开饭桌上的一盏小灯。灯光照到地上，明白侧身看了看阳台，低下头。他看到沙发上的枝道。他起身拿了一件干净的长上衣盖在她的身上，然后进了卧室。他的行为过了。从答应帮她补习开始，他正一点点暴露自己。他有点儿怕有一天她知道了他的过去。

晨光熹微，阳光从窗帘缝里溜出一方地线，轻轻地爬过少女光洁的小臂，再蹑手蹑脚地瘫在地面延伸。黑暗的墙面被割出一束白银。

枝道动动眼皮，生物钟唤醒沉眠。她伸着懒腰，眼皮缓缓睁开，瞧着黑夜般的天花板。她偏头，看见地上的校服和粉色的抽绳小衣。

窗外有一只鸟在乱叫,从左边嚷到右边。她隐约听见小区外包子铺叫卖的喇叭声。

大门有响动。她突然想起不是在自己家里,不由得抓紧身上的长衣。明白将包子和豆浆放在桌子上,转身看着她:"吃完了上学。"

枝道不敢与他对视,有点儿慌张,又装冷静地用眼皮遮住一半眼球,脚趾抓紧,小腿收紧。她看他的神色淡定,她肚里虽然疑问扎堆,却什么也问不出,只从鼻子里哼一句:"嗯,谢谢。"

她知道都是习惯惹的祸。她终于隐约记起半夜她干了什么,但如果不是他的这件衣服,那她的心也不至于这么乱。这不就证明他看到了吗?浑蛋!她想到明白在黑夜里打量自己,然后嫌弃地皱眉,最后拿衣服盖上。她可真想劈了自己,顺便把他的眼睛也挖了。

明白进房间了。她立刻将衣服穿好。他出来时,她正局促地坐在饭桌边的椅子上。枝道的耳朵有点儿红,没有肉色。她低头喝着豆浆,不敢与身旁的人有眼神触碰,她看着包子皮上的纹路。他明明可以装作不知道,却给她盖衣服。不然她也不会觉得这么尴尬,也不会每时每刻都在想这件事。

"喜欢这样睡?"明白问道。

她惊慌起来。豆浆呛住了,枝道猛咳三声,她对上他平静的眼睛,想看透他在想什么,却败下阵来,眼睛忙看向别处。

"我……以为在我家……"她口齿不清地说。

明白喝着豆浆,声音平淡:"喜欢拖延,喜欢看小说,喜欢闻味道,喜欢看别人的手。"他又问,"还有喜欢的吗?"

枝道愣住,迟缓地摇头:"没……没了。"

"或许……还有……"他一笑。

她愣了一下:"什么……"

明白直视她,眼光包裹住她,从皮穿骨。仔细打量着她,平日冷淡的成熟的神色因左脸上的梨涡,透露着可爱、稚气的意味。少年的面容干净如雪,笑得她心里没底。他说:"喜欢我叫你姐姐。"

枝道只想找块地儿把自己埋进去："你那天不是……"

明白收起了笑意，喝完最后一口豆浆，斜眼看她："喝了酒就一定不省人事吗？"

枝道忙低头看手表，吃完包子："快上学了。"

"这是你的奇怪癖好吗？"明白不让她逃避。

枝道的脑子神经已经错乱。明知道这个人说话是不遮掩的，总是直白地让她感到羞耻过度。

"我只是觉得好玩。"枝道反驳。

"好玩？"明白笑着，嘴角的幅度很小。

"我吃完了。"枝道起身立刻走到沙发处，将放在茶几上的书包背上。她瞟了一眼那件长衣。

"我睡一会儿。"公交车上，他们坐在最后一排，少年说完闭上眼睛朝窗侧靠去。枝道"嗯"了一声，低头看着手指。路很长，平时要坐二三十分钟的车才到学校。学校在市中心，小区在市边缘。她无聊地背诵着古诗。

"对酒当歌，人生几何。譬如朝露，去日苦多……"

少年轻轻动了动耳朵，头缓缓靠近。枝道的肩膀突然传来压感，她的心头一紧，低头看见他繁茂的黑发和翘挺的长睫毛。

睡着了？枝道没有立即推开明白。她看他的眼皮、鼻子。她感慨少年的肌肤嫩白得毫无瑕疵。她想，这样的人，上帝要费多少心血才能塑造完成，而她，更像是草草填个女性形象，就让她出生了。

枝道看着，她缓缓地低下头，动作缓慢。公交车微微摇晃着，她随着轻轻起伏跌落，掠过他的鼻尖。少年微凉的肌肤一闪而过，她闻到他好闻的气息，连忙抬头，侧着脸看向窗外，脸逐渐发热。

明白没动，脸色平静，睡得很沉。

阳光扫过他的脸，少年被隐藏的耳朵红得如夕阳。

高三下学期，月考后班主任忘了分座位，枝道与明白就这么继续做同桌。两个人之间有一种微妙的感觉。枝道想了很久，最终得出的结论是因为接触得多、接触得久。他们从同桌变成了……应该是朋友。这下说得通了，因为是朋友，她才在意他的一举一动。她给他带牛奶，帮他做饭，关注他和别人的关系。他帮她补习，收留她，给她盖衣服。因为他们是朋友。

中午吃完饭，她和徐莹习惯性地绕操场走三圈再回教室。她们聊着天，看着草坪上坐着的、站着的、跑着的、打球的，还有和她们一样散步的人。两个人沉默着，枝道指给她看有趣的人或事，或者调侃、贬低自己以找到新的话题。

徐莹看着远处纷纷扰扰的人群。她的眼光深邃，像沉入深寂的海域。她突然转头对枝道说："枝道，你知道吗？很多人都想和你做朋友。"

枝道愣了一下，随即笑起来："这我早知道了。"她的右手平放在下巴下，做新疆舞蹈晃头的动作，"毕竟我可是个万人迷。"

徐莹平日持重的脸放松下来："我是认真的。枝道，不知道为什么。"她说，"你总有使人轻松的感染力。当气氛冷下来或是对峙时，你总能找到话题，在无趣的谈话或动作里找到有趣的点，气氛一下就缓和了。和你交流时，我不再是个老成严肃的学习工具，我也俨然是个快乐的人，在欢乐世界里妙趣横生。你是这样的。"

"其实就是天性乐观嘛。我也做不来说话深沉那样。我就比较……皮。哈哈。"枝道抬眸望着天空，隔了一会儿，她说，"或许哪一天，我要是说话不有趣了……"

"那一定很别扭。"徐莹笑着接了她的话，"你看快乐的人都是把悲惨讲得津津有味，而我，对一件事总是较真儿，也总因为它而抑郁。"

"目光放远，万事皆悲。"枝道摇摇头，"目光放远，你就不伤心了。"

徐莹看了她一眼，缓缓低下头，笑着："真好！枝老二再也不是倒数了。"

"我也挺想有个厉害的人帮我补习一下。"徐莹笑了一下。

枝道认真地说："那你今天绝对会后悔说这句话。不对，反正你别找明白帮你补习，那就行了。"

"你对他的意见这么大啊!"

"怎么说……"枝道皱着眉,"反正……反正他有时挺浑蛋的,有时又挺好。你觉得他好时,他又突然打破他的好印象;你觉得他坏时,他又感动到你了。反正就让人头疼。"

"哈哈……"徐莹笑出声来,"其实吧,我说我了解他只是在他初中的时候。毕竟那时我俩是前后桌,现在虽然也是同学,但交流接触的机会少了很多。听你这么一讲,我感觉他的变化还真是蛮大的。"

"他以前……"枝道问。

"以前他很热心,几乎没有同学说他不好。他不仅成绩优异,脾气也很好,没现在这么冷漠、孤僻。可能是我的固有印象太深,所以才一直说他虽然高冷,但是个很好的人。"

枝道小心地问:"他以前……是不是叫顾隐?"

"嗯。"徐莹点头。

"那个,他跟茉荷老师是亲戚吗?"

"怎么可能?"徐莹笑她。

枝道也干巴巴地跟着笑,她突然觉得脖子冷。她缩紧了脖子,把双手放进上衣兜里,缓缓地握成拳头。

上课前两分钟的铃响了,她和徐莹消失在操场上。

"枝道,又做白日梦呢?"李英拍了拍她的肩膀,又伸头看她桌上的作业,"一个小时了,就写那么点儿字。"

枝道握紧签字笔:"妈,你不是不知道我写作业就是静不下心。"

"不是我说啊,你之前不是早就改了这个坏习惯?心头有事当然写不好。你现在吃穿不愁,瞎想什么呢?"李英反驳她,接着又说,"你还记得你二婶家的那个堂姐吗?高中不好好学习,心思收不回来,从年级前十直接跌出前一百,最后就上了个普通二本。我跟你说,你别跟我整那些乱七八糟的,听到没?"

"我就不能是因为学习的压力大吗?"枝道烦躁地用双臂抵着李英的背把她推出她的卧室。她认真地向李英保证:"妈,你放心,我会好好学习的。"

又一次月考,枝道的成绩刚好是全班第二十名,班主任特别表扬了她的进步,颁发给她一张进步奖的奖状,她好好地收藏进文件袋。枝道喜欢收集成功的证明。

"很开心?"明白问她。枝道没有立刻回他,随后她点了点头。

明白抬眼深沉地看她:"那陪我去个地方。"

什么都听他的,她没有理由拒绝,即使想逃避。

枝道和他走在路上,尘嚣如一群嗥叫着的野狼扑面而来,路灯照在头顶救赎般发着光。

明白说:"去春江堰。"

于是,晚自习结束,他们提前五站下车,沉默地步行两百米后停在桥上。

黝黑的夜色下,大河的河道宽如黑带,河水滚滚静无声息,河两岸绵延远去,渐渐被黑夜吞噬不见。河对面是被雾蒙住眼的蓝色的山,淡淡的。有风,她的臂肘支在桥栏上,河灯粉紫色的光反在她脸颊,泛着淡紫色的幽光。她顺着飞扬的一丝头发看去,看到双臂交叉支在栏杆上的明白。他静静地看着河面,目光平视,胸膛前的校服被风搅乱,校裤紧贴他的大腿,黄色路灯的光微微落在他的鼻尖上。

一个人擦过他,下一个人路过他。他平静地伫立着,人群在眼里突然模糊虚化,她清楚地看到孤独的他的眼皮在眨着。他希望有个人陪他,她想这就是他带她来这儿的解释,那次也是。其实不只是合约。他好像天生自然而然地有吸引人和指使人的气质。他不爱说话,一说话便有高高在上的感觉,让他人心生敬畏。

别人给他的评价是冷,她觉得他是慢热,又或是伪装。

"给。"枝道从书包里翻出一个白色的长方形盒子递给他。

明白接过去,疑惑地看着她。

"礼物,你不是帮我补习吗?这是给你的谢礼。"她看了一眼明白的脸又低下头。他打开盒盖,愣了一会儿,握住后拿出来,四指正对她,眼睛微微眯起,然后四指轻轻放开。锦旗的红色布从锦杆上快速滑落,黄色的装饰线弹跳着。他看了眼锦旗上的字，又盯着她，一字一字地缓缓念出来："妙手回春，赠予明白。你的同桌枝道。"

"哈哈。这不，你挂墙上多有面子……"她看他的表情不对，声音越来越低，"别人……就慕名而来，找你补习……"

"你让我挂在学校？"明白挑眉。

"……你也可以……挂在家里。"

"那谁知道我有一面众望所归的锦旗呢？他们还怎么慕名而来？"

"……你爱要不要！"枝道握住锦旗，瞪着眼睛，"不要就还我。"

明白拍开她的手，将锦旗卷回原样放回盒子，"那要吧。第一次被人送锦旗，怎么能不收下。"

天色更暗，灯更亮了。枝道看着明白将盒子放进书包内层，拉上拉链的那刻她收回了视线。

"明白，我是真的谢谢你。"枝道看河水从桥下流走，"我很庆幸有人能在前面为我指路。以前都是我一个人去摸索，不仅费时间，也走了很多弯路。"

身旁的少年沉默着，他低低地笑了下。"你不是说……"他停顿了一下，"我是个浑蛋吗？"

他是怎么知道的！嗯？她记得没对他说过啊……枝道的全身僵硬。她不敢转头，又干笑两声："哪有，你听错了吧？您老好人，大大的好人。我没说过。"

明白深深地看着她，然后侧过身，只有右臂肘抵在桥栏上。他笑着问她："枝道，现在还怕我吗？"

"不怕啊！"枝道低着头，摸了左耳耳垂一下。

"真不怕？"明白问。

"不怕。"

"怎么不怕了？"

"不怕还需要理由吗？"枝道说，"那都是几个月前的事了。你以为我还会放在心上吗？"

明白没再追问，只是定定地看着她偏头与他对视的眼睛。他笑着露出纯洁的梨涡。

"那如果……"明白的声音压得很低，像汽车的轰鸣，"我对你做让你更害怕的事呢？"

河面的光线更暗了。雾蒙蒙的水汽笼罩在河灯之下，氤氲的湿气在脚底弥漫。

"那你就等着坐牢吧。"枝道放狠话，虚张声势地道。

明白小声笑出声来，深情地看着她，说："枝道，你真可爱。"

枝道的耳朵敏感地抓住形容词。如果说一个女孩子可爱……那说话的人是什么心态？很快，枝道抛开这些，向他说起别的："我现在什么都不想当。大人总爱问你长大后想干什么。律师、医生、公务员，还是老师？好像就这几个选择叫未来，其余的职业不是不务正业就是夸大其词。我现在只在乎分数和排名。"因为我们平凡，做不了拯救世界的伟人，她一直这么想。

"反正人都要死，这些不必看太重。"明白说。

"老说死干吗？既然都活着了，在生里想死多浪费自己来这一趟。"她反感明白总说这些字眼。

明白望着天上的弯月，弯月像他的眼睛。

"因为我是该死的那个。"

明白的影子和身体混为一体。枝道突然觉得有点儿凉，手臂的汗毛猝然竖起。身旁隔着一米远的少年像一团黑雾。她因为迷障而惶惶不安，在未知的危险里左顾右盼。她轻轻地后退了一步。河风吹动他额前的头发，他看向她，衣领整洁。

"想听我的事吗？"明白温柔却古怪地说。

枝道不敢看他。这是男巫师的古瓮，后怕的恐惧使她不想再听多余的句子。

"快回家吧。"枝道打了个哈欠，"我妈肯定在催我了。"

明白笑了笑。


回小区的路上他们路过烧烤摊。待了那么久，枝道饿了，于是烤了两串金针菇。她对老板说:"麻烦加辣。"

枝道看了一眼明白:"你吃吗?"

在她以为沉默就是拒绝时,明白却说:"给我一串。"

"不加辣,对吗?"她知道他的习惯。

明白:"加点儿,我试一试。"

他在隔了很多年后第一次吃辣。他对油辣的感觉感到不适,看了金针菇很久,最终还是张开嘴。一根金针菇轻轻地搭在唇上,他用牙齿咬住,用舌尖缓慢地轻抚。入口的味觉刺激得他差点儿吐出来。他忍住,咀嚼了两下。神经在强大的自制下渐渐服从,他的味蕾好受了很多,却还是只能细嚼慢咽地适应,改变他以往的舒适圈。最后他只吃了两根金针菇,不过够了。他试一试,继续做个有救的人。

第五章
CHAPTER 5

×

**确定**
初开之花

　　枝道和明白做了半年的同桌，相看互厌的格局被打破。他们即将迎来高三下学期一次重要的月考。

　　"做题要仔细，不会做的大题一定要舍弃，把会做的题扎实地把握好。临睡前背模板，明天再背一遍，记忆更深。"临近考试前的最后一天，他对走在岔路口即将回家的她说。

　　枝道点点头："我会把你教的都记在心上。"

　　"嗯。"

　　天色还在发白，夕阳的光落在少女的鼻尖上，她的笑容真实而美丽。她向明白挥手说再见。

　　"枝道……"明白唤住她。

　　枝道疑惑地看着明白，停止向后转的身体。

　　"加油。"明白说，声音很平淡，和平常一样。

　　枝道凝视着他的眼睛，突然闪过这半年，明是自己的往事，却像个过客般只能放第三视角回看。从害怕、对峙、冷战到亲近、互助、鼓励。怪了，怎么记起这些？猛地，她才意识到原来它一直在跟着她。以为消失了，它却潜伏着，只等某个特殊时候乍现。

枝道说:"谢谢。"她想起什么,从书包里拿出一根香蕉递过去,"不管结果怎么样,我会去面对,并且永远有信心、有耐心去实现我的目标。"

枝道看他接过去缓缓握紧:"明白……你也要加油。"她低下眸子,踢走一颗石子。她又说:"所有的事情都会变好的。"

明白看了她的背影很久,漫长得像蹒跚的岁月。她走出十米,马尾扫过书包的右侧,再到左侧。少年的食指在校裤的边线缓缓地打圈。一圈,又一圈。

考完试的第二天,枝道看着排名表,又看了看试卷,偏过头不好意思地说:"第十四。哈哈……绝对是因为上天不想让别人觉得我开了金手指,故意的……"

她旁边的少年认真而严肃,他仔细地翻看她试卷上的错处:"知识面不广,思虑不深,不够谨慎,不注重细节,还有……"枝道认真地听着,眼睛盯着他的手。

明白说:"的确不够聪明。"

枝道抬眼看他,只想认真地狠狠地捶他的头。

"离高考就只剩几十天了。"班主任张雪分几点总结后,说出这番话,"这段时间才是真正的考验,同学们会有无比大的压力和负担。这一段时间,成绩的变化也会很大,大家一定要调整心态,放松自己,别一直绷着。一直做一件事情的确枯燥,但当你能坚持下去,就一定对得起未来的自己。建议大家在这个假期看一部电影《肖申克的救赎》。当安迪爬过五百米的下水道在雷雨天伸出双臂仰望黑夜大笑时,你就会明白,希望是最美好的事。"

枝道用笔在笔记本封面上写下:

愿你合上笔盖那一刻,有战士低眉收剑入鞘的骄傲与从容。

"接下来,班长和学习委员会给你们发一张纸和一个信封,是写给高考结束后的自己的。我会帮大家一直保存着,等高中最后一次班会时还给你们。"班主任笑了笑,"人最遗憾的事就是记性不好。希望以后的你们看了这封信,在大学乃至以后,都能这样永远朝气蓬勃,为美好优秀的自己而坚持不懈。"

信纸是白色的。枝道打开笔盖,抿了下嘴,写下了第一行:

你好,枝道。

写这封信用了十五分钟,信纸最后被她细心地折叠好,放进信封里,用双面胶粘上。

"还有一件事,"张雪敲了敲黑板,"这次会根据月考排名抽签来换座位。大家要换新同桌了,做好心理准备啊!"枝道突然看向身旁的明白。

张雪说明天见。又一个冲刺阶段结束。

枝道听到前排有人在说:"李锦,我好舍不得你啊!都坐大半年了,我都对你有感情了,还有啊,李锦,我都要离开你了,你弄丢的我的橡皮啥时候还我啊?"

离开和再见,是终点也是起点。

今天没有晚自习。夕阳像一盏老旧的灯,钨丝烧得通红。虚淡实浓的云层层绵延,瞳孔里装不下无穷无尽的思绪。枝道和明白并排站着等车,她看到明白灰色帽子上的缝线细密。车来了,他总是在她的身后上车,是她刷完卡之后的接替者。不是高峰期,明白坐在她的前面,高大的肩背在她的脸上投下阴影。

她问明白考得怎么样。

明白:"一样。"

枝道噘起了嘴说:"炫耀。"

明白:"这算炫耀吗?"

枝道说:"咋不是?你就是刺激我。"

他偏了点儿头看她放在椅背上的手,说:"嫉妒使人丑陋。"

城市里六点钟就亮起了灯,最后几站,公交车上的人已经快下光,夕阳还没歇息。明白突然转过身,手臂搭在椅上,头缓缓地压低。正看向窗外的她发觉,偏回头对上他的视线。那时夕阳和街灯刚刚好,红橙色的暖光照在脸上留下好看的投影。少年的五官有光的晕染更显得精致了,他若有似无地看着她,眼神像清晨开窗迎面而来的第一缕风。他看着枝道向他看来,于是轻轻地一笑,露出梨涡,如冰河消融,春流倾泻。

时间仿佛静止下来了。她的耳朵听不到声音,像是突然失聪。报站声响起:"清江西路到了,请到清江西路的乘客带好自己的物品。"

枝道突然听到汽车鸣笛,车擦过车的呼啸,路过窗口的人的低语。

灯光消失。她的身体随着公交车的起伏颠簸着。天很黑,她一时看不清路。

这次她快步走在明白的前面,捏紧了书包带,双腿像风火轮。

明白跟上来,扯住她的书包:"不怕狗了?"

枝道疑惑地看向明白:"你怎么知道我怕狗?"

"我看它叫一声,你吓得两腿直打哆嗦。"他自然地走在她的前面,放远眼光看向一楼院子里正在酣眠的恶犬,又说,"胆儿怎么这么小?"

枝道捏紧了拳头,看着明白的背影,莫名的情绪正像暴雨天的下水道,一股一股疯狂地涌向厚重的水泥盖。是的,他胆大,他有什么不敢做呢?谎话连篇,什么补习、可爱、姐姐……浑蛋!浑蛋!她不清楚明白是不是比她这样循规蹈矩的人会玩,但她不停地想着:他英俊有才,撒谎成性。为什么愤怒会使人的鼻子发酸。她想,这些和她又有什么关系?反正要分开了,合约也到期了。她离他远一点儿不就不受干扰了。

"拜。"枝道头也不回地走了。明白是什么表情,什么回答,她不想去看、去听,只是急匆匆地走到单元门口。她停下脚步,站在单元门口久久地没有进去。

枝道低着头,一直摸着自己的书包带。她转过身,仰望着四单元七楼的玻璃窗。太远了,她看不清玻璃窗内是光鲜还是丑陋,只能看到玻璃窗表面是瘆人的黑。

李英和枝盛国又不在家。打开灯,枝道放下沉重的书包,走到洗漱间冲了脚,便坐在沙发里。她打开电视,想看一部电影。遥控器上上下下,左左右右地按了一会儿,她最终找到了一部想看的电影,点开。她把灯全关了,抱着膝盖躺在黑夜里。电影的声音在房间里回荡着。电视的光线忽暗忽明,一会儿蓝一会儿紫,照着头发遮住眼睛的她。枝道听着电影中人物的对话,眼圈慢慢红了。

她从茶几上拿起手机,解锁点开,再点进空白头像,看到最后一条聊天记录。

浑蛋:"错题分析一下。"

六出:"好嘞!"

枝道点了下输入框,输入法跳出来。她想了很久,缓缓地打着字。电视的蓝光在手指尖上跳跃着。

六出:"明白,这段时间谢谢你的帮助。虽然最后我没能进前十,但你给我的比进前十更多更多。我非常感激你能在我困惑、堕落的日子里,一点点教我如何变得优秀。我们的补习合同已经到期,我们以后不用一起走了,我也不会再麻烦你。谢谢你,你是我遇到的一个非常好的……"

她停顿了一下,又继续往下写:"同桌。"

六出:"祝你我都能金榜题名。"

十分钟后,她收到回信。

浑蛋:"嗯,那就结束了。"

平淡的回答一如往常,看不出情绪。不知道"嗯"是回答哪一个问题,是上一个问题,还是下一个问题,还是都是?算了,又想这么多,脑子怎么老是不听话。反正以后就毫无瓜葛了,她的世界终于清静了。

永远别和这样的少年再有接触了,她想,不然她就去吃……

电视里放着电影《非诚勿扰》。舒淇在说:"一见钟情钟的不是情,是味道,是气味。人跟动物一样,是依靠气味分辨同类的。"

枝道仰起头,又低下头。手从下往上抚摸手臂,放下后将脚趾一根根往上掰。电视发出的光照在脸上,四周又安静又吵闹,灰尘在空气里舞蹈,像一艘船沉入海底,白色的泡沫塞进鼻子里。

电视里的人很不开心。


七点三十六分。她放在腿边的手机响了一声,收到一条消息。她缓缓地拿过手机,解锁屏幕,点开软件。

浑蛋:"八点,楼下的亭子里等我。"

枝道突然流出眼泪，把手机用力甩在沙发上，一直骂他浑蛋浑蛋浑蛋。

八点钟，枝道照照镜子中已到双肩的发尾，准时下楼。

风很轻，潮湿的空气像是刚下过雨，夜晚的宁静争不过人声的喧闹。广场上的音响传进耳朵，亭子在他和她的家中间，小道上很安静。亭子是用木头搭建成的，一层一层的长方形，藤蔓在缝隙里丛生。明白低头看着脚下，站在亭内，像松柏，亭内有木头椅子。

枝道绕过池塘来到亭子内。她站在明白的身前，停下脚步，看了他一眼，低下头："什么事啊？"

明白抬起右手，将手中的东西递给她——一本黑色笔记本。封面单调地烙了一排英文句子。枝道疑惑地接过去，下意识地翻开封面。空白的页面上什么也没有，于是她再翻一页，久久而认真地看着。

一分钟后，枝道抬头看着他："这……你写的？"

明白点了下头："结束了，送你份笔记。"

枝道看了看笔记，翻了翻后，又仔仔细细地打量他，难以置信地皱眉：不可能吧……这是他写的？他啥时候把字练好看的？嗯？现在这字都能上黑板报了，这还是那个创下"明氏甲骨文"的他？平时给她讲题时不还是那副蜘蛛体吗？

"你写……的？"枝道又抬头看了他一眼。

明白皱眉看着她："不可以吗？"

枝道再次认真地看笔记上的汉字、数字、字母和符号的组合。字体规整，页面整齐，清晰悦目，引人入胜，远不是当初让人退避三舍的恐怖笔记。

他为什么要练字？

明白看穿她的想法，他说："老师说我的字影响卷面分。"

枝道已经很久没看过他的卷子。记忆中久远的上次，她想看他的数学卷子，结果却被严词拒绝。那段时间她还感觉特别不舒服，谁想看他那笔破字，丑得让人想哭，还当她是有多愿意呢。自此她打算绝对不会看他任何一科的卷子。

枝道轻声说:"谢谢你了。"她看了看黑色的天,准备转身回家,右肩往家的方向渐渐转过去。

明白抓住她的连衣帽:"枝道。"

枝道动了动脖子,侧身不满地看他:"你咋老抓我的帽子?"

"比我高我就不抓。"他气定神闲地道。

嘿!她这暴脾气!枝道反手抓住他的手腕:"放手!"

他的力气远比她大,抓住她的帽子不放。他散漫地仰着下巴,声音低沉、缓慢:"枝道,你是不是记性不好?"他又说,"我不是说过我跟茉荷没关系吗?"

枝道缓缓地放下手,说道:"谁知道你说的是真的还是假的?你忘了之前我还在她的办公室看到过你……我又不是个瞎子。你说你是不是又在骗我……"

他盯着枝道念叨个不停的嘴,抬手将帽子扣在她的头上:"那么激动干什么?"

枝道停顿了一下,突然大声吼出:"你管我!"他好烦啊!她想走,却脱不开身。

"我没有骗你。我和她是亲戚,那天她家里出了点儿事,她的心情很糟糕,认错了人。你只是刚好碰见了。还有……"明白盯着她的眼睛,"你的眼神是真的不太好。"

少年放大的脸如院子里私藏的蔷薇,眨眼时,是云层里时隐时现的星星。枝道的心又高高地提起来,不一会儿,徐莹和李英的话便交错地刺进她脑髓里。但这些和她有什么关系?她不该管这些。

"我要回家了。"枝道推开他。


明月坐在沙发上看着班级排名表,抬头看了一眼刚进门换鞋的明白。她笑着摸了摸排名表上的分数:"李老师说你最近字越写越好了。之前让你练字你不肯,怎么现在改主意了?"

"想改就改了。"明白低头,换上纯灰色拖鞋。

明月的右手食指轻轻梳理耳后的头发："嗯，只要你想，怎么改都行。"

明白停住动作，像夜狼般盯着她，右手的手指划过左手中指的血疤："我不是顾隐。"

"我知道……"明月低头又看起了卷子，翻了个面，"对了，明白，李老师还跟我说，以后不要用'Z'当假设字母了，大家都用的'X'。老师说你这样以后会扣分的。"

明白低头答应道："嗯。"

"饭已经做好了。"明月停顿了一下，缓缓起身，"那我走了啊。"

"嗯。"明白抬起头。

门关上，发出轻微的响声，明月已经离开。他背对着她的身体终于转向门的方向。在这间屋子里，他习惯只有一个人存在。

茶几上放着一堆卷子和一个玻璃水杯。他走近，拿起数学试卷，轻轻地躺在沙发里。他的眼睛从选择题看到最后一道大题，他的食指缓缓地放在"解"字上，缓缓地往右，再往右。最终，手指头停在"Z"上，倒影在杯子里摇摇欲坠。

他与他的名字完全相反，从不让她明白。

周末，枝道除了做作业、玩游戏，基本没出过门，徐莹邀她出去她也提不起兴趣，仿若有个疲倦的老人住在身体里。频繁的活动是和卢子谅打《精英》游戏，她想升个星钻段位。卢子谅已经是王牌了，他说带她上分。于是每天晚上八点，她和卢子谅都开始打游戏。

刚准备进入游戏，QQ 的消息却弹出来。她看了看名字，愣了一会儿才双击点开。

浑蛋："你看笔记了没？"

六出："看了，怎么了？"

浑蛋："你在写作业？"

六出："没有。"

浑蛋："那在干什么？"

明白突然问她这个干吗？突如其来的。自从那天分开已经是两周前的事了，不会又抓她玩游戏吧？合约已经结束了，难不成他还能命令她？

六出："玩《精英》啊！"

浑蛋："和卢子谅？"

他怎么知道？不过，这又关他什么事？

六出："是啊！"

五分钟的沉默，他像是失踪了。她不想再等他回话，于是退出聊天软件。刚要进入游戏，消息却来了。

浑蛋："邀我。"

嗯？她眼花了？枝道认真地瞪大眼睛看着屏幕上的字，久久没回过神来。

明白不是从来不玩游戏吗？以前说了多少次他都不玩，固执得跟个老人家似的，他是开窍了还是被附身了？他不会真的要跟她一起玩吧？再说，还有卢子谅，他又不会玩，到时候卢子谅带两个坑……一气之下会不会以后都不带她上分了。

她不想受他的影响。枝道的手放在键盘上打字，她停下了，手指放在发送的按键上，迟迟不按。她已经两周没和他说话了。她删除写的文字，又写，再删除，再写。反反复复，逐字斟酌。浑蛋真的好烦！

她抿着嘴，最终打字。

六出："等我进游戏。"

窗口有风。黑色签字笔被吹到黑色笔记本翻开的中间停下。三行字刚写下不久，墨渍未干，像晾晒着的衣服。

*我坐上一辆摩托车。*

*我知道总有一天要踩下刹车。*

*但被风吹乱了头发。*

她为什么要答应他？枝道点开《精英》游戏界面，卢子谅邀她组队，见她进队，打开语音对她说话："那开了啊！"

枝道取消准备:"等一下,那个……明白也要玩。"

卢子谅愣了几秒钟,回她"好"。

枝道查找好友名单,从上往下找到"浑蛋",热血青铜段位。她躺在被窝里点击邀请,又看了一眼卢子谅明亮的王牌标志,心生羡慕。

她打开麦克风:"卢子谅,你好厉害啊!"

她没注意明白进来,等她意识到的时候是因为他退出组队。

枝道皱眉,发 QQ 消息问他怎么了,一分钟后,他回复她。

浑蛋:"上错号了。"

浑蛋:"加我这个。"

浑蛋:"隐茱。"

咳咳。怎么他还有别的号?她复制名字,点开查找游戏好友。头像是张抱着猫的男头,段位不朽星钻。她点击确认添加。这应该才是他的大号,一个 QQ 号关联一个游戏账号。她摸了摸屏幕,原来他一直都在用小号和她聊天。

游戏中透明的聊天栏出现一排白色字。

隐茱:"我不太会玩。"

开玩笑呢!他是星钻段位,不会玩?枝道当他开玩笑,三个人随即组队进入地图。之后的三人之旅印证了他的说法。他不知道绷带可以回血,不知道添加子弹,不知道点击可以上车,简直就像个白痴。

枝道想起上一局就来气。她正和卢子谅一起趴在草丛里埋伏,开语音说着话。她说敌人在西南方向。卢子谅瞄了一眼说,你趴着别露头。话完,他一枪 AWM(一种军用栓动狙击枪)爆头,把敌人击倒。她还来不及兴奋地称赞,突然一阵爆炸,她和卢子谅就被手榴弹给炸死了。

惊愕间,一看聊天框。

隐茱:"抱歉,我还以为是烟雾弹。"

她面带微笑。她让他跑过来扶救,结果跑出两步就被闻讯而来的敌人给乱枪打死了。真……无话可说!她气得肠子疼。好不容易她捡到信号枪,打上天空拿物资。好枪好资源自然让技术好的卢子谅先拿,她挑剩下的,卢子谅只拿走了 AWM。她站在空投前久久没有捡。她让他过来。

六出："明白,这还有把 M4（一款突击步枪）和三级甲。你先过来拿吧。"

隐茉："不用。你们拿吧。"

六出："真不要？"

隐茉："你给他,我不要。"

枝道手上只有冲锋枪。她是看他的手里只有低级霰弹枪才决定给他的。爱要不要,她就可怜他这么一次,错过就再没机会了！她立刻换枪。

缩第二次毒圈时,也算倒霉,坐同一辆摩托车的明白和卢子谅被轰炸了,两个人奄奄一息地等待她去救援。她离得远,附近都是山,没有一辆车,就算刚好赶到也只能勉强救一个。

救谁？她边跑边纠结,左右为难。要不先救卢子谅……毕竟是他带她上分,可她却带了个"祸害"来一起坑他,害得他一直掉分,挺愧疚的。于是枝道往卢子谅的方向靠近一点儿。

"你先救明白吧,他的血少。"卢子谅说。

"都差不多,我先救你吧。"

"好,我等你。"

"扶我。"耳麦里突兀地传来第三个声音。

"……"

枝道呆住,拉方向奔跑的右手迟缓。

卢子谅说："那你先救他吧。"

有比较才知晓声线的不同。卢子谅的声音浑厚,飞泉吻石的沉闷；明白的声音如他皮肤给人的感觉,如晴日竹林鸟鸣。

"这怎么……"枝道支支吾吾地道。

"算了,我快死了,你救他吧。"明白往她的方向远离。

"我……"

后来她利落地点选一颗手榴弹,按住方向键往地上扔。一声巨响,手机屏幕出现三人成盒的和谐场景。手机一时安静下来,游戏结束。卢子谅说不玩了,她也不想玩了,心力交瘁。

她仔细思索用词："明白,我们……有空再玩。"

"嗯。"明白退出游戏。

枝道长出一口气，打开游戏记录。其实他玩得还行，就是开局太过白痴。后来熟练了，一局也杀好几个人，比她厉害。不知道他发什么神经突然想玩游戏了……他以前竟然玩过游戏，她一直以为他是个老古董。

她点开隐茉的资料卡，看了很久，图形的记忆远比文字更深。她恍然间发觉这个头像有些熟悉。于是退出人物资料界面，在左侧的朋友栏里翻找，食指从下至上划了三下。她看着，手指停止动作。然后她点开资料，上学期开学她就加进了好友名单。"茉隐"——备注茉老师，头像是一只被男生抱着的猫。

开学后，她再没和明白说过一句话。

枝道以抽签的方式与卢子谅同桌。她绕过他，避免和他接触。放学最后一个收拾书包，一个人坐人稀客少的公交。有时她看着明白戴着灰帽慢行于急匆匆的人群中。在食堂的素淡饮食里罕见地出现几块荤辣食物，她看着他皱眉吃下去，用餐时间依旧在二十分钟以内。他不参与班级活动，从不组队，不积极与人沟通。

隔得远了，她发现明白始终一个人。她马上推翻自己的结论。不，他还有茉荷。她不会再相信他说的任何一句话。

有次碰到过明白和茉老师，具体时间记不大清楚。大概是星期五，快走过小区拐弯前的那条小道，她看到明白和茉荷并肩走进他家的单元门。门嘭的一声关上，她的心也跟着关上。等人彻底消失，她便低着头加快步伐回家。眼睛看到得越多，安心学习的理由也就越多。

卢子谅的话多，比她还能聊。两个人从高一下学期就一起玩游戏，于是做同桌也不会觉得尴尬。他俩说个不停笑个不停，哪像以前跟过冬似的。卢子谅对枝道很友好，几乎是有求必应。帮她倒水、买零食，早餐送给她，说是自己不想吃，又带她游戏上分。他让枝道帮自己补习，于是她将明白教给她的方法教给卢子谅。

"这也是明白教你的？"卢子谅听枝道的解释后皱起眉头。

枝道点头："他学习真的很厉害。"

卢子谅低下头："可我不想用他教你的方法。"

枝道愣了一会儿，见微知著，佯装没听见般和卢子谅聊起别的，心头的不安却放大。

一天，卢子谅突然向枝道说："要不以后我们放学一起走吧。"

枝道已经习惯一个人，不想和别人一起，于是笑着委婉拒绝："不用啦，我平常收拾东西很慢的。"

卢子谅："没事，我等你。"

枝道："真的不需要。你看晚自习结束就没有多少时间了，你早点儿回去。"

卢子谅盯着枝道，笑着说："枝道，你都能和明白一起走，为什么和我就不行呢？"

枝道呆住："那……不一样。"

"怎么不一样？"卢子谅皱起眉头。

为什么，她不想说。枝道埋头做起作业："真的，我已经习惯一个人走了。"

等到放学，枝道收拾好书包。抬眼望向门口，她看到卢子谅站在班级门口等她，见她看过来便向她招手。她真的不想跟卢子谅一起走，捏着校服的衣角犹豫好久，看了看时间才极不情愿起身走向门口。

"你不用等我，你先走就好。"枝道站在门口内侧跟卢子谅说清楚。

"一起走吧。我们都是同桌，搭个伴不好吗？"卢子谅站在门外撑着墙。

枝道："我们……公交车不一样。"

卢子谅："一起走到公交站不行吗？"

"我……"枝道只觉得心急如焚，却不知道该怎么拒绝。

"麻烦让一下。"从卢子谅的身后走出一个人，说话时不知怎么就站在门中间了，于是她往右侧让一下让出门口。枝道瞧了一眼他的背影，有些疑惑，明白不是早走了吗？怎么回来了？她松了一口气，临走前看了一眼教室里的人，便快步走向公交站。明白坐在座位上，撑脸看向窗户的视线收回来。他看着卢子谅越走越远的背影，再看着跟在后面的她，手指下意识摩着中指。

枝道走了,他慢慢地跟上她。她在公交站等车,下意识地站在以前两个人的老位置。她低头看鞋子上鞋带的系法,一抬头突然看见明白在身前不远,身影将灯光遮住,她顿时愣住。自从分座后他们第一次离这么近。

"怎么不跟他一起走?"他开口。

枝道反应过来"他"指的是谁,偏了下头:"为什么要?"他这个偷听狂。

明白只是沉默着盯着她的脸,不说话。

枝道一下就来气了:"你看着我干吗……"

明白沉默了很久,问她:"新同桌怎么样?"

枝道:"不关你事。"

明白突然将帽子扣在她头上,遮住她的半张脸。随即用纸擦了下广告屏,沉默地低头靠在椅背上。枝道摸着帽檐,脑子像被熏烤般发热作疼。

车来了,枝道后上车,以保持距离。

后来有一天,明白发消息让枝道和他一起玩游戏。她立刻拒绝了。

就这样,越远越好。什么都别搭理,什么也别答应。

枝道决定把心思全部交付给学业,不再东想西想,偶然发现的父母的苍老也鞭策着她。这段时间,李英和枝盛国总是晚归,有次凌晨三点才回来。她醒了,睡眼惺忪地走出卧室。看他们神色疲惫,心事重重的样子。枝道一下清醒了,习惯地倒了两杯水放在茶几上,给李英揉了揉肩膀。

李英:"枝道。"

"嗯。"她看着李英的脸,心往下沉。

李英的手掌包住她的,神色沉重:"好好读书,爸妈砸锅卖铁都会供你上大学的。"

"我一定好好读书。"枝道暗下决心。

枝道知道她家是如何发迹的。父母都是农民，在老家种地三年才想来城里打拼。没有学历，还有什么——还有一副肯干的身体。父母一开始都做农民工，抹灰、搬水泥，小学时她被寄养在奶奶家。

　　大城市的消费高，一锅粥能吃三天，他们租一个每月两百元的毛坯房，夏热冬冷。枝盛国的小腿曾被一条钢筋刺穿过，治好后一到下雨天就疼，疼得他在夜里忍不住流泪，李英只能也哭着安慰他。李英跟枝道讲过，最穷的时候，过年时手里只有七十五块钱，连个年夜饭都办不了，还要走亲戚发红包。周围的人都看不起他们，就怕他们上门借钱。直到枝道上初中，父母选择做包工头，从亲戚那借了几十万，家境才逐渐好了起来。

　　可枝盛国越来越多的白发、越来越苍老的面容，枝道都看在眼里。她不想看他在电话里向各种老总低声下气地说话，为材料和工人的做工皱眉发火，仿若整个世界都让他不快乐。她习惯他们凌晨回家，清晨六点又出发。更多的时候，因为拿不到上头的工程钱而疲惫不堪。从去年拖到今年，告到劳务局没有用，十几万追不回来。家里四处借钱给工人发生活费，有时是工人上门要钱。两头为难。

　　枝道一直不敢要求买超过一百块的鞋。她一直觉得因为从事这个行业，她的家在摇摇欲坠。所以，她不该在好好读书的年纪里分心想别的。

　　那之后，明白也没找过她。

　　偶尔，她会看见明白和他的新同桌说话，远没有以前的高冷孤僻。

　　那段时间她喜欢上一首歌，好几周都在耳机里循环播放，飘在脑里。
Well,that's all right.（没关系）
Because Ilove the way you lie.（因为我喜欢你撒谎的方式）
I love the way you lie.（我喜欢你撒谎的方式）

　　弄虚作假。
　　弄虚弄不成，作假作不像。

三月，她让杰森老师把她的头发剪成之前那样。

"不留长啊？"

"不留。"

"我觉得你留长发更好看些。"

镜子中的人是个小圆脸，发尾又回到耳朵上下。她看着地上已经剪掉的乱发，抿着嘴像个不服气的孩子。

"杰森，是你自己说剪得不好看的。"枝道向他眨眨眼睛，"那打个折吧。"

"打个屁。"

枝道摸着她的头发，望着天，看云飘过。

不知从哪儿听说的，明白对长发的人会留一个心眼。那段时间真奇妙，枝道像个小偷。她存了一个月零用钱偷偷买了瓶打广告的，能使头发快速生长的高价洗发水。她用了一个月，之后又灌上水洗了一个星期。用完了洗发水也没见头发长长，气得直骂无良商家，找客服投诉，客服跟她说，这个要长期使用才有效果。

枝道愤怒地想了会儿，回客服："那好吧，我再订一瓶。"

现在，这瓶洗发水还没用完，她就用不上了。她不会再莫名其妙地做些自己都不懂的事了。

以前枝道习惯比明白晚半个小时到家，到了小区已经十点，李英担忧地让她以后不要这么晚回家。于是现在她总比明白先下车。这次她走在他前面很远。那只恶狗疯狂地叫起来，她闭着眼睛想象他就在前面，一个人壮着胆子往前走。

他已经和她不相干了。

受寒流影响，四季如春的春城下了雪。

不知不觉，高三下学期无声无息地过去。

学业的繁忙使她无心顾及其他，背书，考试，挨上枕头就能睡着，时而茫然，时而振奋，时常在自习里拼搏奋战。偶然与他擦肩而过，她也只是把头放得更低些，匆匆走过。

六月精阳，高考前，李英带她做了按摩。高考那天，李英穿着旗袍送她，说是"旗开得胜"。考场上，湿纸巾用了不知道多少张，笔沙沙地写，汗流在草稿纸上，直到一声铃响，心里放松下来，又慢慢地紧张起来。最后一科考完，终于解脱了，她在家把书高高地抛起来，欢呼着，喜悦之后还不知有什么命运在等她？

高考结束之后的第一周，卢子谅约枝道看最新上映的电影。

和卢子谅做同桌这段时间，枝道与他更熟了，便没推托，大大方方地约好时间，因为枝道对这部电影也期待已久。看完电影，她依然对主人公的命运感到深深地怜悯，还沉浸在跌宕的剧情中，便走得恍恍惚惚的，撞了好几个人。卢子谅也拉了她好几回："注意看路。"

"哦哦。"应是应了，话刚说完就踩到一摊打翻在地的奶茶。枝道一下子摔到地上，脸色顿时变得苍白，膝盖疼，但她试着站起来。卢子谅忙将枝道扶起来，把她双臂放在肩上，背起了她。

枝道不习惯和男生靠得太近，搭在他肩上的双手立即缩在身前："我没事，放我下来吧。"枝道没力气，卢子谅也不松手。他无视众人的眼光将她背着，在人流里行走。

"卢子谅……"枝道有些疑惑。

"枝道。"卢子谅停了一下又慢慢往前走。

枝道身体僵硬了，卢子谅继续说："高一第一次分班我就注意到你了……幸好高三有缘，我们终于做了同桌，和你做同桌我特别开心。我不希望你和别的男生一起玩游戏，自从那次你带了明白一起玩……"

卢子谅沉默下来，侧着脸看枝道的表情："枝道……给我一个机会。"

枝道："抱歉……你放我下来吧。"她的头好痛。

卢子谅转回头，继续走，脸色暗得很："枝道，答应了我就放你下去。"

她怎么就惹上这个麻烦呢？枝道觉得头昏眼花，本来疲倦乏累的身体更难过了："卢子谅，我真的……"

"枝道，你真的再好好想想吧……"卢子谅打断她，停下脚步。

枝道的话还没说出口，便意外地见一个同学走在正前方，若卢子谅还不把她放下来,被看到后少不得会被一顿调侃。枝道心想干脆先答应,然后随便找一个理由推了,再不说,他似乎就要和那同学打招呼了。于是说道:"行吧!卢子谅,我们……"

话还未说完,她突然被人从身后大力拖下来,还没站稳就被一条胳膊护在后面。枝道吓了一跳,低头一看,他的"手表痣"明晃晃的,脸顿时涨如红日。明白的脸色阴郁,手臂下意识地压了下来。枝道尴尬得只想把脸捂住。卢子谅察觉不对,下意识地转身,就看见明白将她护在身后。

"站好。"明白低头在她的耳边说。他很高,她像个玩偶。

枝道低头,不敢跟明白对视。

"明白。"卢子谅皱眉。

"她不愿意。己所不欲,勿施于人,没人教你吗?"明白的脸色更阴沉。

两个人针锋相对。枝道忙偏头缓和气氛:"卢子谅,明白是我妈叫来等会儿一起吃晚饭的。你先回去吧,我跟他去见我妈了。"

卢子谅看枝道真的对他没心思,再看明白阴晦的眼神,握了握拳:"好。"

被明白拽着衣服往前走,枝道觉得自己在崩溃,她慌张地只敢看地面的斑驳纹路。

电影院离学校很近,她呆呆地跟着明白走进学校。保安正在酣睡,他旁若无人地拐进一处密林,再走向无人的小道。学校占地宽广,学校开发的山林,为了保护自然,校园里的树林很多。这里,虬虬蟠蟠的树林,像十里苍苍的仪队,枝叶交替,一隙阳光落进阴暗的树林,再看不见任何一个人了。

"明白……"枝道不安地缩了缩手。

明白只是往前走,走进树林最深最密处。不远处是早年废弃的洗手台,原来是篮球场,现已种上层层树木。水龙头已经生锈,台面灰败得不堪入目。周围暗得可怕。

枝道眼看着不对劲。

"你放开我。"枝道摇摇身子。

明白大步走向洗手台，用劲将她放在洗手台上，逼近她。枝道局促地不断退后，洗手台小，无处可退。少年的眼神平静，却仿佛一寸一寸地用刀磔她的心脏。

明白抬头看她："怎么不答应他？"他的脸凑近，紧缚的气息涌动。

树林消失，天空消失，世界也消失。周身开始都是白色墙壁。她只看到他的眼睛里她的神色是多么慌张，又以难以察觉的速度恢复。

枝道："关你什么事？"

明白的手虚放在她的胸前，露出梨涡："你的心脏跳得好快。"

枝道拍开他："那是被你吓的。"

明白："我没威胁你。"

枝道盯着他，眼前突然闪过那只被人抱着的猫。最后一次，最后一次问道："明白，茉荷和你到底是什么关系？"

明白停顿了一会儿，偏着头："她是我的亲人。"

枝道："你姐姐？"

明白："不是。"

不是，不是，枝道没有继续深问下去了。她不想咄咄逼人，也是傻了，觉得刨根问底好像就能解决什么似的，便冷着脸："你让开。"

明白俯视着她："之前，怎么不理我？"

话随着眼神显得越发凌厉锋芒，他偏了下头，盯着她。

枝道看着他的领口，看他的喉结一动一动的，不说话了。

明白又捏她的脸颊，视线与她持平："我怎么惹你不开心了？我只是打游戏没他厉害，以后会好好练。"

他的确什么都没做，只是她一个人的兵荒马乱。枝道不愿意承认她在意上了一个她讨厌的人。

"你让开。"枝道收敛了情绪。

明白看着她，如同那场夕阳和街灯的铺垫："谈恋爱吗？"

他又逗她？枝道抬头："我不跟你谈。"

明白突然低头，停了一下，下定决心般的轻触，啄她的额头，他的气息微微停留又被风吹走。枝道沉默地看着他，不作反应。

明白低下头，在她的耳侧轻轻威胁："不同意，就……"

什么……又威胁她？她下意识地哆嗦了一下，耳朵条件反射般的疼起来。

难道……是另一种？像被黑布蒙住眼睛，扔到无人的房子里。她被自己的脑补吓得又哆嗦了一下。枝道抬眼，捏着衣角看明白俊俏的脸。他的唇很薄，她顿时觉得有火在背上燃烧一般，整个人烦透了。

凭什么他说什么就是什么？看她躲他，还不是因为食之无味、弃之可惜。行，威胁她，是吧？枝道一把拽过他的胳膊，朝上面狠狠咬了下去。

明白错愕地睁大眼睛，内心有些不安，人也呆住了。

"别……"明白下意识地推她的肩。

枝道看见他吃痛又吃惊的表情，像醒悟到什么似的，猛地推开他，从洗手台下来极快地跑了，说得字字清晰："我绝对不会。"

她的神经搭错了？她刚刚……枝道靠在墙上急促地呼吸，双手抹布般的搓着脸颊。她低头闭眼，手掌捂住嘴，听剧烈的心跳。她疯了吗？他可是明白，在她心中是个不该碰的浑蛋。算了，不想了，也不理了，越理越乱。枝道挠挠头，差点儿就被他吓到……管他，君子不是要以牙还牙吗？她以口还口也是这个道理。反正她不会和他谈恋爱，要是和他谈恋爱了那她就去吃屎！两吨，不，四吨，不，十六吨！她要以屎明志。

回到家，刚躺到沙发上，卢子谅的消息便来了。

卢子谅："怎么样？身体好些了吗？"

枝道："好多了。"

卢子谅："你和明白去哪儿了？"

枝道皱眉："卢子谅同学，你没有权利这样问我。"

对面隔了许久："枝道，你明知道……"

枝道："卢子谅，我也最后说一遍。我不想。"

卢子谅："枝道……好好好，你太无情了吧。"

枝道低头叹气，和他调侃："唉！原来有魅力也是一种烦恼。"

卢子谅："枝道，我感觉你可真难约。"

枝道："有你这样的吗？我还是第一次被人说不同意就不放我下去的。你们男生是不是骨子里都有威胁别人的毛病啊？你觉得女生会喜欢这种方式吗？"

卢子谅："……我那是一时心急了。"

枝道："反正我不喜欢被威胁。"

蓦地，她想到某个人，脸一下涨红了。

卢子谅："我错了，枝道。我真的就随口那么一说……我哪真敢啊！我请你喝奶茶道歉好不好？你不要讨厌我。"

她太难拒绝一个缠人精了，总感觉会伤他心，答应又怕他多想。

枝道："不用了。"

卢子谅："我已经点了，到时你记得收。"

枝道只能无奈地叹气。

最近外卖送不上楼，枝道接到外卖电话更无奈，只好换鞋下楼，一杯烧仙草，枝道坐在路边的椅子上，想看看人世喧嚣，此时小区里的人寥寥可数。不知道以后会上哪所大学？北方还是南方？北方寒冷干燥，但有雪。南方潮湿细雨，但没有暖气。枝道填报的第一志愿自然是很有难度的全国第一学府——北一大学，也不知道能不能上。

看命吧！

眼前突然暗下来，她疑惑地抬头，然后皱眉，又是他。明白拿走她手中的烧仙草，放在眼前晃了晃。

"谁买的？"明白斜眼看她。

漫不经心又犀利的眼神。她感到背后一烧，握住他手里的杯子，瞪他："彭于晏买的。"

明白的手掌上滑盖住她的手背。明白察觉到她的手指在发抖，他用力不准她挣脱："跑什么？"

"我为什么不能跑？"枝道想离开他掌心的温度。

明白凑近她，语气平淡："你说为什么？"

"你讲理不？明明是你先动我的！"她如夏火。

明白愣了一下，看了看她吮吸吸管时嘟起来的嘴唇，有点儿呆了，垂下眸："谁让你……"话还没说完，两个人的耳朵已如漫野的玫瑰盛开。

看了看时间，要吃晚饭了。她跑出去，夜风抚平她的心绪。她看了一眼身后高大的他。面容精致，身材修长，天生使人妒忌的上帝模板。如果他没有撒谎，那他的故事一定很离奇。离奇的人生会造就他异于常人的性格和爱好，其实好多征兆不都说明：他古怪而骇人。

他以前叫顾隐，有一个美貌又让人有距离感的妈妈，还有一个可怕的爸爸，还和茉荷……她想，不参与就不会乱。于是再次向自己说明："我不会靠近你，和你有任何关系的。我发誓。"后来证明，她的誓言不过都是两吨两吨的屎。

"这是你的答案？"在枝道躲着他的第三天，他在公交站抓住她的领子。那是晚上，她本来打算去附近广场看一看，逛一逛。

"嗯。"枝道低头。

"为什么？"

"哪有这么多为什么？"枝道抬头看他。

明白认真地看着她："我并不觉得。"

"你爱怎么想就怎么想吧。"

明白突然拍拍她的脑袋，不轻不重的，只是吓了她一跳。

"喂，干吗？"

"打你。"

这个浑蛋！枝道瞪着他，他俯视着她，见她看来更仰起下巴，以示傲娇。

枝道咬着牙，打又打不得，骂又骂不得，好半天才憋出一句："没吃饭吗？打那么轻，有种再来一次啊？"

明白愣了一会儿，轻轻笑了一声。想伸手捏她的脸颊，手指还没碰到，就被她握住，死死地抓着。

"明白。"枝道盯着他的脸，仿若所有的花都在凋零，"放过我吧。"

枝道放开他的手。车来了，她绕过他，低着头不知为何觉得视线模糊。他转身看她离去，手指又下意识地摩着中指。

为什么是她？为什么不是枝不道，枝不晓？归根结底，枝道不相信他，也不相信自己。耀眼的人，即使活在黑夜里，别人也会慕名而来。而她只是平庸的那个。逛完广场，枝道什么也没买，刚坐上公交车，放眼不经意一望，看见明白坐在最后一排。枝道拉着吊环，脸贴在手臂上，悄悄看向最后一排靠窗眺望的他，只有一个他。车灯微黄，光打在他散漫撑着下巴的小臂上。

窗外漫漫黑夜，车水马龙。车内是安静笼着光的他。

各类大胆的人在大街上不自觉地就会找他，堆放抽屉中各种颜色的信封、礼物的人，窗口各色各样胆怯偷瞟的眼光、窃窃私语的打量追着他。贴吧墙上重复频率最高的名字，路人也会回头再回味的少年。比她更夺人耳目的人，她一生都难遇这样鲜亮的人。所以为什么是她？

这一切就像铺满了蔷薇的沼泽，踏进去就会受伤。这类人不是只做最优解吗？现在多少人追求一个"配"字，可她哪有什么地方吸引了他？枝道想：所以他这样一定别有目的。所以，现在在他们很安静。他脸上没有被拒绝的难堪、愤怒和伤心，连对视都是多余的，仿若之前她只是和他讨论天气，他不愿参与这类枯燥乏味的话题。他对她，情绪稳定，平静如水。她却觉得很不是滋味。

车到站了。离车门不远的枝道先下车，他很快走到她的身前，影子笼罩住她。

他们像陌生人，更像五十年未见的朋友。你不解我的冗长过去，我不知你的繁杂往事。我们有过美好，但往事已风干下酒喝光了，所以无话。

枝道低头找路，看明白的影子时长时短地亲吻她的脚面。她觉得有趣，用脚踩他的头，踩他的头发，这里是眼睛，可恶的眼睛，然后是鼻子，踩得他不能呼吸，再近一点儿，那是嘴唇，可恨的嘴唇，可恨至极！枝道沮丧地踌躇着。影子不动了，她忙安分地移开鞋子。他往右转了九十度，到单元门口了。她知道这是岔路口，他们即将分别。此时天色暗如墨色，静如雨中伞下。

枝道离他有一步远的距离，明白的声音拂过耳朵，窜进耳洞，顺着血液爬到心房，声音很轻，像片羽绒。

"枝道，你好好想想。"明白的骄傲却藏在话里。

深骇从皮肤表层攀爬后狠狠地扎进头皮，战栗地爬上她脆弱的神经。她不知好歹地闯入他的巢穴，他精美的蚕丝绑缚她的肢体，一圈一圈将她裹成蛹状。

我还可以逃。他摇头。

你的心跳快过了逃亡的速度。

# 第六章
CHAPTER 6

## 溯回
### 成熟岁月

高考成绩还没下来,有同学提议先组织班级聚会。一番投票商量,最后决议在湖口吃烧烤。

"抱歉!大家!家里有点儿事,我先走了啊!"张雪接过电话后向全班致意。

班长作为代表回话:"没事,老师。我们玩我们的,您回去的时候小心点儿。"

张雪:"那我先走了啊!"

监管人的离开,放纵点燃狂欢。一些调皮的男生突然大声吆喝起来,提议不如喝酒助兴。

"雪花来一件,大家都勇闯天涯好吧!"个高气足的男同学向服务员招招手。

并没有人阻拦,反而有因不满大人管教生出叛逆之心的人高喊:"喝!谁不喝谁是孙子!"

"喝点儿酒算啥?大家都成年了,还不允许喝次酒吗?"

"希望大家以后都一帆风顺啊!"有人拿起酒倒了一杯向大家举杯庆祝。

"我们是学校最优秀的尖子班，当然前途无量！"有个女生也喝了一杯。

枝道没喝过酒，她拒绝了这个陌生的东西，后来吃得有些饱，她出了门想吹吹风消消食。

烧烤店在街的边缘。这里是湖边，湖面的风夹着细雨刮在热腾的脸上，她觉得冷，用手摸了摸脸。走过右边的玻璃窗，她侧过脸，看到明黄色的灯光下的年轻人正为在大学如何生活口吐飞沫，有人情绪高昂，举杯畅饮，有人情绪消沉，低头不语。

她没看到明白。枝道转回头，一直往前走，走到了转弯处。她缓缓抬起眼睛然后又落下，脚步随之停了。她轻轻隐在黑暗里，街灯拉长了她的一条影子。街灯也拉长了明白和茉荷的影子。茉荷的右手拍了下明白的肩，笑着说了些什么话。明白比她高，于是配合地低头，显得安静乖巧。他点了下头，回答了她什么。两个人身态体形的确赏心悦目。后来茉荷摸了摸他的头，转身走了。

枝道回到座位上，她突然想喝酒了。她握着玻璃杯看大家热火朝天地交谈，她的右手便安静地倒酒。

明白回了他的位置上，枝道看着他低垂的眼睛，喝了第一杯酒。

辛辣的酒烫过喉咙，有点儿呛。她轻咳一声，胃里感到难受，仿佛肺泡在炸裂。她皱眉看杯子里的黄色液体，晃了晃，疑惑为什么会有人爱喝酒。夹五花肉的时候她看了明白一眼，看见他神色冷漠地夹了几片清淡的蔬菜，偶尔蘸点辣椒。来去如风的人。于是她喝了第二杯。放下酒杯的那一刻，她突然顿悟"家人"这个词。爱人的终点是家人，家人是根的所在。一般来说，家人比任何人都重要。

枝道低下头，看盘子里的残渣。他生命中重要的异性很多，她不是唯一，也不是分量最重的那位，可以说放就放，也不会因她而考虑和别人之间的距离。呵！她算他的谁？她叹气，她又小气作祟了。第三杯酒入喉。原来她的酒量还算可以，她想，都不知道第几杯了，还没倒下。

若不是……

"枝道！你居然在喝酒？"卢子谅一番高谈阔论后，转头一看，一脸潮红、神志不清的枝道，吓得赶紧把酒杯放下，伸手摸了摸她的额头。

"我……额……"一个酒嗝熏得她直皱眉，她摇着头眯着眼睛，"没醉……"天是花的，世界在旋转，她在混沌里隐约听见有人说话。

"我叫了辆车，我先送她回去。"

"卢子谅，我早看出来了……"

"祝福祝福。"

"没有的事……"

卢子谅把枝道扶上车，他知道她家的地址，见她正歪着头唱："葫芦娃，葫芦娃，一根藤上七个娃……"他无奈地摇摇头。

沉默不语的其他同学看着车远行。

风雨里，明白低头打了辆车。

卢子谅让枝道的手臂搭在他的脖子上，手扶着她的腰走进小区里。

"怎么就喝酒了？还喝这么多。"临走时他看了一眼地上的酒瓶，足有两个是空的。枝道不说话，闭着眼睛。卢子谅只好沉默着，一直扶她到单元门口。

"到了。"卢子谅看了看黑压压的门。

"谢谢你送我回家。"风吹醒了她，枝道离开他，靠在墙边揉了揉太阳穴。

卢子谅担心地看向枝道："不舒服吗？"

枝道："没，你走吧。我回家了。"

枝道有点儿站不稳，卢子谅走到枝道的身旁，伸手想去抱她："不舒服我可以照顾你。"

"你别占我便宜。"枝道用双臂推他，抗拒地挣扎着。

卢子谅笑着把她拥入怀里，双眼弯成月牙般笑着："好好休息。"

枝道推开卢子谅，目送他远去。她低下头，从包里翻找着钥匙。从最底层拿出钥匙，她将拉链拉好，把包移在背后，安静的楼道里只有钥匙发出的清脆响声。她从三四把钥匙里终于找出单元门的钥匙，单捏在手中，准备开锁。

风雨狂吼,穿街的呼啸声像在为一场薄海同悲的殇礼作法。她听不到别人的脚步和呼吸声,直到被人拉住领子。枝道没回头,但也没动:"别碰我。"

"怎么?"明白的声音平静如死水,"我碰不得?"

枝道转身面对他,声音冷清:"谁都可以,"眼神如钉,"但除了你。"

明白并不在乎,松开的手慢慢放进裤兜里。她觉得他像个无人区,荒芜死寂,又包容所有暴躁。

"和他走这么近。"明白的眼神如同荒漠里的饿狼,"喜欢了?"

枝道仔细看他的面孔。明白质问她的时候声调也没有起伏。从头至尾,他从不像她,她即使隐瞒失态,也会渐渐变得暴躁,说话大声,他不会,他只是一次次冷眼旁观她的失控。他不曾有过一次暴躁乃至怒吼,甚至连最基本的愤怒也会被他掩藏得严严实实的。不会因她而被扰乱情绪,遇事沉静得像没有情感。

枝道认真地看着明白,用讲述真实故事的口吻说:"我的事你少管。"

星星消失的夜晚,街灯在歇息。两人没有一点光。

明白的心突然紧绷,像有蚂蚁在撕咬,右手附上她的脖子,没有用力。

"你凭什么管我?"枝道握住他的手腕,"我跟他是同桌。他对我那么好,他送我回家不是很正常吗?"明白没有说话,只用眼神打量她。

"你不就长得好点儿,学习成绩好点儿,说话声音好听……那又关我什么事呢?你没资格质问我,我告诉你!"她怎么越来越偏激。这不是她,绝对不是。

"他阳光,热情,而且还会照顾人,永远都不会骗我!你算我的谁啊?你有什么资格来问我?我想让谁抱就让谁抱!你管得着你管得了吗?"枝道感觉呼吸困难,喘着粗气,眼泪轻轻松松地就落下来了。

"你不是早就不理我了吗?"不应该鼻子酸的,有什么好委屈的?不应该说这些话让他笑话。

"你……"枝道就想问他,"你是认真的吗?"

明白的神色逐渐放松,温和的目光袭来:"下雨天怕你感冒给你送衣服,你看不懂我的笔记我就专门去练字,你怕狗我就走在前面。第一次下载游戏也是因为你，补习也为了你第一次去做好详细的计划……这些又意味着什么呢？"她的脑袋越来越昏沉。

明白又说："我只是不想逼你太紧。"话里隐隐的威胁向她施压，"但我没让他抱你。"

枝道握住明白的右手，沉默许久："明白，我一点儿也不喜欢你。"

"嗯。"他像深海。

枝道盯着他，拉起他的手放在嘴边，张开，狠狠地咬他的食指。

"浑蛋。为什么你要跟她走这么近？"

"为什么要长这么帅……"

"笑什么笑，我认真的。没看见我在哭吗？"

明白笑着任她咬，疼痛更像是糖霜。

"茉荷和我没有关系。"他低着头，深情的目光像是要将她溺死。

枝道缓缓放开他，看他用纸巾擦去口水。葱玉般的指尖有一排显眼的齿印。

"骗……人。"她怎么突然就感到开心了。

明白："喝酒了？"

枝道："你眼瞎吗？"

"这是几？"明白的脸靠她很近，呼吸将她包围。四根手指就在她的眼前，像玉柱般精妙。枝道转了转眼睛，停顿了一下："三。"

眼前突然暗了，他轻轻吻上她颤抖着的睫毛。这是单元门前，即使夜色已晚，但总有人来的。她害怕地推开他的双臂。真的要死了。他真实的力气令人胆寒，上一次明明她能推开他的。浑蛋！扮猪吃老虎。

明白的呼吸很浅，声音多了沙哑的磁性："你爸妈在家吗？"

枝道觉得迷茫无措又疑惑地看他："不在……"

明白缓缓地放开她，背过身蹲下来，拍了拍肩："上来。"

枝道犹豫不决，没有动。明白侧着脸看她，低沉的声音像酿了一杯美酒："你喝酒了没人照顾，去我家吧。"

以前一个感冒都能嫌弃得把桌子移开，现在她的身上全是酒味和烧烤味，他却要背她。原来冰山融化是这样的。她对他来说，是特别的吧。

她缓缓地贴在他的背上,双手搂紧他的脖子。

第三次去他家,他的空间。
眼睛里像汆着一艘船在碧波里荡漾,他的呼吸是柔腻的橹声欸乃,背脊宽阔如山平河广,她在星河上的船只里昏昏欲睡。忽然又皱着眉头,左手的手指缓缓地抓紧他胸前的衣服,像要捏死那些干扰。她不信他说的:"茉荷和我没关系。"

上次来他家,发现他是顾隐,也发现另外不算秘密的秘密。写作业时无意看到他的书架上有一本杜拉斯的《情人》,被封面打动。她后来自己买来看了。一个少女被包养,最后无奈分开的故事。她翻开书,第一页写着顾隐,丑陋的字。最后一页夹有一张照片,有些旧了,笑靥如花的茉荷有一头美丽的长发。她的眼睛比他的话有说服力得多。如果世上都是"1"就好了,就不会有"10",更不会有嫉妒、羡慕、愤怒、哀愁的无语。等下……她怎么了,偏执鬼。或许是酒精在作怪,她点点头,就是。

他的房间如上次一样,整洁,没有生气。他将她放在床上,犹豫了很久,还是轻轻褪下她的鞋袜。打了盆凉水,用暖水瓶里的热水调出适宜的温度后,他握着她的脚腕放进水里。她舒服得轻叹一声。仔细洗净后,他拿了干净的新毛巾盖在她的脚上吸水,抬头看她泛着酒红迷蒙的脸。明白问道:"喝点儿水吗?"

枝道闭着眼睛点了点头,困倦冲昏她的思考。一切人事,从现在起,都是虚假的。

明白端走水盆出门,把毛巾扔进洗衣机里。一切整理好后,倒了杯水,坐在沙发上侧脸望向阳台。水冷却好了,他起身拿在手中,门把手咔嚓一声,卧室的门缓缓被推开。

"谁啊?"枝道眯了一会儿就被开门声惊醒,不满地半睁了眼看向来人。

明白向她缓缓走来。枝道隐约意识到什么,又像没有,她自然地扯过一旁的被子盖住。他还在向她走来,沉默着。她从上至下地看他。他的漠然，他舒展随散的上身，他的平淡，像她在他的眼中只是若无其事的风。明白弯腰，缓缓地把水杯放在床头，起身，眼神散漫地飘过她的肩头。没有别的，他转身，踏出一步准备离开。手腕被一只小巧的手握住，他停下了。

"怎么又跑梦里来了。"

明白的大拇指抚过中指粉色的疤，缓缓地转过身，微微低头俯视她。

枝道与他对视许久，歪着头："你的眼睛……"枝道放开他的手，虚虚地放在他的脸上，描画眼睛的轮廓，"好好看。"

"你醉了。"明白握住枝道的手放进被子里。

明白看了她许久，沉默到她疑惑不满地眯起眼睛。他拉下她握住领口的手，缓缓地站起身，然后背过她走向书桌，打开了空调。她看着明白慢条斯理地褪去外衣，整齐地叠好放在桌上，剩一件蓝白色的衬衣，手停顿在领口五秒钟，看了一眼她，然后轻轻低下头。

"为什么？"枝道抬眼问他。

明白低头："没什么。"

一条十厘米长的疤，她曾在李英的肚子上见过。针穿过血肉，缝慰苦痛留下两排黑孔。然后，时间教它懂事。谁能忍心对他下这个手？

枝道的眼中饱含心疼："肯定很痛……"她一向害怕疼痛。生理混杂心理让她对触碰、挤压、分割的感受加倍，因此她恐惧受伤。所以，难想他在血泊里，手掌捂紧这条十厘米的缺口。明白说都过去了。

"不要难过。"枝道眼里的光灼灼。

伤口总会愈合，一切都会好起来的。少年低垂的眉眼像湖边一轮弯月。枝道突然抓住他的手，情绪不明，像在码头上看浪，突然就想奔跑，一跃而下，跳入满载月光的蓝色海洋。

"叫姐姐。"

明白的梨涡不明显："什么？"

"叫我姐姐。"枝道把他的手放在被子上，撒娇的语气。

明白看了她很久："你醉了。"

"上次你都叫了,还叫得那么好听。"枝道觉得不满。

明白沉默下来:"哪次?"

"在湖边。"

"是吗?"

"真的。"枝道眯着眼睛点头。她一下忘了之前说过什么。但只要答应,然后糊弄过去就好了。

"我在湖边说过?"不稳的气息。

她不是回答他了吗:"真的。"

明白缓缓地凑到她的耳边:"姐姐。"

这种犹如猎食者的目光,她的心突然颤抖了一下。明白坐在床边,看了看窗外黑压压的天。混浊天日,只有两三点灯光。他闭了闭眼睛,时间悄悄漫过。

"明白。"茉荷跪在墓碑前,把手中的白色菊花轻轻放在石基上,垂眼看了一会儿地面才缓缓转头看向他。

茉荷问他:"你喜欢什么样的女孩?"

"不知道。"明白站着淡定地俯视她。

"你和你哥完全相反。"茉荷笑了一下,"所以很难想象你喜欢的会是什么样啊!"

明白盯着墓碑上的黑白照片,视线渐渐垂下来:"总之不犯傻。"

"是啊!"茉荷缓缓站起身,拍了拍膝盖上的灰尘,她看着黑白照片,"他就是太傻,"又看向明白,右手轻轻拂过刘海儿,"你可别学他。"

夕阳下的少年缓缓侧着脸眺望远方。他喜欢的是?

一望无际的墓地,灰色的墓碑排列整齐,如一场正规盛宴。远山与更远处的山交合,天色灰淡如人的眼白,一颗红色瞳孔定在空中。西南方向的野草堆里有一排死去的乌鸦,寂深的芒草地还未曾有人闯出一条小路。

他抬起左手,手掌张开,中指的血疤鲜活。

他的喜欢,需要极力克制。

清早，明白出门了，枝道无聊地坐在床边，无聊地打量他的卧室。还是像上次那样，一摞试卷、练习册，干玫瑰花。不过这次衣架上的短袖换成长袖。看到她以前没注意的地方，黑白相间的衣柜放在角落，却有个奇怪之处。衣柜旁有白色的窗帘，不仔细看便与墙壁混为一体。枝道赤着脚缓缓靠近。按理说，没窗的地方安什么窗帘？这片帘子后是什么？换衣间？就像商场那样？可都在家里了，还需要什么换衣间？

枝道轻轻拉开帘子。抬眼，又低眸。她伸出手摸了摸，右手靠近，再握住向下。没有动静，一扇被锁住的木门，门把手干净得如同崭新的一般。在墙里面嵌一扇门？是装饰，还是……里面真有个房间？那个房间里又放着些什么？奇怪，遮住干吗？有什么见不得人的。枝道皱起眉又松开，却没有放在心上，这是他的隐私，又不关她的事。只是一扇门而已，或许里面放满了金银财宝。

出了电梯，明白送她回家。他突然牵着她的手握住，领着她往外走。她低头看他的右手完全包住她的手，心像水缸被盛满了水，她轻轻地回握。跨过斑马线，他换了左手。走着走着，他的每根手指突然滑进她的指缝里，再紧紧地交握。枝道摸到他的中指指尖贴了一张创可贴。她问他怎么弄的。

明白："不知道，有时候身上莫名就多了伤口。"

枝道："你小心一点儿，不会无缘无故就流血的。"

明白："知道了。"

缘分真是妙不可言。初见，他狠狠地揪了她的耳朵，还放狠话威胁她。她想能避则避，绝对不要向这个危险的少年靠近。两个人相看两厌。现在，她的手却放在他的手心里。不对，她是因为被他威胁才这样的，她是被迫没有办法，她才不想这样呢！

走过斑马线，人潮汹涌，川流不息。枝道站在云层，俯瞰她在众人里低着头微笑。只是后来，发生了许多事。

后来，成了现在。

从高中的回忆里回过神来,她才意识到已经过了两年的时间了。枝道站在单元门前一直没有进去,不知怎的,回想起以前他和她的那点儿事。这个过程好比破茧,总是要疼的。但她对过去有点儿过于敏感,回忆到这儿就好,后面有些糟。

枝道打开单元门上楼梯前接了个电话。她的眼睛低垂着,像认真在听,又有些无动于衷。

"过几天见吧。"最后枝道挂断了电话。

枝道卸完妆弯下腰洗脸时,头发滴着水,闭着眼睛,双臂撑在洗手台很久。最后,她还是没有看镜子。这两年没好好护肤,熬夜、失眠,黑头长了不少,毛孔也变大了,脸色蜡黄,憔悴得像腐尸叠起来般破烂,粗糙的生活如火铳般射死了所有斗志与激情。还有的,已死于她的弓箭,长眠不醒。

明白……明白,他比以前更夺目了。还是忍不住回想重逢时的情景:挺修精致的青年比往日更令人动容。夺目到好像……旧故事都是梦织出来的,她只是个旁观者,或是透明人。临睡前,她打开购物网站,翻上翻下看了很久。最后,下单了一瓶兰蔻粉水,再填写好地址和电话,然后支付订单。

今夜,她没有睡着。

明白还是来了。此时是早上八点钟,她刚上班。明白站在关着的超市门前,浓密的头发在晨光中微微泛着幽蓝。他直直地看着她走来,眼神灼热而冷静。她的妆容刚刚好,不艳不淡,粉底液与肌肤的贴合达到最佳。淡粉色的眼影勾了点儿轮廓,腮红也轻,像个少女样了。

"中午吃个饭吧。"

她蹲下来把钥匙插进锁孔,往右边轻轻一转。他也蹲下来,双手握住卷帘门的尾边往上一推,门嘭的一声卷上去,灰暗的超市伴着尘埃露了出来。

"中午一起吃个饭吧。"明白又问了一次。

枝道打开灯,仿佛灯一盏一盏地苏醒。

"枝道……"明白站在身后看着她的后脑勺,手指轻轻摩挲着裤缘,"我们现在算朋友吧。"

朋友,算的。她的身体微微僵硬,很快恢复了:"你定地点吧。"

明白定了火锅店。店内十分热闹,热火朝天,他也像火。

"我问班主任,她说你的志愿填的南辰大学计算机系,然后我去找了……"他只是一直看着她,并不留意其他,"计算机系二班的枝道。我打听了一天,最后在校门口见到了。"

"她不是你。"明白的手握紧,眼神如钉。

"没什么。"枝道低头涮了涮毛肚。

"为什么不想说?"明白轻轻地皱起眉头。

为什么?她又想抽烟了。她散散地夹起毛肚放进蘸碗里压了压,声音平静:"都是过去的事了,说出来又能怎样?能改变吗?失去的还能还给我吗?"

"自作自受的事没必要现在诉苦。"枝道缓缓地吃下毛肚,味蕾因长久未进食辛辣而开始抗议,她皱着眉喝光了一杯水。

明白看见了,愣了一会儿,又笑着说:"以前你很爱吃辣,恨不得金针菇上全是辣椒,那时我打死也不肯吃……"

滔滔不绝的明白,双唇正不断地张合着,笑得自然,像世界全是温暖、毫无刺芒。不再是记忆里的他了。

"你在听吗?"明白笑着用手在她的眼前晃了晃。

枝道低下头:"嗯……"

沉默了一会儿,明白喝了一口水,又看着她,上下打量了一会儿:"长发挺好看的。"

枝道下意识地摸了摸发尾,缓缓地看向他:"是吗?"

以前他的心里潜伏着一头怪兽,但外表看上去一直无辜、自然,带着微凉的温柔。她缓缓地低下头,手指轻轻捏紧。枝道记得那时他带给她怎样的痛,如何咽下嘶哑的哭意。明白在说话,青年的梨涡时隐时现,话语柔细、滔滔不绝,能自然地吃着油辣,眉眼盈盈,像一朵温室里的葵花。看上去像以前的她。

明白:"我现在读的金融专业,导师也挺照顾我,就是论文有点儿头疼,不过憋几天就能写出来了,什么时候我带你去学校看看,你不是一直想看看吗?那里有……"

现在的生活剩下什么呢?每天都是该做什么。挣钱,生活,挣钱,生活。血管里只有钱在流,流走,回来,又流走。受伤已经无暇顾及,也失去了矫情的疼痛。受伤变成奢侈,以前是,现在也一样。过去的东西都是奢侈品。

枝道勉强笑了一下:"你在学校跟同学相处得不错啊,想想以前你总是一个人……"

明白已不再属于她,她也属于了别人。

"那是两年前。我现在没那么抗拒跟别人沟通了,也会主动和人聊天……"他的目光如阳光般温暖而热烈,还在喃喃地说着话。枝道把这闹哄哄的火锅店切了一半,把热气腾腾的桌子切了一半,把蹦跳生动的他切了一半,最后是自己,切成一半、一半,又一半,切成一小块一小块的,比粒子还小。

那时的夜晚后山坡有风,这是明白和她的桃源。她坐在干燥的草地上,风与发丝飘飞着。她的目光眺望山下灯火通明的城市,山川蜿蜒的黑色包裹着婴儿般的春城。头顶一轮弯月,月光淡淡的,她抱住膝盖,目光下的风景像个盛满灯河的青窑碗。

枝道开口了:"我们别再这样下去了。"

明白坐着,双臂向后,手掌撑着草地。抬头仰望月亮平静地问:"因为卢……"

枝道:"没有别人。"

明白又问:"明天我们去哪儿玩?"

枝道:"……明白。"

明白:"游乐园,动物园,还是博物馆?或许长途旅行也不错,去两天两夜,就是要准备……"

枝道看向他："我说我们……"

"你给我闭嘴。"明白突然转头严厉地盯着她，打断她的话。他第一次对她爆粗口。枝道沉默地低下了头。风在继续刮着，过了一会儿，明白的右手轻轻靠近她的左手，缓缓覆上去，抬眸时目光温柔得像月亮。

"今晚我们晚点儿回去吧。"说完，他突然猛烈地吻她，她看他的眼睛里泥水混浊，像要毁掉她。

明白笑着，梨涡纯真："枝道，你……变了很多。"

枝道看向他，她害怕见到他。

"还记得吗？以前的你很爱说话，性子又淘气，刚开始真让我头疼。你还喜欢玩游戏，玩得不好还骄傲，我也只好下载……"

更怕他嘴里的她。

"你也变了。"枝道笑着看他的手，手平放在桌上，"明白，我还记得你对我说沙漠之花时那样子……"

明白愣了一下，眼神畏缩了一下，心脏紧绷："枝道。对不起，我那时候……"

枝道打断他："没事啊，你不过只是吓吓我。"

枝道看到明白想摸她的手，刚碰到手指头又缩回去了，再没有初逢时说"只有好聚，没有好散"的强横。

"明天要上课。我下个周六、周日再来找你，留个电话吧。"明白抬起头，用恳求的眼神看着她。

"不用。"枝道站起了身，"我们没必要再联系了。"

明白沉默了一会儿，笑着说道："……好吧。"

周一进账四百六十三元，老板送了她一份外卖。周二下了雨，她的烟不小心掉进水坑，她吸了一口湿透的烟，难抽。周三，从书桌上发现一个黑色笔记本，她看了封面很久。李英叫她，她忘了回应。周四，兰蔻粉水到了，她拆开快递，打开包装，拧开盖子，轻轻倒在手心。把粉水敷在脸上，像是在掩盖所有不堪。周五，她请了一天假，坐上一趟前往北一大学所在城市的火车。

她抬头看了一眼恢弘大气的校门口的牌匾上的四个字，走进正门。刚下课的人笑声莺莺地同舍友讨论，有情侣与她擦肩而过。她向右转，一路走过崇学楼、德望楼、品良楼。最后，她隔着绿色的围栏看见操场里不远处的明白。

他的周围围着一群人，神采飞扬的他被众人目光如炬般看着，他笑着："嗯，等会我把答案传给你。"

"明天有聚会，你来不？社团聚餐，新来的学妹超多，不来就可惜了。"男生挑了下眉。

"不了。"明白摇摇头，"我明天有事。"

"算了，你不来也好。不然风头全被你抢了，我还怎么在新学妹面前表现。"

"就知道在新学妹面前瞎卖弄。"扎马尾的女生瞪了他一眼。

"我要是长成明白那样，还需要在新学妹面前极力表现？"

像是有藤蔓贯穿她的脚板，从她的脚底穿过，穿过腹部、胸腔，最后从喉咙里破出，她突然就发不出声了。真好，他有很多朋友，人也变得开朗了。他拥有了她以前想象中的生活。他活得很好，虽然变了，但变好了。

这一刻她像阴潮暗里的虱。灯一开，就慌张逃亡。大概是他好得明显，而她太糟糕。像周一升国旗。他独自站在台上，显得神圣不可侵犯，连风也臣服于他；她只是台下芸芸众生中仰望着他的一个，站在最后，隔着最远的距离。所有人都可以代替她陪他。她现在不开心，世界要陪她不开心，而他需要一个开心的人。

他偏头望来的侧脸上有光。她匆忙放下抓住围栏洞口的手指，立刻转身。明白却更快一步跑到她的对面，隔着围栏拉住她的袖角，眉眼全是笑。

"枝道，你来找我了？"他抓住她的衣服很紧很紧，她走不了，"那等会儿我们去吃饭，吃完我带你在学校逛逛。"

枝道："不用了。"

不用了。鬼迷心窍因为一个笔记本就千里迢迢地跑来看他与别人的快乐生活。不像话,她要回去整理货架了,要打扫卫生,还要兢兢业业地活着。上帝选择赐予她磨难,只是不幸的她没有挺过去,还失去对自我的信心。

"枝道……我不信你只是来这儿随便看看。"明白握住她冰冷的、颤抖着的手,用力包裹给她温暖。

"乖,等我出来。"她的身子因为他的话渐渐放软。

于是缓缓偏头看向他,抬眸间又突然僵冷下来。

"明白,等会儿你不是说好了要陪我去书店吗?"一个女生的声音。

他看了一眼枝道,脸上露出不知所措的表情。

"你等我一下。"明白放开了她的手,温暖失去。他朝另外一个女生走过去,面对面地和她对话,弯着腰深情地与她对视。

我不是看谁都深情,是因为眼睛近视,看人习惯专注地看。他摸摸她的头:枝道,不要乱吃飞醋。

女生一头短发,短到耳后,眼睛闪烁着,像只奶猫,全身迸发着无限活力,她的表情生动丰富,像极了阳光下欢快的小兽。

"啊!你明明答应我的。你不守承诺……那你回来给我带杯奶茶吧,就上次我们去的那家,你应该知道我之前点的什么口味吧。上次我请了你,这次你要请我哦。"

谁都会变的。以前她以为一辈子就一辈子,以为牵了手就会走到白头。环境会变,性格会变,财富会变,观念会变,外表会变。爱也会变,变成朋友。他们现在算朋友,回忆只配做下酒菜吃干抹净的朋友。

也不是不想开心有趣地活……她不该留在这儿。

枝道走到这所陌生城市的湖边抽烟。

她现在喜欢安静,爱听丧郁的音乐,每天要抽一根烟,下午喝杯菊花茶,习惯与月亮走在没有路灯的夜,爱看窗外灰蓝色的天空,越暗越好,能把她装进去最好。

这两年,她懂得最多的话是:理智是偏心的情感,成熟是高级的抑郁。她闭上眼睛，任湖边的风像巴掌一样扇在脸上。从包里拿出黑色笔记本，放在手中，她低着头，用手指一个字一个字地抚摸以前写下的文艺范儿的句子。

她念出了声：

*我爱你。*

*就像坐上一辆摩托车。*

*我知道总有一天会踩下刹车。*

右手一甩，她把笔记本扔进了湖里。

什么时候开始敷衍生活了？

枝道对着镜子扎起头发。每天刷搞笑视频，脑里塞满碎片化的娱乐，睡一觉就忘。打游戏、打游戏，收钱点钞，一天过了，一天又来了。每天没有长进，公众号是频繁交往的朋友。排斥所有动脑的思考，抗拒阅读书籍，不想为枯燥的生活添砖加瓦。不好奇新事物，不想高也不想远，还有大段时间的迷茫。妆容粗糙，皮肤老化，人也跟着颓丧起来，床是瘫痪者的棺材。嘲讽为何要斗志满满，质问这"志"有意义吗？

枝道梳理了一下刘海儿。他来了，站在她的面前，她像在照一面镜子。他的右手伸出镜面，轻轻摸她的头，她低着头听他在说：枝道，你看你。麻木、平凡、颓废、消沉。高中说"出人头地"的人是你吗？怎么把日子过得又碎又乱。偶尔如意，却从不快乐，眼里长满了厌倦。很不像话。

她拿起旅馆柜子上的泡面，撕开了包装。又不得不承认，就这样草草地过吧，反正生活也敷衍了我。


明白："抱歉！下次吧。"

"啊！你明明答应我的。不守承诺……那你回来给我带杯奶茶吧，就上次我们去的那家，你应该知道我之前点的什么口味吧。"

明白没听完她后面一句，因为枝道走了。他急忙从操场的出口跑出来，跟在她身后十步左右的距离。他缓缓地跟着她。

下午的灰尘很静,人声被摒拒。身前的人瘦小、干瘪,正静静地不快不慢地走着。没有人群,没有行客,夕阳带着一抹黄在她的背后,右侧的宿舍楼黯黑,她的影子被拉得很长,像一幅孤独的画。他一直跟着她,脸色沉重地看她,隐在人群中看她冷冷地吸烟,把黑色笔记本扔进湖里,他混进人群里看着她进了一家旅馆,交出身份证,填了信息。她上楼了。他也踏上楼梯。站在门口很久,他低着头,双手揉了揉阴沉的脸,僵硬逐渐恢复自然。他抬头,右手轻轻敲了三下门。

等了很久,门还是开了。他立刻露出梨涡,可爱地笑着:"枝道,吃饭了吗?我带你去吃这儿最有名的……"

他看见枝道的桌上放着已经泡好的泡面。他感到有些局促,闭了嘴只是一直看着她,站在门口不肯离开。四周十分安静。枝道看着他,在心里轻叹了口气:"进来吧。"

他赶紧进门,换下鞋,关上门。他轻轻走近坐在沙发上看电视的她,缓缓地坐在她的身旁。她抱膝而坐,下巴放在双腿间,眼睛直视着电视。昏暗的房间里只有电视屏幕上的人物是鲜活的,他静静地看枝道的侧脸,时间像溪水潺缓。

明白问她:"明天想去看樱花吗?"

灯是摆设,房间里只有一闪一闪的电视屏幕的光,黄的、蓝的、红的全洒在脸上。枝道换了个频道,轻轻放下遥控器——

明白,北一的樱花真好看。我们俩一定都要考上啊!一定要在樱花下拍照!还要亲亲!我要亲亲!他捏着她的脸颊。枝道,那我们一起加油。

枝道问他:"大学生活过得怎么样?"

明白停顿了一下:"还可以,我认识了很多人,有几个朋友。他们带我进了社团和学生会。今天让我陪她去书店的女生叫许妍,是我们课程设计的成员,平时喜欢看书,我们搭档正在做一个实验计划,也是她带我进的书法社,认识了更多志同道合的人。"

枝道偏着头,大脑放空地看着他的唇,他的唇薄厚适中。她想:没有枝道参与的两年,有许妍陪他。

这两年，明白知道许妍的喜好和口味，他们已经建造了共同的回忆。在同一所学校，奶茶、社团、书店……她引导他交友，变得开朗，和他一起学习、读书，有所成就，以后可以一起往更高更远处攀登。她无数次坐在他的身旁，说话、交流、接触。早餐、午餐、晚餐、聚会、班级、操场。许妍替代了她。

明白见枝道只是看着他不说话，他也停下来了，又想摸她的手，还是克制住了。

"明天要走……吗？"明白小心翼翼问她。

枝道认真地看他："为什么要找我？"

明白也认真地看她："你知道的。"

枝道知道，他喜欢两年前的枝道。现在的她……

她笑了一下："我不知道啊！"

放在茶几上的电话响了，她拿起来，看了看名字，偏着头看了一眼明白，轻轻按下了接通。

"枝道啊，你说过几天见，明天可以不？明天是周六，我刚好有空。"一个男人的声音。明白低下头，缓缓地捏紧了拳头。

"好。"

"想吃什么？甜甜圈好吗？我这儿附近新开了一家，感觉还可以。"

明白的心脏仿佛在爆裂般地跳动。

"麻烦了，不过最近不太想吃甜的。"

"别那么客气嘛，毕竟以后我们要成家嘛，那换……"

手机被猛地夺走，用力地摔在地上。枝道平静地看着身旁急促呼吸的人，他在用力保持平稳的呼吸。明白闭上了眼睛，努力恢复理智。他瞪着眼问她："他是谁？"

"男朋友。"

"什么时候的事？"

"一年前。"

"叫什么？"

"王晓伟。"

明白盯着她，眼睛里乌云密布，手指紧紧地抓着沙发："你最好不要骗我。"

枝道起身，想去找被摔在地上的手机："我让他跟你打个招呼吧……"

明白突然抱住她的腰，动作激烈，整个人晦暗，哪儿还有阳光样。他咬牙切齿地努力压低了声音，声音因为崩溃越来越严厉："枝道，你怎么可以有别人？凭什么？我找了你两年，也等了你两年。你现在随随便便说有男朋友就有了？那我算什么？我告诉你，我就是不同意分手。两年前没答应，两年后的我也绝对不会同意。就是想看我难受是吧？你究竟想让我怎么样？我越痛苦你就越开心，对吗？你现在马上把那个人删了！以后别和他有任何联系！马上！立刻！"

明白喘着粗气说完话，看了她很久，枝道只是平静如水地回看着他。像是悲鸣一声，他红着眼睛，最后忍不住，突然把头埋进她的脖颈里。声音虚弱得颤抖起来，每一个气音仿若都在哭泣："不要折磨我了……求求你。"

枝道僵了下，轻轻地抚摸他的头。明白像个委屈的孩子："别生我的气了，好不好？我真的改了很多。我为了找你……我……"

他要见她。地域辽阔，天南地北也要找她。

明白看着她："枝道，你以前那么喜欢我……"

"对不起。"明白低着头，"我怕你又躲着我，所以不敢逼你，我也知道你现在害怕我碰你。"他的手指缓缓收紧，像抓住救赎的浮木，"枝道，可是我想牵你的手……"

明白。枝道闭上了眼睛。明白一旦求饶，她的心就像泡在酸液里，禁不住噬痛。他会主动套上她的小皮筋；过马路一定会牵着她的手走在外面；吃串串时贴心地帮她把肉剔在碗里；帮她补习，讲课，嗓子哑了也会强撑着；睡觉时主动帮她洗脸，洗脚；起床后帮她擦好鞋穿上。

她突然想抽烟了，她的手挣脱他，想摸茶几上的烟盒和打火机，他却握住她的手放在他的脸上。

"枝道，别抽了。"他用目光慰抚她，"抽烟不好。"

她的喉咙紧得发酸，手指缓缓地抚摸他的脸颊，还是跟以前一样软得一塌糊涂。她以为再也见不到他,见到了却无比害怕,又非常地难受。

"那天见面是我太激动了,我太强势。我不这样了,你不喜欢的地方我都在改了。你看我已经努力主动地和别人聊天、相处,再也不偏激、极端了。"

"枝道,我也可以陪你吃辣了。"明白的眼睛像水,灌进她冰冷的心房,"别排斥我了,好不好?"

他想吻她,低下头,在离她一厘米处停了。他的双手捧着她的脸,脸上带着柔情:"枝道,不要害怕我……"

他可不可以别这么委曲求全,她的心绞痛着。她轻轻拿开他的双手,目光平淡:"我有男朋友了。"

他猛地握紧了十指,又缓缓地松开。凌厉的眼神轻轻如冰融水。

"姐姐。"他突然软软地叫她。青年姣好精美的面容浸含水光,乞求怜悯的可爱目光侵蚀着她。他又这样,枝道的心还是禁不住感到一酸,轻易被他如泥化水的柔纤嗓音俘获。她偏过脸不与他对视。

明白又握住她的手:"为什么被人顶替了?你那么喜欢北一……"

枝道真的想抽烟,用烟烧死她这颗逃避的心,用烟灌满她衰弱的神经。就这样,烧死她的过去。枝道说:"天不早了,回去吧。"

明白愣住,张了张嘴最后还是没说。临走前,他站在门前,转过了身,眼睛里有最后一点光:"他真的是你的男朋友吗?"

只是一星期前李英介绍的相亲对象。枝道沉默了一会儿,又想抽烟。她点了点头:"嗯。"

光熄灭了。

"她是你的姐姐吗?"许妍在学校的小道上偶然碰到明白,她并肩与他同行。

明白的神情恍惚,精神有些不振,像泡在绝望的罐里:"不是。"

许妍:"我还以为她是你姐呢。看样子挺少年老成……眼睛感觉都没神了。你和她……"

明白停住脚步,突然声音冷冷地道:"不关你的事。"

许妍感到难以置信,明白居然用这样的语气对她说话,被气得声音也变大了:"明白,你……你凶什么凶啊!"

明白吸一口气:"我的心情不好。"说完,他走得很快,将许妍甩在身后。

不舒服、难受、愤怒,五味杂陈的痛苦已经割碎他的心脏。他走到树林的阴暗处,缓缓地捂着心口蹲下了身。枝道一年前就和别人在一起了。一年前,他站在小区的亭子里疲惫而充满希望地等她回来,她在远方和别的男人牵手、接吻。

他那样求她,同两年前一样,她还是像一颗石头。不管他什么样,她还是抵触他,骗他说喜欢他,最后也走了。她真的不再喜欢他。

他缓缓地站起身,脚步沉重地往宿舍楼去了。不管他是明白还是顾深,其实都没资格拥有爱,每个他寄托希望的人都可以让他痛得死去活来。已经无数次把受的伤折好,想等它小了就扔弃,结果只是越堆越厚,越厚越积压,粗竹撑不住就会被折断,于是彻底折疯了他。他想:他的一部分已经死在她的手上。现在也后悔束着她了,让她变得这么怕他。

天空下雨了,一滴一滴,很黏湿。以前的愉悦、争执、伤害都历历在目。枝道骂他像条狗。最狠的一次,他抬头,眼神阴郁地看她,笑着问她:"知道沙漠之花吗?"

见不得人的黑暗渴求阳光,她是他的仰望。

花,越看越想摘下夹在书里,放进兜里,再碾成花汁。

明白看到了两年前的他们。

那是一个早晨,天微微发白,六月十三号,两个人确定关系。

距离上次喝醉已经过了两天。枝道死死地盯着手里的手机,置顶的联系人没有动静,下面倒一直显示红点,徐莹问她要不要出去玩,卢子谅问她世界政治趋势,张达福求她帮忙砍一刀。就是没有……浑蛋!枝道气得眉头挤到一起。

两天了,一个消息也不回,就算失踪了,好歹也说一声吧。手握手机的力度越来越大,枝道抿着嘴不满地戳着屏幕,一个可能性从脑子里猛地跳出来。等等，那天该不会是他的恶作剧吧？她一想，分开的那天他们只是牵个手，送她回家也只说声再见就走了。他们最起码……连一个拥抱……

枝道没有想和他走得多近！浑蛋！早知道就不喝酒了，还鬼使神差地又相信了他！她是个傻子！现在好了吧！被耍了吧！现在她气得在床上直蹬双腿，而且她居然第二天咬着嘴唇犹豫很久，还问他要不要出来玩？然后呢，屁都没有。

枝道！你真是把脸都丢尽了！她郁闷地捂紧被子，双脚夹着抱枕，恨不得夹的是他的头。好像明白快过生日了，枝道想到这里默默地打开了自己的零钱包，翻来覆去，沉默半天后懊恼平时怎么就不省着点儿钱花，关键的时候却挠头。

男孩子都喜欢鞋吧……明白的鞋看不出牌子，可她一想就他一个人住，他爸又凶，他妈好像也不怎么管他……怎么一想都有点儿心酸，可能……他比她还节省，鞋柜里就三双鞋，样式简单。哪像班里的男生天天夸自己脚上的鞋多贵多好看，又是谁和谁联名的，花里胡哨的。

记得高一还和男生玩得好时，有男生嫉妒明白，就偏挑他的毛病。从外貌娘气说到傻大个，再说到穷酸，真真是把人性的丑陋暴露得彻底，说得她都忍不住回怼了。

最近男生不都很喜欢那双刚上市的新鞋吗？贵是贵了点儿……哪是个点儿啊！她又看着钱包皱眉了！好吧，虽然昂贵，可是……

别的男孩都有，明白凭什么没有？

很好，两天了。

两天零十个小时三十七分钟，浑蛋还是一句都没回复她。很好。枝道将手机扔进包里，又收拾好唇膏、镜子、卫生纸，去小区附近的家教班当助教实习赚点儿零花钱。关好门，刚踏下第一级楼梯，QQ特别关注的联系人的声音响起，心猛地一跳，这一刻掏手机的动作却慢了。

浑蛋："我们去玩吧。"

看了一眼，枝道把手机扔回包里，谁要跟他玩？他敢晾她两天居然还毫无歉意。浑蛋,等着。她也要以其人之道还治其人之身!枝道下楼了,走下最后一级楼梯,扭动单元门锁推开门,抬头的那一刻,他站在单元门前低着头,正看着手机。明白见有人出来,下意识地抬头。不可否认,阳光也偏心,阳光如写诗般,用文字欣赏他的容颜。比雪皎白、比冰透亮,一双眼睛如水柔软般深看她,像是他一生所有。有人只是一眼惊艳,偏就他生得一举一动都成惊艳。

枝道就看那么一眼,心猝不及防地就软了,但嘴上却不这样:"你来干吗?"

"等你。"明白收回手机向她走来。

枝道从鼻子里轻哼一声:"可真为难你了!忙碌小王子,现在想起我来了?"

明白深思她话里的讥讽,片刻后就懂了,低下了头:"对不起,我平常不怎么看手机。"枝道这才想到他的确不怎么用聊天软件,除了补习那会儿,以前也是几个月才说一句。

"万一……我有什么事找你呢?"枝道踢着石子,其实更想说:你就不想主动找我说说话吗?

"我以后会常看的。"明白又向她低了点儿头,"这两天,我把未来的规划做了下,顺便列了英语四级学习计划,大学会考。以后……"他犹豫了一会儿,耳朵微微泛红,"你想找我玩……我都有时间。"

谁要找他玩?惹人烦的浑蛋!她忙走在前面:"可我现在要去上班。"

"我送你。"明白走到她的身旁。

枝道突然停住脚步,侧过身,上下仔细地打量着他,如鉴赏珍品般。他被看得有点儿疑惑,低着下巴回看她。

枝道直白地问:"我可以碰你吗?"

他更觉得疑惑了。睫毛垂着,眼睛看向她的手。嗯?他不习惯被人触碰,浑身会觉得不自在。于是他偏了头,没立即回复她。

枝道明白了:"那好吧。"于是只好失落地朝前走着。

一步两步,明白突然拉住她的手腕。枝道转了身,看他在她的眼中局促、缓慢地轻轻点了点头。枝道的手没有放在他的肩上和手臂上,也没有放在他的脸上，而是狠狠地逮住他的耳朵。明白的身体一僵，难以置信地看着她。她昂着头，只专心她的事业，在他稍许惊愕的神情中，狠狠地揪了一下。

"枝道……"明白小声开口。

枝道冲他笑："好了，走吧。别觉得委屈啊，你也这样揪过我的耳朵，哼！我只是以其人之道还治其人之身罢了，让你不理我。"她又解释道。

明白的耳朵红了，一副良家妇女被欺负的模样，不自然地走到她的身旁，左手试探性地放在她的袖子下，便抓住她的右手轻轻握在手中。

"我不会了。"明白说。枝道转头突然看他，明明就是个害羞包……越想越觉得他真纯洁，像雪一样。她忍不住在心里偷笑，吃了蜜般。

此时晴天，阳光正好。枝道仰头，从树缝间，指尖接了束光。

他们并肩而行，送她到开设在别的小区楼里的培训学校。她讲了一路的趣闻，笑得合不拢嘴。他便沉默地聆听，有时深深地看着她的欢笑，竟也不由自主地，轻而难觉地笑出梨涡。自从见到了她，他就一直这样觉得，与一个有趣的人相处是一件舒服而难得的事。生活不再沉闷严肃，开始沸腾肆意。与她相处会情不自禁地失去现实感，想法总会往荒诞无稽上走。她爱说故事，她这个人最生动；消息，她最灵通；关系，也最广阔。关系……他垂眸，眼里深黑，似有黏答答的沼泥。她的手突然被捏得疼，她不需要广阔关系，只有他就够了。

到了。他看了看四周："你几点下班？我来接你。"

枝道的心里立刻乐开花，低着头看着鞋面："哎呀，那都晚上了……"

明白想了一下："嗯，那我就不来。"

"不准！"枝道听着顿时瞪着眼打断他，然后又假兮兮地捏着他的小拇指示弱，"你舍得让一个女孩子孤苦无依地晚上一个人走夜路吗？那天多黑啊，坏人又多，万一我被人贩子抓了，你上哪里找我这样的开心果？"

明白捏了下她的脸颊，又一脸正经地看着她的眼睛，语气认真："我开玩笑的。"

这还差不多。"我去上课了。"说着,枝道便急匆匆地往楼里去了。

两节补习课中间有十分钟的休息时间,一起做助教的同事——一个长发女孩坐在窗边,她下意识地偏了头看向窗外,想放松一下眼睛。突然她兴奋地站起来,头伸出窗外,手朝背后不远的枝道连忙招手:"枝道,快!有帅哥!快点儿过来看,快点儿!"

枝道下意识地感到不屑——切,不感兴趣,只是在想:怎么还有一节课啊!

"枝道!快点儿!真的,是我见过最好看的男生了!你快点儿过来看!我怕他要走了!"女孩匆忙扯着她的手臂就往窗前靠。

枝道无奈,只好站起身,准备敷衍地看几眼说句话就坐下。她的双脚靠近窗前,双手撑在窗栏边,低下头,眼睫也顺然垂下,想看看是哪个男生会如此惊艳。

放眼往楼下望去,漫不经心的一瞥,脊背突然如触电般,她顿时愣住了。教室设在五楼,距地面不远。首先入眼的风景是棵夏日中的老树,主干雄壮,枝干繁叠,树叶层密。枝干的缝隙间,男生的身影豁然清晰。红木椅上,少年的右腿轻搭于左腿膝盖上,一本书放在大腿间。他慵懒地将手肘支在椅子扶手上,手背撑着脸颊,微微低了头认真地阅读那本书,周身清淡仿如不近红尘,气流也甘伏于他的舒冷眉眼一同安静地逝走。随见的光晕点点在地面跳跃,似有流光在他的衣褶上流盛,精美如艺术作品。

枝头一片叶子缓缓地落在他的脚边,似乎是在臣服。

"帅吧!关键这儿风景好,他坐在那儿就跟锦上添花一样。有些场景有人就显得乱了,但有些刚好就缺人的点缀。"

"唔,帅,好看!"她支支吾吾地道,"我上个厕所。"

枝道目不转睛地看着,突然就从教室里冲了出去。

"这么急?"女孩大声问她,见她一下子跑没影了,也不再关心,收了眼神坐回去,拿起笔勾勾画画。

枝道在楼道里努力平复自己急促的呼吸，再无异样后才缓缓走出去。她轻轻走到他的身前，他看得认真没有注意到，于是她轻轻地坐在他的身旁。

明白一下皱眉愣住，转头看见是她。

"你看书啊？"枝道问了一句废话。

明白的右手从椅背上放下来："嗯。"

枝道："你没回家啊？我以为你回去了，然后到点了才过来。"

明白放下腿："我想等不了多久就没走。"

两个小时还不久？她差点儿就不知道原来他一直在下面等她。枝道握住他的手："热吗？"

"还好。"明白感受她手掌小小的湿热。

枝道缓缓地低下头，食指不知怎么就如羽毛般生了趣要钩划他的手心。一下，再一下，又一下。他猛地撤走她手里的手，她的眼神赶忙放在书上："看的什么书啊？"

明白："《后真相时代》。"

"讲的什么？"枝道一边说着一边拿起书，用眼睛扫视上面的文字。

明白说："对事实的解读都可以成为真相。事实如刀，可以是一把普通菜刀，也可以是杀人利器，使用方式影响了它们的身份……"

少年的声音柔纤，仿若溪流潺潺。她禁不住看向他微微轻颤的睫毛。

"如互联网拓宽了全球知识的传播和互联网加速错误信息和仇恨的传播，两句话都正确。任何一组事实可以得出不止一个结论，你可以通过许多方式描述一个人、一起事件，这些描述……"具有同等真实性。

声音在两个人间戛然而止，他的神经仿若突然被切断。

《后真相时代》的封面是黑色，书上有四根手指张开把住，维持着书的平衡，书页被她展开成两面遮住了两个人的脸。外面的人看不到她贴上他正说话的唇。

清醒后的她感到无比尴尬而失措："对不起，我……我走了！"

她落荒而逃般从椅子上起来，低着头往前面冲。然后猛地撞到路灯上，哭丧着脸娇嗔地踢了一脚路灯，揉揉额头，忙加快小碎步往补习教室走去。明白看着枝道的背影离去，酒窝明显。他整理好书，右腿搭在左腿上，手肘支在椅子扶手上，慵懒闲适地继续阅读着。

　　风吹动他的书页，他用食指轻轻抚平。人畜无害的纯良面容，眼里的水汽蒙蒙，一副雨打淡花的美好模样。他的背后是逐渐发黑浓墨的夜。

# 第七章
CHAPTER 7

## 变化
### 恶性花蕊

如果，这里突然下雪就好了。

混在人群里，枝道推开门，头顶一束黄色灯光。脚踝处的视平线是一片白色。冬季雪花悄然地醉醺飘落，整片天地白了头。

冬日的浪漫是不经意地抬头，望向远方的第一眼，是大片白雪里，撑伞的少年。他一定穿了件米色的羽绒服，握着一把黑伞，挺拔地站在她视线中央。少年看她的温柔目光像田野上一轮淡淡的圆月。这一刻的天色灰蓝，天边微微发黄，地上都是雪。黑色的树只剩枯枝，白色的屋顶，米黄色的外墙，车顶上全是雪，远方一排排白色的路灯亮了，黄光在一座座房子的黑色窗子里浅浅呼吸。

下雪了。明白站在原地，像是天生属于冬天，天生与雪同眠。他的呼吸是雪，他以雪沐浴，白色、干净、纯洁。枝道不敢大步向他奔去，怕破坏这一幕美景。于是她呆呆地看着，脚跨出一步，行动缓慢。直到他向她招手，她便突然像只兔子般奔向他，跑到他的身旁，然后再平复呼吸，低着头和他一起在雪地里漫步，天地多了他们来过的脚印。

"你来了。"

"嗯。"白色的雪落在鞋上，不一会儿鞋子就湿了。风很轻，雪很柔。

她的头发被雪染白了些,于是她看向他,他的发尾也被刷白,她忍不住低下头笑了。

如果这是冬天就好了。她会轻轻揽上他的手臂,看着他握伞时骨节泛红的右手,心头突然涌上一股坚定,这念头像个咒语。她想:说不定以后每个冬天都可以一起看雪。但现在是夏天,是六月。雪色褪去,只有蝉鸣。

"那个英语词汇背诵计划表我放在家了。"

"什么?"

明白停顿了一下:"分析如何高效地背诵英语单词,这样考四六级才有效率。"

枝道看了他一眼:"去……去你家啊?"

他的眼睫毛微微垂下:"如果不方便的话……就算了。"

枝道咬了咬嘴唇,别扭地收回了视线。其实也不是不想去他家,只是觉得不太好。可他只是为她的学业着想,这也没什么大不了的。她爸妈得十点钟左右才回来。

"去吧……"枝道偏着脸,扯着他的衣袖,吞吞吐吐地说道,"你……有想吃的菜吗?我给你做。"

明白低头看她:"你说了算。"

枝道双手撑着脸,抿着嘴看他吃相斯文,心里的满足如装满水的杯子。此刻她感觉像照顾一个孩子般,看着他因为咀饭微鼓的面颊,低头悠然地捻着食物,可爱得像只小松鼠,一举一动撩她心酥身痒,真想拿个勺子,坐在旁边给他喂饭。她说:"啊,张嘴。"等等!她是老婆婆喂孙子吗?

"你吃好了吗?"明白问她。枝道点头。

明白站起身:"我也吃完了,我去洗碗。"

她最终还是进了他的卧室,床单换了,晾衣架上挂着几件夏季的衣服,干玫瑰换成了干山茶花。明白坐在书桌前,说他还没整理好,让她等一下。开了空调后,他脱去外套,上身穿一件米黄色的T恤。枝道只好坐在床边看书，随便拿了本书。

"缸中之脑……"枝道读出书中的字句，便抬头问他，"明白，你觉得我们的世界是假的吗？你说……会不会有人在我想象不到的地方正在观察我的一举一动。"

枝道突然看向天花板："就像《楚门的世界》一样，我的世界全是虚构给别人看的。"如果真像楚门一样，她的生活全程只是一个电视剧给别人观看……不过她有什么好看的，看她拉屎撒尿？要看也看明白好吧。

"做你喜欢的就好。"明白回答她。

"嗯嗯，管他呢。"枝道放下了书，可浮躁的心却怎么也收不回了。

清风霁月的少年在窗前一本正经地低头书写，眉宇淡然，笔头规律地写着，翻书页的左手时而晃动。

窗外夜色朦胧，头上的灯亮着。

明白还差几个点就修改好了。他又扯了扯衣服，懊恼这件不怎么穿的衣服意外地有些大，老是下滑，准备整理好计划表后把衣服换了。衣服又往下滑了。右肩有点儿凉，他下意识地伸手，手指还未碰上衣服，突然就被人咬了一口，他一刹那就愣住了，握笔的手僵滞。

"枝道……"又是她在捣乱。

枝道："写完了没？"

"没有。"明白不管肩头了，低头写字。

无论他的外貌、品性、才学、认知都令枝道眼前一亮。而此刻，他就在身边，她心满意足地看起了书。

一晃儿，明白终于写完，自然地偏过头，看她。枝道睡着了，书还握在手中。明白起身轻轻走近，站在她的身边，眼睛盯着她。明白缓缓地闭上眼睛，一个想法不可思议地涌来——枝道，真的好喜欢你的性格，那么活泼开朗，活得像一束光。


送枝道到单元门口后，枝道低着头不说话，手指一直捏着衣袖。

明白看着她的发顶，犹豫了一会儿："我走了。"

"这就走啦。"枝道小声嘀咕着。

单元门口的光线昏暗，看不清他的表情，他在原地没有走，只是看着她，手指轻轻地摩着中指的疤。

"我明天要回老家走亲戚，可能要十多天才回来。"枝道抬头看他。

"嗯。"明白点头。

他不说些什么吗？他为什么不能像她一样有什么就说什么呢？枝道有些郁闷，抿了抿嘴唇。灯光下他俊秀的眉眼如水潺潺，依旧沁人心脾，晕轮效应就来了。她不由得叹了一口气，于是她上前一步，抱了他一下。

枝道："我们回来见，记得看消息。"

明白抱住她，声音平静："嗯。"

嗯嗯嗯。只知道嗯，嗯个锤子。她鼓着面颊缓缓地放开他："那我先进去了。"说完便转了身，走进单元门内。

人最大的特性就是记性不好。三年过去，枝道已经快忘了他留给她的最初的印象。现在只被他的单纯、羞涩冲昏头脑。她越来越信：这才是真实的明白——别人眼中的神祇，她眼中的乖狼崽儿。

至于那些事，至于左边的耳朵，不去故意想起，那就再也想不起。上楼梯前，有感到些异样，她摸了摸后颈。奇怪，怎么麻麻的？不见天光的黑暗里，一双漂亮的男人眼睫缓缓抬起来，执拗暗自滋长。

枝道最终去专柜买下了那双鞋，用之前的压岁钱、零花钱和兼职赚的钱，零零散散地凑够了金额。李英夫妻俩还在老家继续走亲戚，她想早点儿回来，借口说想专心学习，就提前坐班车回家了。到家前，她让明白在小区公园等她。她下了车，哼着小调，提着装鞋的袋子，一蹦一跳地走在街道上，转了个圈儿，仰头看繁茂的枝叶。

她看见明白了——他坐在公园的木椅上。刚张开嘴，却闭上了，她没有立即向他走去，而是停在原地。因为一个漂亮女生正向明白搭讪。一对外表优异的男女，女生似乎在这方面颇为自信，坐在他身旁侃侃而谈，笑容灿烂。

什么嘛，她握住袋子的手缓缓捏紧。明白没有搭理女生，神情如初见般冷峻，这让她的心情稍微好受了些。后来，他还是对女生说话了，然后女生走了。她站在原地不动，看明白什么时候才能发现她。半分钟后，他偏过头，一眼就看见了枝道。明白忙站起身向她走来："你来了。"

枝道把袋子交到他手中："给你的生日礼物。"

明白看了很久，语气饱含真诚："谢谢。"

"对不起，生日……"明白一时为自己的粗心大叶感到懊恼不已，"你呢？你想要什么？"

"没事。"枝道的目光没有来时般炙热，冷得像化雪的天气，"我不在意礼物。"

低下头，轻轻拉了一下他的手。枝道缓缓开口："我们去你家吧。"

开了空调，拉上窗帘。

这次明白穿了件白色衬衣趴在床上看书，枝道坐在他的身侧看着天花板。光影游离，浮光跃金。大块的夕阳透过窗户投在地板上，窗栏的影子在白墙上游弋，山茶花有一点暗红。

明白正阅读《必然》第六十三页："数学经济就是这样运转在自由流动的复制品河流中的……"于是他思考复制与互联网的关系是否能存在合理，思维正像展开画卷般在虚无里铺开。

"你和那个女生说什么了？"枝道的声音很轻，像询问天气。

明白："我说……我在等你。"

"这样啊！"枝道也不知道她怎么突然想惩罚他，"明白，叫姐姐。"

她说过，终有一天，她要让他被迫可怜巴巴地叫她一声姐姐。这不就心想事成了。隔了好一会儿，明白才抬了头。"枝道……"他叫她，"你怎么突然……"对他这样。

枝道没想到他也有可爱纯良的一面——以前一个样，现在像换了个人。外表高冷成熟，也有孩子脾气。温柔与强势、害羞与冷漠，在他身上都能找到，这些不为人知的一面只有越靠越近时才感受得到。

那天之后，他回她的信息很慢，有时发十多句才回复一句。他没再主动找她出门，有时竟也推托她的邀请，见面时看她的眼睛都在闪。躲她，为什么？枝道对于他的态度转变感到有些不安，几日几夜，辗转难眠。于是她反思是否是那天做过了？这是个征兆。她想，因为她触到了他的底线。近日，枝道为猜测明白的想法郁郁寡欢。他的逃避让她不敢再像以前那样主动，有时患得患失，担心他排斥她。没能忍住，有次去他家时，问他那扇门怎么安在了这儿。他淡定地说，是个杂物间。因为他一个人住，所以把房间都打通了，留了个小的杂物间。

枝道放开他的手，又问："你的手指怎么又受伤了？"

明白看了看创可贴："不知道。"

"肯定是切菜时弄到的，小心一点儿。"枝道心疼地摸了摸。

明白没有反驳，低下头，声音轻柔："有点儿疼。"

枝道一下就被他装可怜的样子融化，纠结了一会儿，说："那我以后做了菜就拿过来和你一起吃，你别碰刀了。"

明白说："不用，你不用管我。"

枝道："怎么不管？你这都受伤几次了。"

明白说："我下次会注意的。"

枝道："你别推了，下次又弄到怎么办？听我的，以后我做菜给你吃。"

明白有些犹豫："可是……"

枝道打断他："别可是了。"

"好吧……"明白露出勉强的表情，手指摸着中指上的创可贴，与她对视的眼睛一如平常，"谢谢你。"

"说什么谢谢。"枝道偏过头反感这个拉开距离的词汇，免不得难受地想：他是不是不想让她来他家。所以，一直推拒。

距离高考成绩出分还有七天。

她心急如焚，更不安的是明白忽远忽近的态度。枝道理解明白回信息慢是因为很少看手机，所以也减少给他发消息的次数了。平时你做你的事，我忙我的，哪能时时刻刻黏在一起？而且，现在她也不敢再造次了。晚上两个人一起散步,也很少说话,她小心翼翼地,生怕惹他不高兴。明白送她到家,她匆匆说句再见,就走了。她也不想两个人一直这样下去,可她又不敢与他走太近。浑蛋!她揉揉眼睛——她到底要怎么做?

"想去喝奶茶吗?"明白突然出现在她的身旁,小区的亭子里。

枝道刚才一个人在这里看小池塘的鱼,坐着散心。

"不用了。"枝道不想与他对视,赶忙远离他,起身准备离开,"我回家了。"

氛围突然冷却,他一下握住了她的手腕。枝道慌张地甩开,看了他一眼:"那个……"

明白垂眸看了看被甩开的手。这些天她一直都这样疏远他,他已经忍到了现在。那天之后,他一直处于煎熬之中,不好意思去见她,和她聊天也不自然。这几天终于调整好心态能面对她了,她却莫名其妙地排斥他。明白不懂。趁他出神,枝道走得更快了。

明白习惯性想抠中指的疤,摸上去却完好如初,一片润滑。不适的触感使他放弃了这个动作,后背慵懒地靠在柱子上,眉宇突然沉如阴天。枝道走进单元门里,转过身,悄悄下意识地瞟向明白。他平安无事地在看鱼,看起来很悠闲。她的国疆却烽烟四起、寸草不生。她怎么不能像他?她若像他一样,情绪收敛得波澜不惊,就好了。他是一团黑雾,早晨江与山最浓的那片,也似时隐时现的船。

吃完晚饭,心情郁闷,枝道便点开了游戏,卢子谅邀请她,一时手滑点了同意,不好退出,只能硬着头皮打了两局。两局都输了,于是她决定下楼散步,想去了小区广场走几圈。

黑色的广场,冷风瑟瑟,光倾泻如雨。每半圈处有一盏路灯,她的影子被光吃掉又吐出,循环往复。她不断路过聚光处,又漫进黑暗。后来她仰着头,陪月亮散步。她想起她读过一句:"月不因暂满还缺而不自圆。"她看风里的残月,一时感到心头沉重,联想到的确没有人能一生圆满,却在一直追求圆满。像月一样,每一次"圆"就是一次成长,接着又要往下个阶段继续成"圆"。无穷无尽下去,直到灯枯人亡。

枝道看得入神，今天格外认真，却突然被一双手猛地扯进角落里。黑色像水漫透这片天地。她被扯得呼吸急促起来，觉得脖子有些疼，贴在墙上的脊背瑟瑟发抖，墙上的黑色曳影和他的呼吸一致。贴近枝道的他，她熟悉。

枝道推了明白一下，委屈地说道："你干吗啊？"

明白不说话。她在灯光下打量着他，他半合长睫毛下的黑影如深穴幽然，似有无限深意令她后背发凉。

她微微低头，她是病人需要被拯救："明白。"

明白没有回应她，他的沉默仿佛在说：我们不会再见面了。他是有病的医生："打游戏了？"

枝道偏了头轻轻回他："嗯。"

"不要和别人玩游戏，"明白看了她一眼，"好好读书。"

枝道下意识地想反驳，证明自己没错："我怎么没读书？而且就只打了一局。"

明白看了她很久，眼神如透明的洋流，顺着时间的经纬编织出一张无形的死网。他突然垂下了视线："是我多管闲事了。"

枝道听到他的话感到有些猝不及防："不是。"

"我也不过问你和男生一起玩游戏了。"怎么显得他受委屈了。

"不是。"枝道伸手想拉他的衣袖。

明白突然退后一步："枝道，你就喜欢和他一起玩游戏，却不想和我一起学习，还一看见我就走。是我多管闲事了，你愿意这样就这样吧，跟他在一起打游戏比跟我在一起学习更快乐是不是？那我以后不管你了。"

枝道一下拉紧他的手，心里慌得语无伦次："没有，不是，我没有，我，我就无聊……"然后手滑。

"无聊了，宁愿找他也不找我，对吗？"明白的眼睛又垂下来，看不清表情。

明白的手动了动，像要摆脱她。她赶紧急急地抓紧他，眼神里带着迫切、求饶："不是，我不是这个意思。对不起，对不起，我……我以后都不玩游戏了。"

"枝道,我没有逼你不玩游戏。"他抿抿嘴唇。

"我知道……对不起。我真的再也不碰游戏了。"枝道发誓。

少年低垂的眉眼美得如一场月景。沉默了一会儿后,他的声音显得又温柔又冷漠:"以后别这样了。"

一次也不行。

枝道愧疚了一个晚上。往后再也不搭理卢子谅,就怕被明白看见后又是一阵控诉。她真怕他说的那番话,好像他真的不再管她。她的确做错了……等等——明明是他躲她在先,他怎么还理直气壮数落起她来了?结果怎么错就全成她的了?浑蛋!想通后,她觉得更加郁闷了。做人怎么这么难呢?行吧,她也懒得再想那么多了。她回去就在梦里扇他的胳膊,掐他的大腿,让他抱着她的大腿小声抽泣着求她说:"姐姐,不要!"

有时和他一起在学校附近逛街。明白在前,她在后,看他穿过人群。他的美像一个风眼,旋风袭来,所有人的视线不自觉地因他的引力旋转,她清醒地看到他们的目光恨不得填满他。她便躲在他的身后,隔了一段距离。

明白太出名了。你问美有多大的力量?约瑟芬·博阿尔内在法国大革命后被推上断头台,本来她已被判了死刑,却因她长得太漂亮最终而被赦免。枝道一直信奉和畏惧美的分量。

明白突然转过头,低下头问她:"要牵手吗?"

牵手也要问问?她和他果然不是一个层次的,也算他主动吧。

枝道感到微微的不安:"万一有熟人路过。"

明白皱眉:"又怎么样?"

他自然无所谓,她……又不是他。枝道没有回话,也没有动作,只是躲在他的身后远远的。以前还自然大方,现在反而越靠近距离越远。

回家的 36 路公交车从远方驶来。

"车来了。"枝道抬头。

明白没有回应,等了她几秒钟,见她还是不走。沉了脸色便径直往前走去,步子大得她完全跟不上。明白生气了。公交车上,黑暗摇摇欲坠,人流安静。

枝道看了他的侧脸一眼,低下头,右手小心翼翼地借着密密麻麻的人群遮蔽,再偷偷地放进他手心。他立刻反手紧握她,她被握得很疼。

夏夜,刚下一场雨,窗上都是雾。

密室内暗调流窜,尘埃在一个拳头大的光中滚动。这像笼了一片迷雾,雾里有房间主人从没有过的气味。淡淡的香如木檀,混有男性的气味。明白坐在书桌前,额头抵着小臂,对视地面的脸清冷。呼吸闷而不乱,如临大敌般的冷静自若,只有一双盯着双腿间湿润手掌的眼睛慌乱。

枝道为什么要躲他?为什么对他十分冷淡?为什么只拉他的衣袖不牵他的手?跟别人聊得这么开心为什么却只看他一眼就要走?是嫌弃他了吗?

枝道,你真让我火大。

星期六,枝道与徐莹约在奶茶店碰面,聊了些闲话,心意突发,便一起去学校的操场坐着接着聊,回顾过去的时光。

坐在国旗下吹风。徐莹聊起了以前有女生给明白折星星的事。枝道撩了撩头发,望向人群。

"枝道,我们马上要读大学了,其实我也有些话想告诉他。"

枝道吃了一惊,转头看她:"嗯?谁啊?"

徐莹有些羞怯地低了头:"现在不告诉你,等我决定了再说。"枝道为徐莹的话惊心不已,想问却不敢问,只好不甘心地吞下疑惑。手机铃响了,枝道下意识掏出手机,一看来人,忙遮遮掩掩地接起来。

"还不回来吗?"明白问。

枝道:"马上。"

徐莹问她:"谁啊?"

"朋友。"枝道小声回答她。

少年的动作轻轻一僵,随即贴在墙边,低声说道:"今天的英语四级试卷我已经帮你分析过了,等会你把笔记拿……"

"同学。你好啊,请问我……我能要你一个联系方式吗?"

枝道猛然抬头看向突然搭讪的少年,再听电话里突然的沉默,心顿时透凉。

"喂。"枝道小心翼翼地唤他。

"同学,抱歉!我……我只是觉得你很可爱,想和你做个朋友。当然,那个你要是还没……"少年还在大胆地述说。

"她没有。"徐莹看到这一幕连忙打趣起哄。

枝道觉得自己都要晕过去了,握手机的手绷紧:"那个,我等会儿过去拿笔记。"电话里连呼吸声都没有,静如荒区,通话的时间却在一秒一秒地过去,如行刑前的倒数。

"枝道,你不会真有男朋友吧?"徐莹见枝道的神色不对,忙笑着问她。

枝道尴尬地笑了声:"没……没有。"

"那……那太好了。哈哈。我其实是帮我朋友要的,他自己不敢来,我帮他要的。"

明白默默地听着,低着头,手指抠中指的疤,用力地抠着。

枝道都傻了。明白只是沉默着,她唤了几次他不应声,也不挂断电话。沉默越来越迫人,让她感到窒息。她摸了摸耳朵,缓缓地抬头。深深地看了一眼国旗,在内心祈求祖国母亲保佑她。

"我现在就回去!"枝道对他说完,挂断了电话,连忙拉着徐莹就跑。

枝道回到小区,明白正站在门口等着她,安静恬淡,毫无怒意。她拍拍胸口,放心地长出一口气。

他们依旧一前一后地走着。她对他的恐惧突然就回来了,因为内心不安,怕他做更过分的事,她走得稍慢,不时偷瞟他脸上的表情。刚走进小区门,他扯着她的衣服往前,突然又放开,一言不发地走在前面,离她很远,她忙小跑着,隔着一小段距离走在他身后。

从明白家把笔记拿出来,枝道被他送到单元门口。她看了他一眼,低头转身要走。

"明天见。"他还是沉默着,盯她的眼睛。

枝道:"那……那我先上去了。"

明白突然拉住她的手腕,在单元门前最暗的一处墙壁附近:"天还早。"

他眼瞎吗?

"我妈会问的……"枝道用手臂轻轻推他。

"五分钟。"明白缓缓拿出手机定时给她看。

枝道犹犹豫豫地说:"可是,我妈她……她让我早点儿回去,不然她会怀疑……"

明白凑近,气息如幽兰:"姐姐,就五分钟。"

枝道:"那……五分钟……"

"枝道。"明白低头看她,眼睫毛微微垂下来,轻轻颤抖着,眼睛带着水雾,"枝道,我们一辈子都在一起,好吗?"

一辈子?枝道感到有些惊讶。她没有想过那么遥远的未来,只是得过且过,未来的变数太大。

枝道犹豫了:"那个……一辈子也太……远了。"太不现实。他怎么问出这种话?太不"正常"了。

明白看枝道有些犹豫,像是有人用刀用力地挖他的眼睛,仿佛身体里的五脏六腑都在绞痛,心窍在灌风。她和他不同,她看不到他的另一面。他已经努力地做好了一切,气味、容貌、学识,唤她"姐姐";可是她是不确定的,他恨死这种缺失的安全感。枝道虽然就在眼前,但他担心她突然消失。如果他心里能有个明确的答案……

"明白……"枝道看他又不说话了,小心翼翼地出声。

那就好了。

记得,稚嫩的少年,胸腔薄得像纸。腰腹被划过一刀后,难以置信地抬头,满手鲜血。他看着他的母亲走出他的视线,走出家,再走进别人的家庭。记得，哥哥的眼泪。环顾四周，不知怎么就举目无亲了，像被流放。他完整的家去哪儿了？过去的东西，想留住一丝温存却满是疼痛，对家的感受渐渐淡了，世界开始失色无趣。

他经常站在警戒栏前仰望乌沉的天，如果下雨，他会撑着伞一直低头行走，晃荡在街上，他喜欢自己是个假浪子。一辆辆车在霓虹下等待绿灯，毂击肩摩。

人间在闹腾，他独自寂静，好像他死了，世界依旧会这样热闹下去，露出獠牙欢歌。

脚底没有根须的他后来回到出生之地，也只是看一眼就走了。一个人站在车尾，他喜欢把自己藏在帽子里，如果明天不再呼唤，他可以一直等下去。他已与任何人无关，像盏落了灰的灯搁在冷窖。不知何时黑白突然变成彩色了，雨声消停，雷声也温柔，冰川融进深海。这是一种无法用言语解释的感觉，或许浮夸，或许矫情，他原本如同死寂的生命力开始颤抖。心里只有一个念头：想被她照得亮如满月。

当被另一个人用心地宠着。

知道枝道爱吃零食，便悄悄地把零食放进她的衣兜中，等她回家总有惊喜；虽说喝奶茶不好，却还是一周带一杯她最爱的口味；就怕她没听懂，带着哑嗓为她讲课；想尝试她爱吃的味道，即使自己难受也陪她吃辣；温柔地待她，愿意听她所有的废话与私心；耐心地尊重她表达的每一句自我感受。她说不想的，他也大半随她。他最喜欢背着她，世界于他像只剩她这个甜头。

枝道向他倾诉委屈："以前，王老师竟然把她的女儿安排进学校的期末表演，然后对我说一句'你不用来了'就把我替下。"

"怎么这样？我带你找校长去。"明白皱眉，毫不犹豫地就要前往学校。

枝道笑了，手扯着他的衣角来回晃荡着说："不用啦。"她告诉父母，告诉徐莹，告诉她所有能倾诉的人。所有人都对她说：这种事你还见得少吗？你要学会接受现实，以后到社会上还会遭遇更多。她当然知道，可委屈却不是一句"知道"就能化解。

枝道开心地把头抵在明白的肩上，认真地说："你真好，他们都教我长大。"只有你把我当小孩。

明白："那你之前做的所有准备不要了？"

枝道："我又不难过。"

"怎么不难过？"明白好奇地问。

枝道说："有时不开心，是因为开心正在加载。反正没必要了，挺麻烦的。我又不是因为这个就活不下去。"说完，她想亲他的脸颊，却又不甘心地忍住了。然后在心里愤愤怨念一句：就是这加载突然卡住了。

于是他就在彼此敞开的心扉里趁她不知情时织网。他询问她能否每天都见面？她有什么理由拒绝？她回消息慢了，他问她去干什么？如果跟别人聊天，他就要求截图，平静地说：我只是想知道你在干什么。看到她和别人玩游戏，总面露难色，于是他也加入进来，干扰得她对游戏再也提不起兴趣。自从她和徐莹周末出去玩，他便认真地对她说：周末与他一起学习，学东西更重要。

只有一次终于藏不住。看见她的手机里有男生的照片。他看了半响，问枝道那个人是谁？是一个明星。他利落地删去所有男性的照片，低眉顺眼地把手机递给她说："枝道，好好学习最要紧，追什么星？"弄得好像是枝道在犯错。

若是她爸妈不在家，就哄她过来两个人一起写作业。

"提高学习成绩最重要。"明白看了一眼她，白洁脸庞干净得尘埃难近。

他低下头，一脸求怜："其实……我怕黑。"

外表冰山，实则胆小。这个巨大的反差枝道甚至觉得可爱。

"枝道，你明姨说想让明白帮你辅导英语四、六级。你要去吗？"

明姨？她都没和明姨联系过……只是开心冲昏了她的头，于是她猛地抬起头，又要佯装淡定："都行啊……"

"去那里乖一点儿啊！"转身离开前，李英看了她一眼，眼神严肃，"枝道，你知道我提醒多少遍了啊！"

枝道来了，俩人坐在沙发上，对着茶几上的一堆试卷细讲评辩。

明白从容地从书架上拿出一本书，他喜欢去掉书籍的外封，平滑的内封手感很好，使他阅读的兴趣更大。于是顺手翻到一页，他看了看标题：我爱你，犹如爱夜间的苍穹。他便顺着读下去，手指在字句间徘徊下移。

"你越是避开我，美人啊，我越是避不开对你的爱。"他挑了挑眉，细品这个句子中的含义与他灵魂的契合度，玩味一阵，他又接着读下去："我向前移动，预备袭击，我攀缘而上，伺机进攻。"读到"我甚至爱你的冷淡"时，他停下来了。这页诗文像敲响了他的宝库的门，他看得认真，手指一字一字地摸过这鲜活的印刷的黑字。他默念着："把我这含垢忍辱的灵魂，化为你的床铺与领地，你用锁链把我像苦役犯那样捆住，害得我像酒鬼，与酒瓶形影不离，像赌徒醉心赌博，像腐尸与蛆虫，缠在一起。"

他又一次闭上眼睛，轻轻地合上书籍抱在怀中，双臂紧握。封面上的字从他青白的小臂间露出脸——《恶之花》，作者波德莱尔。

枝道意外发现学校后面有一座小山。有修好的台阶，顺着走上去，一圈，再绕一圈，踏平野草与荆棘，掀开碍路的茂密树叶。站在崖边，可以眺望无穷尽的山，越远越苍茫，一件东西遮遮掩掩的，反而有了魅力。难怪人总要翻越一座又一座的山。山包围了城市，然后是细带般的河，若是夜晚，河如金沙般躺在幽蓝色的山怀里，隐约能看到桥，真纤细。银月淡淡的，整座春城在苍穹下揽收于眼中。

枝道坐在明白的身旁，下面铺着快递外包装的硬纸板。她的头搭在他的肩上："我知道你报的北一。上次你让我看杂志，说让我看学校环境，你是不是就想让我和你报同一个大学？"

"你自己做决定就好。"明白低下头，隐藏内心的想法。

枝道望向远方，说我当然想和你一起上最好的大学。在大学里，我们最好在同有一个系，那我们就可以一起上课，一起讨论作业。你还和现在一样帮我补习，我们一起考英语四、六级，一起参加社团活动，然后……

热风吹来，周围的树叶不安分地落下来。

"明白，我们做个约定。"枝道勾起他的小拇指，低头认真地看着他，"我们要一起在北一的樱花树下拍照。"

"嗯。"明白紧紧地回握她的手。

枝道寻找他的眼睛，想看穿他，却只看到了平静。她看着他追风万里，龙吟云萃。聪明的人一向善于隐藏。高高在上的人的内心怎么会不坚毅？所以她感叹，她仍旧做不到如他那般，重重野心，表面上却十分静。也是有疑惑的——他时而是讲台上滔滔不绝的聪慧学者，也是站在公交站牌后不发一语的严肃少年；他时而是课堂里上进的好学生，也是与她相处时的羞涩少年。他大多时候显得清冷，却也有热烫之时，他的城府很深，却又显得天真无邪。他是统一的他，还是正在分裂的他？

"我一定会努力的。"枝道说。

这座城市，这片天地。她远远地看着，眼中熠然。

明白毋庸置疑会上北一，而高考前最后的测验，她依然离重点本科线差那么点儿。北一，未来……枝道轻轻眨眼，望向正在眺望远方的少年。他的睫毛像月牙般俏丽。他沉着的外表下，此刻在想什么呢？有龌龊的思想吗？就像人光鲜的皮肤下是丑陋的内脏。似乎一些事总不像表面那样能一眼看到底，比如未来。枝道紧握明白的手，试图从他那里寻求一丝温暖来安抚她的不安，她的退缩。

许多人在一起不到一两年就会分手，有的在一起七八年也会分手。你永远不明白为什么时间在这时就不起限制作用了。

风轻吻着她灼热的额头。

蟾宫折桂，金榜题名。不失风骨，不落低谷。枝道轻声说，这才是她要的生活意义。如果不是，她宁愿一直堕落。

"我好紧张。"徐莹在奶茶店里不停地跺脚，又不时看看枝道。

她戳了戳枝道的肩："枝道，你说我是发消息给他，还是当面给他一封信，还是……我还是不去了。"徐莹觉得写信比手机通讯更加显得真诚。

枝道一直垂着眼，模棱两可地说道："你觉得……哪个好些就哪个吧。"

"枝道，快帮我出出主意吧！我真的……我本来鼓足勇气，但现在真正要做了，我又害怕了……"徐莹揽过她的肩膀，眉宇间带着焦急之色，"我怕……我怕他拒绝，但是，也怕……怕我再不说就没机会了。你说，那么多女生关注他，他应该也不会把我放在眼里，我就满足一下我的心愿……枝道……你说话啊！你平时不是能说会道吗？快，快帮我做个决定，给我打个气。"

她终于看向紧张的徐莹，艰难地说出口："你真的……决定好要这样做吗？"

"枝道，我们既然有缘分到一个班，现在都毕业了，我真的不想再浪费时间了。"徐莹又记起往事，"以前，他写过的试卷我都会悄悄留着收藏。"

吐露秘密的人格外激动，这时正好有信息过来，枝道刚打开手机，徐莹突然凑过来，看到了明白发来的信息。顿时，徐莹不说话了，发出一声嗤笑："枝道，原来如此……你真恶心。"

徐莹愤怒地转身，走出第一步又停下来了，站在原地一分钟后，她转回身看着枝道："枝道，他和我之间只能选一个。要么我们就别再联系，你自己选吧。"

枝道看着徐莹气冲冲走出店，用衣袖不时地擦着眼睛，徐莹在哭。她也蒙了，想唤徐莹停下的冲动突然消散，很多烦恼包围了她。她趴在桌子上，头渐渐地埋进手臂里。

最近枝道的父母经常不回家，问他们发生了什么事，她的父母也总说要好好念书，小孩别管家里的事。

明白的手机突然响起来，枝道拿起他的手机，本想关了怕吵醒了他，想让他继续睡一会儿，只是她下意识地看了一眼屏幕，便低下了头，把手机放在他的手心里。

枝道说："是茉荷。"

明白睡得迷迷糊糊的,下意识地接起来,放在耳旁。重复的话在喉咙里像吃喝吞咽一样熟练,第二天也忘得干净。

傍晚总是这么静,呼吸与对话全能一字不漏地入耳。

茉荷:"吃饭了没?"

明白:"吃了。"

茉荷:"今天的学生都好乖,作业居然全交齐了。"

明白:"嗯。挺好的。"

茉荷:"你在家复习功课没?我给你说,你要是来我这儿,我可不会给你放水,你得老老实实考试听到没?"

明白:"复习了。"

茉荷:"那你……要认真读书知道吗?"

明白:"知道。"

枝道一句不漏地听着,把头埋进被子里捂着嘴不敢打断。他们的对话很暖和,她却感到浑身冰冷。

外面是黑色的街,有人嘶吼,划破寂静。

枝道放下捂嘴的手,这颗心脏在剧烈地跳动,再死一般沉寂了。枝道的目光幽深、迷茫,从他的额头看到下巴。真漂亮的一张脸。真会装,谎言被戳穿后,失色起来一定很丑。她想:明白,我也会装。结束通话的手机被放回原位。

明白清醒过来,枝道没有和他说话。等他发现枝道在玩游戏,她才含笑解释:"明白,抱歉啊,我一下忘了。"

以往的早晨,他们会约好坐公交车游览春城附近的风光,她会和他坐最后一排,偷偷牵手。今天她在看书,一眼也没看他。下车后,明白走在她的身后,牵她的手,指头刚碰上,她便触电般地躲远了。停顿了下,她说:"明白,天气太热,我的手太黏了。"明白僵着,站在原地看她往前走,被人群淹没,连头都没有回。他又想抠中指的疤,低头摸去手下却是光滑一片。明白一天都在看她,观察她。枝道一直沉默着,看起来有些垂头丧气的。明白想,或许是分数快出来了,她的压力太大。

"想去喝奶茶吗？"已经是黄昏了，明白在她的身侧，想带她喝点儿奶茶，放松一下心情。

枝道抬头："明白，抱歉啊，我约好了和徐莹晚上一起玩。"

明白停顿了一下，问她："什么事？"

枝道："女生间的事。"

明白下意识地去拉枝道的手，她又是触电般地挣脱开。他茫然地低头，看了眼手心，沉默下来。他闭了一下眼睛："枝道，你和她晚上去做什么，总得告诉我。"

"没什么。"枝道不耐烦地皱眉，"总不能我去哪儿都要向你报备吧。"

明白盯着枝道："你和她去干什么？"

枝道："明白，我需要有私人空间。"

明白的气息一下子沉下来了，向她逼近："我问你跟她要去哪儿？"

逼问让枝道的烦躁升级："我想和她去哪儿就去哪儿！你烦不烦啊？明白，我都从来不过问你的事，你也别管我好吗？"

明白："那你让谁管？"

枝道"嗤"了一声："谁都管不着。"

这话像一只利爪抓紧明白的心脏，他的呼吸急促，眼神冷暗，手指不停地抠着中指。最后，深吸了一口气，声音放柔和，问道："你今天怎么了？"

枝道僵了一下，很久才恢复自然，笑着说："抱歉，我真的只是想和徐莹说些女生间的秘密，你们男生肯定不能理解的。我刚刚话说得太过了，你知道生气了就乱说话。明白，对不起啊！可是我已经和徐莹约好了。"她摇了下他的小拇指，做出乞求的模样："好不好？"

明白只感觉身体冷热交替，喉咙发涩。看了枝道很久，声音就像被掐住脖子般沙哑："那你和她注意安全。"他转身走了。

枝道看明白的背影，下意识地揉了下眼睛。她只是想一个人静静，心头很乱，没别的，只是暂时不想见他，只是觉得和他在一起太煎熬了，她一点儿也装不好大度。晚上，她一个人坐公交去了市中心。看高楼大厦和车水马龙。又逛了一圈小吃街，买了串糖葫芦，一根发绳。透过橱窗镜她看到众多生命力纷至沓来,她身后的影子,被人轻轻踩了一脚。

晚上十点,与李英确认他们大概还有一个小时到家,她应了声,把手机放进兜里,同保安大叔说了声才进入小区。熟悉的路。拐过弯,绕过草坪,再拐个弯,凉亭和小池塘遮挡了单元门。那条狗已经熟悉了,见她不再乱吠。她路过四单元七楼,仿佛带有魔力的数字,使得她不由得停下脚步仰望了一下那个窗口。

单元门口,她看到右侧阴暗的角落,还记得那时的他和她。枝道轻轻走过去,光在脚下与黑暗分离,再踏进一步,就步入黑暗里。她看了一会儿,刚侧身准备去开单元门,却被一股力从背后推到墙上,她向前跟跄几步,顿时没入黑暗里。

以为是有人不小心撞到她,正要说什么,回头一看却是明白,等回过了神,她已经被他按住双肩压在墙上。

他的呼吸和眼神冷得如一座孤坟:"骗我?"

枝道的双手被反剪着。

"为什么?嗯?"声音却十分温和。他那么相信她,可人总有容忍的度。他的目光如炬,"我的脾气太好了是吗?"

她被看得心惊,低头:"我骗你什么了……"

"徐莹呢?"她被他压得像张薄纸片一样。

"不想和我一起走?"

枝道艰难地呼吸着:"我就想一个人走走不行吗?"

"我问你为什么骗我?"

"有意思吗?你偷偷跟踪我,我都没说什么。还是你真想听我说一句是,我就是不想和你一起走。我就只能围着你转,是吗?就只允许你骗我,难道就不允许我骗你吗?"

他一下子抓住她话里的重点:"我骗了你什么?"

你看,等会儿他又要说他没有骗她,可她不会再相信他的话了。她爸妈快回来了,枝道不想和他纠缠太久。

枝道慢慢低下头:"明白,对不起!我最近的心理压力有点儿大,心里很烦,我不该说那些话,本来是不想把坏情绪带给你,所以才想一个人静静。可是又怕你觉得我在排斥你,所以撒了谎。现在好像还是做错了,对不起,明白。"

这个理由,真得她都信了。明白,我也会装。

枝道踮起脚亲了他一口:"原谅我,好不好?"

他无动于衷。

第八章
CHAPTER 8

×

# 风云
## 苏醒时分

如被墙内的弓箭手瞄准了额心，枝道不由得屏住呼吸去抵抗他沉默后的乌云密布。

"我真的要回家了。"枝道艰难地说完。明白依旧是如盯着罪犯般的眼神冷冷地低头看她，不说一句话。

"我爸妈……快回来了。"枝道动了动被缚的双手，他缓缓地松开她。枝道的紧张情绪跟着他的动作暂时放松下来。或许他已经接受这个理由，也或许是担心被李英他们看到。总之，缓和了气氛就好。

明白的眼神诉幽般望着她："枝道，我很不喜欢你骗我。"

洁白、整齐的衣服搭上男生干净的外貌，长长的睫毛像天际一阵凉爽的清风，呼吸如晴空的雪落下。

枝道躲闪开他的目光："我不会了。"她捏着手指，"那……我可以回家吗？"

"嗯。"他的喉咙间轻轻地哼了一声。

枝道看了他一眼："明天见。"

他经常做一个梦。梦里有一束圆锥形的顶光，四周是无穷无尽的黑暗。他是旁观者，在上空看着她被锁在床脚，看她明明恐惧极了却不愿离开他。

"枝道，如果心里有事一定要说出来。"明白亲吻她的头发，"就算是神也猜不准你心里在想什么。"

他最近干了什么吗？他思来想去还是不明白她的变化。

枝道又没骨气地心软了，还想继续走下去。

枝道一直以来的心结就是明白和茉荷的关系。她不想问，但骗不了自己。她突然眼睛一红，偏了脸不愿与他对视。为什么她会变得这么战战兢兢，怕失去。她难过地发现她有时竟会感到如此自卑。她没那么干脆和他分开，即使他使她痛苦。

枝道平静地如寒暄般地问他："茉老师是个怎样的人？"

明白停顿了一下，说道："她是个可怜人。"

枝道像个天使一样，不动声色地掩饰着心头的酸涩感："她怎么了？"

"她受了刺激得病了。所以，她有时会发病认错人。"明白又停了一下，接着说。枝道沉默着没有说话。

这即将坠入死局的当口，他又说好话稳住了局面："枝道，她比我更懂事、成熟，她算我的姐姐。"

不可否认，这句话又骗到她的心坎里去了。以至于酸涩倒去那么一小半，剩余的还在矫揉造作：懂事、成熟，这才是他真正的"姐姐"，和她这种伪劣的"姐姐"高下立判。她要忘了她也是个善妒的女人，语气自然："茉老师人真好。明白，我没有怀疑什么，只是一时兴起，觉得茉老师人漂亮智商又高，做她的男朋友真幸福，你觉得呢？"

再等等，枝道想，再等等。她还舍不得结束，这才刚开始，怎能说断就断。如果要撕破脸，找到真相，也请给她勇气去承受两个人分道扬镳的结局。到那时，她一定心如冻冰。

"我真的走了。"她走到门前，突然又停住了脚步，"明白，我们一起上北一。"

明白："好。"


和明白告别的第三个夜晚。枝盛国一家请了一位名为陈总的人在家吃饭，李英让她进卧室不要出来。她坐在书桌前听外面的声响，有说有笑，有静有闹，一场寻常的请客。她不再关心，只专心看书。以至于陈总进入她的房间，站在她的背后看墙上的奖状她也并未察觉，直到突兀的一个声音响起："小姑娘的学习真好。"

枝道刚回头正要说话，他却走了。普通的寒暄话，转回头，疑惑一闪而过，枝道也没放在心上，她又认真看书了。后来她才知道这是她命里的劫，得渡。

六月二十二号，出成绩了。她的分数的确差北一大学一大截儿。

查到分数那天，陈总意外地打电话请她吃饭。约在一家装潢优雅而显贵的餐厅，她踏进去的第一步，就觉得这家餐厅最适合谈事，特别是生死攸关的大事。陈尧身穿西装，带着商人低调又谦和的目光看向她，面露笑意，似乎是一个宠孩子的慈父。

"想吃什么？"

"陈叔叔你定就好。"

"不要客气。"

"没有，没有。"

"那好吧！我就抱歉替你做主了。"

他点完后将菜单交到服务员的手中。待服务员走后，笑容可掬地对着眼前的人。

"最近怎么样？"

"挺好的。"

象征性地问候完，接下来也该出招了。

"你知道那天你家请我去干什么吗？"

枝道缓缓地喝了口水："陈叔叔，你就直说吧。"

他突然叹息一声："小姑娘，我女儿现在跟你一样刚高考完，就是成绩比你差点儿。她和你长得挺像，还真有缘，改天我让她出来和你一起玩，同龄人多个朋友总是件好事。"

大人说话总喜欢兜圈子吗？

他的手指慢慢敲着桌子，眼睛发出一股幽幽的光。

"你家这行的风险太大,现在出事了。开发商找银行贷款拿地,建房子靠承建商垫资,但一旦房子卖不出去就跑路,剩下的苦担子全分给底下。真不是人。你爸妈拖欠工人的工资好几个月了,工人们都闹着要去劳动局告你爸。你家现在应该欠了一百多万外债了吧,不知道你家还借没借额外的高利贷……"

停顿了一下,他的语气给人高高在上的感觉:"几百万,对于我来说不过是一块手表。你的父母四十岁时生的你,现在都五六十岁了,你想看他们一把年纪了还要去工地上搬砖,上高架吗?以后你上大学还要背几百万的债。"

枝道的手在桌子底下猛地把裤子捏得变了形。

理智也是偏心的情感。想到徐莹,枝道分析说一个要求自己放弃幸福,同她一样一无所有的朋友并不值得。

小区里没有一盏灯将她心头的灰暗照亮。回家前,枝道对他说:"明白,今晚和我去个地方吧。"

整个天地像个壶,她在里面蒸着,闷着。枝道想放空自己,想倾诉,想质问。找一个安静的地方,只有他们两个人。她想问明白为什么和茉荷的头像一样。明白,我不能和你一起上北一了,怎么办?明白,徐莹再也不是我的朋友了。一个不值得的人,为什么我还是难过?明白,要是我家很有钱就好了。今晚你哄哄我,安慰安慰我,好不好?

"枝道……"明白犹豫着道,"今天晚上有事。明天可以吗?"

枝道问为什么。明白停顿了很久,说:"对不起,原谅我好吗?明天你想去哪儿我都可以陪你。"

他总是像雾一样,处处在言语里竖起壁垒。她抛出问题,他就踢回来告诉她:枝道,不要问。她一下子如深海里的沉舟,低着头。那股想倾诉的念头没了。他讨好似的在她的耳旁叫"姐姐"。为什么没了以前的感觉?

她突然转头笑着冲他眨眼:"那我先回去了啊!"

她见明白愣着,拍了拍他的头,轻轻与他擦肩而过:"明白,你不要多想,我没生你的气。记得晚上打视频电话听到没?"

她离明白越来越远,微微抬头,鼻子酸酸的。如同旧事重演,她一个人坐车去学校。下车后,灯光下,灰尘如烟笼罩,她在老位置、老角度看到明白和茉荷并肩行走。她停下脚步,很认真地看他们消失的背影。他一定是风吧,卷她千里入云驾雾,再摔她万米粉身碎骨。

枝道一个人去了山坡。她把手机关机了,放在手边,仰着头看着黑夜和黑夜的窟窿。她清楚地看到南面有人在放绚丽的烟花,真美!变幻多端的每一束烟花都在大肆昭示着人间的热闹与繁华。她在悲哀中佯装欢笑,在欢乐中黯然泪下。孤独饱满,寂寞发慌。孤独是世界放烟火,你选择一个人欣赏;寂寞是世界放烟火,没有人想和你看,所以只能一个人欣赏。突然她想到了《命若琴弦》里的一句话:"人生来只能注定是自己,人生来注定是活在无数他人中间,并且无法与他人彻底沟通。"

没人能感同身受地了解你的痛苦,很多事只能自己消化。

他的身世、他的一切可以有所保留和隐瞒,就像她也会隐瞒她不堪的一面一样。她永远也不会知道他的所有,正如他也不会知道她的全部。她在这一刻突然就想通了,有些事的确只能自己知道,有些路也只能自己走,她不能依赖任何人。倾诉不能解决问题的话,就全都是些没用的废话,是该和他撕破脸皮了。他毅然离开,这个结果她认了。枝道突然站起来,朝山坡下大喊:浑蛋!为什么在我最难过的时候你不陪着我?为什么?为什么你要在别人的身边?

人间灯火通明,快乐是他们的。

不知道待了多久,她准备下山,打开手机,满屏的红点让她震惊了一下。几百条短信,几百条聊天软件的消息,还有几百个未接通的电话,都来自明白。

"为什么不接电话?去哪儿了?你到底在哪儿?天已经很晚了。"

就当放在兜里一直没看见吧。她也不想回复他,什么都不想。

枝道借着手机手电筒的光小心翼翼地走下山坡,下午刚下了雨,路上有些湿滑,下坡的角度很大,稍有不慎就容易滑倒。她谨慎地抓住一些攀扶物,缓缓地下坡。突然打了一声惊雷,她被吓得脚一滑,顿时摔在地上,再顺着坡一路滚下来,直到摔到栏杆上,发出巨响一声,她才停下。

雷声后,下雨了。枝道皱着眉,捂着疼痛的脚踝,查看了身体,除了脚踝受伤,其余都是些轻微的擦伤。还好,有惊无险。一束强光照过来,晃花了她的眼睛。她用手掌挡住强光,侧头眯着眼睛轻轻打量站在她身前的人。是谁?为什么向她伸出了右手?

今天是顾隐的忌日。他和茉荷约好前往坟茔祭拜,一如既往。于是他拒绝了枝道的请求。

枝道问他为什么,他小心地隐瞒着家事。因为他仰望她,她是阳,他是阴。不堪的家事与家事中的他,在敏感的少年时期总给他带来难以启齿的自卑感。为了与她相配,他一直伪装他有一个不曾分裂的家庭。他害怕她想:哦,原来他也没有那么美好。他便更加害怕暴露。在分裂中,他是只游在绝望里试图拖她一起溺水的水鬼。

她并没有生他的气,也没有深究。明白的心情刚想放松下来,却突然想到这是她散漫的不在意后,心脏又猛地紧绷起来,心口极其不舒服,如被钳抓。她走得急,他跟上她,她又说起别的,笑话、趣事、逗梗不断,他听着,也随声附和几句。两个人仿若平日趣谈般,于是他消散了那点儿他有事隐瞒她的不安。可他总觉得有些不对,他开始不安,不过很轻:原来女生强调的释然其实是在怄气。

茉荷已在校门口等了他十分钟了,她皱着眉听明白说:"我今天可能不去了。"

"去看你哥的人现在只有我和你了,每年只有一次。"茉荷的语气严厉而且带着不满,"明白,你这么快就把你哥给忘了?你不要忘了他是怎么死的。别什么事都要去顾虑她,你哥重要还是她重要?你一辈子就只有这一个哥哥,她呢?"

茉荷深深地看了明白一眼:"你们现在是不确定的。"

明白听出茉荷的话外音,没有表示赞同,只沉默了一会儿后轻声说:

"走吧。"

到了墓地，明白把花放下，和他哥说了些话。

茉荷站在一旁掏出手机，翻了翻，不经意间对他说："那个……"茉荷抬头看了明白一眼，"抱歉，我突然想起来，我又发病了。"

明白的心头一紧，下意识地打开手机的通话页面，看到几天前那个不足五分钟的通话记录。于是，盯着数字的思绪纷飞，飞到那次间歇性忘记的事情。他习惯跟一个发病的女人打电话，而枝道就在他的身旁，听他对答如流。所以枝道近日的变化与心事重重都是因为……难怪她排斥他，难怪她不肯说给他听。

枝道认定了他的错，而做法却是逃避，不去证实，也不作修理，用无所谓的心态任失望累积到击溃感情。他的反应也迟钝，没注意到她的反常表现。

不同人对同一事件的敏感程度不同。由此可以解释为什么让人感到悲伤的事对有些人来说觉得很可笑；为什么一些人把某件事看作是无力回天的悲剧，而一些人觉得不过是个待解决的有趣问题；为什么十次有九次成功有的人也会觉得恼怒，而十次只有一次成功有的人也会感到开心。

枝道一向乐观并不代表她一直乐观。如果坏情绪雷击，难过成倍地递增，忧心忡忡会使人不断地低落、蜷缩、逃避，然后变得渐渐喜欢孤独与悲观。他懂的。

今天，他还拒绝了她。她现在心里不知道有多难过。她是他的太阳，全身上下都应该是暖洋洋的，在春风里眯着眼睛，和煦地展开笑颜。

明白急匆匆地转身离开："我先走了。"

"明白。"茉荷唤他。

明白走得很快，生怕赶不上。

枝道不回他的消息，不接他的电话。坐出租车回到小区，明白敲响她家的门，可半个小时了没人开门。他站在楼下看她家的窗户，一片漆黑。他的眉头开始紧锁，站在单元门前沉默，然后又想到什么。于是，他给明月打了个电话后,又打电话给李英:"阿姨,您好!我妈想问一下上次让你代买的花生油买到了吗?请问我现在能过来拿吗?"

李英说:"我和你叔叔今晚都不在家,你联系一下枝道吧。"

"麻烦阿姨了。"明白缓缓地挂掉电话,仰头,看着漆黑的窗口。

枝道还没有回家。他的心里有点儿慌,躁意在全身游走。于是他打车去了学校,此时已经晚上九点多,他猜她在逛校门口的小店,可是没有找到她。于是他又去食堂,到操场寻找时却突然听到一声惊雷,随即大雨倾盆而下。人们纷纷躲避,他被淋成落汤鸡。

明白买了把伞,发丝粘在额头,浑身已经湿透,鞋也进水了,一跑一吐地发出湿叽声。他借着手机的光打量着树林再跑到山顶,都没发现枝道。他深深地吸了一口气,发丝滴落的雨水和运动流出的汗水流在全脸,他抬起袖子擦去,无可奈何地回去了。

有人看他狼狈不堪,好心地给了他一个毛巾。他看了一眼还是漆黑的窗口,知道她还没有回家。他慢慢地走进单元门前的黑暗角落里等她。全身湿答答的滋味像是有万千水鬼吊在身上,短袖上的蓝色衣褶已变成深蓝。双脚像泡在河里,每走一步像是脚下挂着一个铁砣。他拧干衣服上的水,整理好凌乱的黑发,睫毛也是湿漉漉的。

明白现在很烦躁,怕她出现意外,怕她误会,要与他断交,怕她一个人躲起来偷偷难过。偶尔躲起来哭是希望被人发现,偶尔是为了不让人找到。不希望是第二种,他的心一直高悬不下。身体与心理的不舒服让他觉得疲惫不堪,好像突然变得苍老了。他又拨了一次电话,终于接通了。他心头如大石落地,顿时感觉轻松了不少,却猛地又涌上一股莫名的燥火添柴燃烧。她这么不想回他的消息吗?

他温柔地问枝道:"去干什么了?怎么不回消息?"

枝道:"听说市中心有人放烟花,我就一个人去山坡上看了会儿,手机静音了,所以才没有注意到你给我打了电话。"

他如木头般远远地看着不远处走过来的两个人,手渐渐握紧手机,目光如乌云阴翳,越炙热、越冰冷。

他平淡地问枝道:"没有别人?"

枝道："我一个人去的，我没有骗你。"

"回来路上也没打开手机看一眼我给你打了这么多电话吗？"他带着微笑轻轻地问道。

枝道："我现在就在回来的路上……我才看到。"

他缓缓低下头，话如慢刀，食指摩挲着中指："我相信你。"

枝道："明白，除了你，我没有想让第二个人陪我。"

他藏在黑暗里的眼睛如利刃出鞘，语气却柔如绵雨："枝道，我现在来找你，可以吗？"

"嗯。"枝道停顿了一下，"不过……我大概还有十分钟才到家。"

"好，"平静下的爆炸，"你到了和我说。"

明白挂掉电话，将手机轻轻地放进兜里，然后仰起下颌如观众般欣赏一幕恶心的电影。

到了单元门前，卢子谅将背上的枝道放下来，枝道收了伞放在卢子谅的手中。

电影里的对白如同一串长达三分钟的刺耳尖叫，围绕、旋转在他的双耳周围，就像一根细长的银针从左耳朵捅进，从右耳朵冒出来。他的神经突然被刺痛，如千针乱捅。

枝道说："谢谢你了。卢子谅，你老是这样，我说放我下来你就跟我倔。还有，谁让你跟踪我的？"

卢子谅笑笑，不作回答："脚没事了吧？"

"没事了，"枝道低头抬了抬脚，走了几步，敷过药后情况好了很多，"你看，我能走。"

卢子谅点了点头："那明天见。"

因为卢子谅的突然出现，她才没在大雨里孤立无援。即使他别有心思，不过救她，背她就诊本来是好意。于是她又感激了他一次。

枝道笑容满面："真的谢谢你了。"

卢子谅突然把手掌放在她的头顶。枝道下意识地偏了下头，看到他稍显尴尬的面色，她抿嘴想了想，最终因为歉疚她没有反抗，任他摸了一下。随后她笑着跟他再见。

镜头拉向躲在阴影里的明白，用如死人般的冷漠目光盯着门前的两个人。

俊秀的少年头发上梳面庞全露，湿得凌厉，骨相锐利，五官精俏。他的上眼皮略暗，看人时似在怜惜又如被折损。他的背轻轻靠在墙上，垂下眼，双臂交叉后轻轻盖住胸口，像有无数锋刃割碎他的心，四肢如被恶虫撕咬。他在自嘲里感到痛不欲生。担心她失踪，怕她出现意外，争分夺秒、费劲气力地找了她两个多小时。怕她难过，第一次在他哥的祭礼时早退。现在明明疲惫如狗，还要强撑着去看一场剜心的大剧。

原来是他自作多情。她又一次忍得下心骗他，受伤了宁愿找别人，也不肯回他一个消息。她的笑容灿烂，哪看得出来有半点儿伤心？哪需要他半句解释？还是因为和那个人在一起感觉很治愈？她和卢子谅举动亲密，任卢子谅摸头，还对着卢子谅笑。卢子谅才是她的男友，他却像个小偷一样站在黑暗里看着那两个人像临分别的情侣。

枝道是不确定的。她是不是准备放弃了？人们什么时候决定放弃修理？不想要了，想换新的时候。难怪……突然得来的逻辑分析使他在恐惧与愤怒中衍生出痛苦，而痛苦是偏执的养料。

他的睫毛轻扬，细长的睫影如扇骨。仿佛美人苏醒。来，继续伤害他，令他苦不堪言；用劲虐他，令他痛苦不堪，就让他被嫉妒淹死。来，他求之不得。来。

相遇如天气，不可预料也不可避免。

他高中时才搬过来。无须繁文缛节的铺垫，他于满堂人群中，将对她别有用心。

人在经历大悲大痛后很难再重振精神，于是快乐也没那么快乐，悲伤也没那么悲伤。心如止水，世俗的欲望于他而言如一盘残羹冷炙，饿了偶尔要吃。他把生死、权利、好胜心一一看淡，把看书、做题、学习也已练习得像吃饭一样平常。他好像没什么值得上心，也没什么可在意的。他淡得越来越冷，毫无所求。所以，他觉得再这样下去，总有一天他会抹掉自己。

他的学习成绩最好,所以分班后的第一次班会上第一个做自我介绍。他言简意赅地道:"明白,知道的明白。"

人群中有些人突然轻笑一声。他并不理解,但也不在意地走下台。直到一个女生站上台,声音有些局促,似乎略显尴尬:"大家好,那个……我叫枝道,是枝叶的枝。"

知道、明白,巧合,又是必然的一对名字。他放下做题的笔,认真地看了枝道一眼。大概是看他高冷不好惹,于是没人传他和她的流言,不说明白是枝道的明白,只说:我知道枝道明白明白。

那次,他走进办公室想看英语试卷。恰巧茉荷头晕,不舒服地一头栽倒在他的身上,还没来得及推开她,便被枝道看到。他怕枝道出去乱说话,情急之下便威胁了她。她倒有趣地胡言乱语,倒让生活在忧郁中的他产生一种新的感受。

枝道那种一戳就破、不经深思的讨好,正因它的荒诞而显得动人。他想难怪很多人爱看无厘头的喜剧。他因为紧张,还狠狠地揪了她的耳朵,虽然他也愣住,随即立刻饱含窘迫地维持高冷的人设。

"你要敢出去乱说,我就把你耳朵揪下来泡水喝。"他说。

她居然真信了,她害怕他,还把他随口说出来的话记了半年多。她真胆小。

她若在他的眼前,他禁不住想观察她。她的确是个很有感染力的女孩,女生、男生都爱围着她,听她讲趣事绯闻,一个个因她笑得摇头晃脑。他有时也细心把她的话收进耳朵几句,竟也轻轻勾了嘴角。若有组伴的活动,不少同学都愿意找她,因为她热心又积极,总会主动去承担劳累的部分,仿佛劳累对她而言更像是糖果。她上学的路上也蹦蹦跳跳地走着,有时踢着石子,她的身上一点儿也没有其他学生那种被学习拖垮的疲累样。

他突然想到这句话:世界上只有一种英雄主义,即看清生活的真相之后依然热爱生活。她是个对生活充满热忱的女孩,像个小太阳。

枝道剪了短发。他无意间看到徐莹揉着她的脸颊说这个发型可爱,她的脸上泛起被揉虐后的绯红,她迷糊着双眼,扁着嘴问徐莹:"可爱吗?"

他恍然间感到心尖好像突然被她调皮地咬了一口。

嗯，可爱极了。

命运推波助澜。

枝道做了他的同桌，她惊愕的样子让他觉得好笑。他舒坦地伸了个懒腰，眼角的余光不经意间瞟到她正盯着他的腰，有一股清凉感。他瞟到她又看了一眼——他的腰，他握着笔，若有所思。

高冷不过是他落落寡合、孤芳自赏的表现，但他有热度。这种热是冷水沸腾的过程。她在燃烧他，他的水滋滋作响，他逐渐对她起了好奇心，可冷冷的语气一时改不了，又觉得对她温柔、热情太突然，所以他慢慢地让她适应节奏，让她以为他慢热。那时，不过是藏着热。他想去了解她，她却想换座位。他第一次感到诧异，他也有这种带酸泄怒的情绪，对她骗人的做法再不舒服他也认了，他无权干涉她的自由，最后的结果由她决定，他不强求。但她却不走了，这令他莫名觉得开心了一整天。

明白读过这样一则故事：

日本的战国时代，有三个英雄：织田信长、丰臣秀吉、德川家康，有一次他们一起逗一只鸟，结果那只鸟怎么都不啼叫，怎么办呢？

织田信长说，杀了它；丰臣秀吉说，逗它啼叫；德川家康说，等待它啼叫。

平日嬉笑的她也会哭泣：眼泪像流水般清澈，眼神明亮，如碧空飞鸟。她的眼泪并不悲伤，更像是发泄。他的心肠却意外被她哭碎。不过他没想到她会主动提出让他帮忙补习，本来他准备主动提出，她还说"什么都听他的"。真合他的心意。

枝道说她是气味控，他就用明月的香水把自己的衣服弄得很香；她怕狗，所以他总走在她的前面，一面保护她，一面故意让她察觉他的体贴。他有漂亮的手指、白皙的皮肤、俊俏的脸蛋、深厚的才学、健美的身姿。这些一旦用心展示，就如锦上添花般让人难以招架。他对自己的优势心知肚明。有时，真看不惯她总和前后桌聊天，还总在中午和其他男生一起玩游戏。为什么不和他聊天？难道他不比他们有吸引力吗？有眼无珠。所以补习的第一条：不准玩手机。

深渊中的人更渴望太阳，他想接近光明。

他逐渐融进枝道的日常生活，尝她喜欢的辣、玩她玩过的游戏，就像马里奥有了使命，他的生命中仿佛有了一点点光。虽然他已不再是他。以前的他不会因镌刻入命，沦陷到数学试卷上的假设字母都是她，不会练几个月的字只因为她不想看他笔记，也不会熬三个通宵把笔记全整理出来帮助她提高学习成绩。

不过总有个人：卢子谅。他真气，他都没碰过她的手，这个人居然抢先一步——她所有的第一次必须是他的。他忍着不爽借口掰手腕，他要以此重新赢回根据地。他本来对无聊的游戏毫无兴趣，却在知道她和卢子谅玩游戏后沉默下来了。他打开应用商城下载游戏，用新号登上去，通过头像点开她的主页：看她有没有固定的队友，队友是男是女，有没有游戏伙伴和亲密的朋友。他发现除了卢子谅没有别人。她和别的男生组队玩游戏，那他是多余的？他顿时感到心头像是堆了一叠废墟，灰尘满天在飞。

刚进队伍就听她夸他厉害。他不屑，若他天天玩游戏，绝对比卢子谅厉害千倍。他撑着男人的自尊说上错号了，于是用顾隐的号充充脸面。可他本来就不会玩，转念一想，既然"不会"就要好好地利用这个机会。他不让她一直跟他、带他、照顾他，最后因为"不会"毁了她跟别人玩游戏的兴趣。他装无辜，也乐意展示出愚笨的一面。后来，因为他毁了她的游戏体验，所以她才躲着他，不理他，拒绝和他一起玩？小气。

可她不该在他的面前让人背她。他提醒她多少次了，她却总是这样不知好歹，总当耳旁风。她的手还有胆搭在别的男生的肩上，为别的男生撑伞。这样的她太可爱了，意外的可爱，可爱到这一幕令他的胸腔燃起一场大火，黑色烟灰填满了他的喉腔。

明白从兜里掏出一根烟，他从顾雷的身上拿的。低头点上烟，火星染红了他的脸颊，他的瞳孔里冒出猩红一点。他仰头轻吐烟息，白雾渐渐吞掉了她走上楼层的背影。黑沉的双眸随之移动,如一只沙漠秃鹰,盯着沙地上的将死之人。

枝道进了卧室,换上米色的夏季睡裙,裙尾至膝。喝了杯热水,她坐在沙发上看了看脚踝,淤青残存,刚才走动时还有轻微的疼痛感。

她给明白回了信息:"你过来吧。"

躺在沙发上眯了一会儿,突然传来三声敲门声。她的心跳莫名加速,走到门口透过猫眼看了一眼,把手轻轻放在门把手上,停顿了一下,低头开了门。门外低头的少年下意识地抬头看向她,眼神透着沉重,他很快低下头。

枝道拿了双新拖鞋:"你来了?"

明白直接走进来:"嗯。"

枝道趁他换鞋时不由得打量他的全身,疑惑地皱眉:"你过来没带伞吗?怎么湿成这样?"

"没找到。"明白背朝她冷淡地摆放好鞋子,声音很低。

枝道正要说什么,明白突然转过身,低头盯着她的小腿:"腿还疼吗?"

枝道偏了偏头,眼眸轻凝:"你……知道?"

明白轻轻抬头,目光似乎带着漫不经心,瞳孔却如锐爪般盯着她:"去哪儿了?"

枝道抿了下唇,知道他过来肯定是质问她为什么不接电话,不回消息。他知道她的腿疼,或许看到了她和卢子谅……她心虚什么?他不是有一个相同头像的姐姐,每次也不知道陪她去干什么……烦!枝道真不愿恶意猜测他,可他每次都露出马脚,让她不得不这样去想。不想还好,想到这里她就觉得来气。生气像自饮鸩酒却要他人痛苦。

"我说过我去山坡了。"本来她心就烦,被他这一刺激,原本想倾诉一下寻求安慰,突然变得想一个人静静。

明白:"一个人?"

枝道:"嗯。"

明白:"没有别人?"

枝道:"嗯。"

明白不说话了,以为她在骗他?

枝道看他俊秀的眉眼,轻轻挑眉:"你呢?那你去哪儿了?"

明白沉默地看着她,似乎是在与她对峙,如兵帜在狂风中无声地喧嚣。枝道闭了一下眼睛,随即转身走向卫生间,到门口时停下侧身看向他:"你头发湿了会感冒,用吹风机吹一下吧。"

明白没有动。枝道缓缓地走回到他跟前,猛地扯住他的领口,他踉跄着向前一步,她才放了手。他跟在枝道的身后慢悠悠地走进卫生间,站在镜子前,她沉默着给他吹头发。柔软的黑发起起落落,她盯着镜子中的少年,铢称他的面容与上身,她的手指轻柔地划过他的头皮。头发还没吹干,她按下按钮,热风一下子停了,她把吹风机放在柜子上,扳过他的身子,没有多余的话,轻扇了他一巴掌后,双手突然捧住他的脸颊。他错愕地愣住。

枝道用手按住他的后脑勺,额头抵着他的额头,眼睛盯着他:"你不陪我,那陪谁去了?"

他的呼吸不稳,胸口起伏着:"……茉荷。"

枝道:"陪她干什么?"

明白轻轻地用鼻尖摩挲着她的脸颊,犹豫了一会儿说:"今天,是我哥的忌日。"

枝道:"那我问你的时候,你为什么不直说呢?明白,茉荷到底是你的什么人?"枝道轻轻地看了明白一眼,"不要再只给我一个结果,我要解释。"

她其实不愿意直接表达她对某些事的不喜欢。不喜欢徐莹说她枝老二也憋着不说;不想和做他同桌就偷偷摸摸地去找老师换座位还为此扯谎;不喜欢茉荷和他的互动,就装作不在乎。她现在发现,她要改正这个缺点——过度大度。明知道对方做了她不喜欢的事,却宁愿委屈自己也不愿让对方感到难堪。

以前不刨根问底是因为不好意思,以为不会和他有什么关系,她觉得没必要。

她习惯性地把不开心叠起来放着等待消化,以为这样就能永远快乐,以为这就是乐天派,却忘了不开心从不会像冰一样自动消融,而是会像垃圾站一样越堆越多。

原来,如果因为一件事点燃了导火线,她的忧郁就跟鞭炮一样,一个炸响另一个。那些存有疑心的过去,全给炸醒了。

枝道缓缓地松开捧着他脸颊的双手,盯着他的眼睛:"那天你在电话里和她说了一些话。"

明白认真地看着她,缓缓地说出实情:"我有个双胞胎哥哥叫顾隐,他三年前死了。每年我和茉荷都要去祭拜我哥。茉荷在我哥死时精神受了刺激,每次发病都会以为我是我哥。"

"你……不是顾隐?"枝道觉得十分震惊。

明白握她的手:"我原来叫顾深。"

顾深,记忆里最后一张试卷上写的是顾深。他不是顾隐,所以他不是"隐茉"?那个头像其实不是他?那给别人补习呢?可为什么别人都以为他是顾隐?他们俩是双胞胎?这些事在枝道脑海里不停跳跃、旋转。她现在全身如被劈开,身躯不自觉地僵直了。

"可是,那天我听你说……"枝道艰难开口。

明白忽然搂住她,下巴搁在她的肩上,缓缓地闭上了眼睛。他说:"那个手机和手机号码都是我哥的。那时,茉荷见我家贫困,所以格外照顾我哥。但那天,她眼睁睁地看着我哥死在她的面前,从此精神受了刺激。因此每次在我哥的忌日前都会发病,然后就打我哥的电话胡言乱语,我已经习惯替我哥回复了。那天晚上,接了电话之后我就不记得了。"他盯着瓷砖的目光却极其冷淡。

"枝道,我是替我哥接的。"他的目光里有水雾,看不清。

"以前,我不想让你知道我家里的事,所以总含糊地回答你。因为我的家境不好,害怕被你嫌弃,但我更不想让你误会。"他说话的声音缓慢,像是很艰难,"我和你的差距太大了,我什么都不配。"枝道的心轻轻一抖。

"枝道,你很阳光,而我是个活在阴暗角落里的人。小时候家里穷,只能让我哥一个人上学。直到初中我哥让我和他交替去上学,我才第一次走进教室。我哥想卖酒挣钱,供我上高中,顺便回报茉荷,但他很蠢,他感冒后吃了头孢,那天他去卖酒,还喝了酒……"他哽咽了几声,"然后,死了。"

"生我的人,一个叫顾雷,一个叫明月。男人家暴,女人出轨。后来我搬到明月租的房子,做不做个好儿子不重要,她有新的家庭。顾雷喝了酒就会跑到我这儿砸门。那道疤,是他弄的。"

明白淡淡地说着,目光似乎包含着委屈。他把他的悲惨遭遇说得那样娓娓动听:"从小到大,我都是被放弃的那个。衣服、鞋子,甚至吃饭的碗都只能捡别人不要的。我被忽略、被边缘化,他们这样对我,我都能忍。枝道,但我不能忍受连你也不理我。枝道,我身边没有一个亲人,只有你了。我怕你嫌弃我,我只是想在你的心里比现实情况好那么一点儿,我不希望你对我产生幻灭感。"他把脸埋进双手里,双肩微微抖动,"他们离婚那天,没人想带我走。我才知道,我是多余的,没有人会要我。"

枝道一下子生出母性的怜爱,被他的遭遇与可怜触动,忍不住用手抚摸他的头:"明白,不会的。"

她想,家境在两个人的关系中的确不可忽视,他因为自尊心不愿直说,原来是怕她一直追问,他有一个深深为之自卑的家庭。他原来过得很不好,他是顾深,却永远活在他哥哥的名字里。从小挨打、一个人住、捡荒。他要经历多少心灰意冷才会变成孤冷敏感的明白?说他配不上世上任何美好的事物,他怎么会这样想呢?她的心肠被他柔化,他太令她感到心疼了。

明白又轻轻地说:"枝道,你别嫌弃我。"

多么可怜惹人惜的少年,加上心结被解开,她的心一下软成泥巴:"我不会的。"

"枝道,以后再和我怄气,也不要不接我的电话,我很担心你。我怕你出意外,到处找你,没有找到你,我就在单元门那儿等你,结果看到卢子谅背着你，你们有说有笑地回来。"

他浑身湿透的原因原来是去找她。她忙内疚地说起事情的原委："对不起。明白。我不该不回你的消息，我没骗你，我真的是一个人去的，只是下山的路滑，不小心摔倒了，是卢子谅刚好经过，背我去诊所上药，我实在走不动才让他背的，我也是怕你看到会多想，才说我没到家。"

明白低着头，话轻得像风一样："真烦啊他……"

枝道疑惑地看他："你说什么？"

"我说对不起，也是我先不对，让你怄气。"明白轻轻亲了一下她的额头，"但是，枝道，以后我们生气，有误会了，也不要不理人，好吗？"

"嗯嗯。"枝道终于舒心地笑了。

"对不起。"枝道想起什么，不好意思地低下了头，"我不该扇你。"

明白摇摇头。

在枝道的印象里，明白一开始高冷如冰，后来温柔如粥。她以为他慢热，纯良干净，却意外地发现他也会害羞，像一张柔和的白纸。他也会发怒吗？她无法想象他说话也会冷漠又暴躁。那道门里到底藏着什么？

枝道问他："如果我伤害了你，你会发怒，打我骂我吗？"

明白笑出酒窝，如春风一般。

"我怎么会呢？"他说。

六点半，天微亮。

枝道走出单元门，来到熟悉的路口，明白一如既往地在那里等她，望着她的一双眉目如水仙渴露。于是她开始小跑，跑出十步又停下了，停在他的身边。枝道的身高到他肩下，蓝边白底的短袖袖口擦过她的头顶。她嫌痒，拍了拍他，他好笑地理了理衣袖，又顺手摸摸她的头："你再长高点儿就不会了。"

枝道就怼他："那你咋不长矮点儿？"

明白："那我回去把衣服改一下。"

枝道又反驳他："不！我偏要长高，谁允许你擅自改衣服的？"

明白忍不住捏了把她的脸颊:"淘气。"

明白习惯清晨在公交车上看书。终点站上车通常有座。他将书摊开,手握着她的手阅读,仿若她也是他感兴趣的书籍,正爱不释手。修长莹白的手指翻过一页,指尖划过黑字更显清贵。枝道目不转睛地看着,然后又不自在地偏过头。咳咳,漂亮的手指……

这几天枝道没睡好,眼下有淡淡的青圈。她看着他安静地沉入书籍的世界。明白第一次给她唱歌,声音清朗,有晴空白云的味道,她的耳朵爱上他的歌声,于是她无可自拔地让他继续唱。下一首,再下一首。渐渐地,她在他的声音里织梦,梦到岁月平顺,一生无忧。收回发散的思绪,枝道看了眼明白正在看的书,问他:"这什么书?"

明白说:"《梦的解析》。"

枝道:"弗洛伊德写的?"

明白看着作者的名字:"嗯。买了一套,一共三本。感觉挺有意思的,想研究一下。"

梦有什么好研究的?枝道想了想,还是不感兴趣,就没继续往下问。只是钦佩他的自律。即使有突发事件,也不会打乱他的计划,只做调整,做事周全,也从不夸大计划,能做多少做多少,因此题目做得又快又准。面对他对事情的精确认知和规划能力,她不由得涌出一股对强者的崇拜。

讲题时她听他说的最多的是:

"这道题我早做过了。"

"答案我早心算出来了。"

"这套试卷开学前我就做完了。"

枝道问他:"你觉得有人羡慕你吗?"

他说:"羡慕。"他又加上一句,"而且嫉妒,但他们不会看到我的刻苦。"

谦而不弱,骄而不狂。他不否认他是天才,也不否认他在许多书上密密麻麻地注满心得,以及堆积如山、页页有迹的练习。

枝道的内心生发了一种相对于崇拜的自卑。才华的吸引力比美貌更持久,人天生慕强,两者兼得的明白让她觉得自己几近黯淡无光。转念一想，她又觉得这何尝不是一种幸运？和这样优秀的人并肩，他们正在一起欣欣向荣。她明知世界偏爱美貌的人，他们享有更多选择。未来充满了变数，没人能够确定。明白下车时看见她沉思的脸，阳光在她的眼睑下留恋。她像为他而坠的阳，他在回暖。

确定是她吗？

明白唤了她一声："枝道，下车了。"

"嗯。"

李英说他们今晚不回来。她应了"好"，然后挂断电话。

枝道轻轻闭上了眼睛，站在窗边，像站在崖边。她感觉身体的某些部位正在发霉，胸腔也游荡了一圈浊气，一开口就有臭味，于是她不由得长长地沉默起来。或许是因为沉甸甸的事件并未散去，它一层一层地匍匐在她的心口，压得她如灌水泥。她想用一个笑话驱散它，它却像个孩子般缠着她。

养育痛苦就要用欢乐给它哺乳。

枝道叫明白出来，坐在公园的椅子上。明白牵过她的手，与她十指相扣，枝道呆呆地仰头，在昏浊的天空里想找到哪怕一颗星星。

在静谧的夜色中，枝道缓缓地开口："明白，我的分数线没上北一。"

沉默很久，她的手拂过被微风吹乱的发丝，

明白握紧她的手："那你想报哪所学校？"

"不知道。明白，你先别问我。"枝道望着昏黑的天空，把语速放得很慢。

明白："没事，去哪里都行，哪里都能看樱花。"

枝道的眼睛猛然一酸，提高声音，放开他的手："你疯了？你考那么好，不去读北一？"

风渐渐替代了对话，尘埃以舒缓的节奏摇摆。一切凝滞都在等待喧嚣。

明白沉默了一会儿，突然对她说："枝道，你不想和我上同一所大学吗？"

枝道："……你的前途更重要。"

明白："你是不是觉得未来无法确定，我知道。"

枝道唯唯诺诺地道："哪有……"

"那为什么一遇到问题，你都下意识地只想回避，不肯立即当面质问我？"明白的脸色渐渐变了，"你想让这个问题越变越大，事情越来越收不了场，最后只能放弃，是吗？"枝道总想留后路，总抱有一不对劲就放弃的想法。得不到她的回应，明白的脸色越来越沉。

明白也抬头看着月亮："想好多少岁结婚吗？"

枝道有点儿惊讶："你怎么想这些？我们才高中毕业，日子还长……"不想给不确定的承诺。

沉默了一会儿后，明白问："你不想和我读同一所大学吗？"

枝道缓缓低下了头："我不知道。明白，我真的说不清楚未来的事。"

明白轻轻地眯起了眼睛，享受着风的凌迟，再转身双手缓缓地摸上她的脸颊，额头抵着她的。眼神令人捉摸不透，幽幽气息如烟。

她是不确定的，不确定的要攥紧。

明白："枝道，如果我做错了事，你要原谅我。"

枝道皱着眉："你说什么胡话？"

明白露出酒窝："嗯，乱说的。"

"回家回家，"枝道起身拍拍灰，看了看手表，"都有点儿晚了。"

星星隐退，有月亮照明。夜越来越深，越来越黑。

枝道有想过，如果他做了错事，她会原谅他吗？只是她没有答案。

《性学三论》，作者弗洛伊德。

明白慢慢地读着第三十一页的内容：一个施虐狂往往同时也是一个受虐狂。

明月把六月份的生活费交到他的手中，说些不冷不热的话，大多围绕吃穿用度、学习、前途。她生活在另一个家庭，偶尔把他当作重生的顾隐，会过来给他做晚饭。平日只送钱，履行一个母亲该有的职责，随便问问。

明白在被忽略中已经学会熟练地下厨。

以前明月爱上广场舞还和李英熟识了一阵，后来觉得她已经是个贵妇，想摆脱以前贫穷、难堪的老底，觉得不该再参与这种大众的俗气的娱乐活动，慢慢地就与李英减少了联系。

明月再嫁的男人姓甘，手里持有十几家大型商场的股份。前妻死后，想回家有个热饭菜的贴心人，心理上有个依托，所以看上了勤快又美貌的明月。男人买的房子，每个月会给她一笔不菲的生活费，从不过问用途。她也履行法律意义上对明白的抚养，没了顾隐，她后来才渐渐想起明白也是她的儿子，于是渐渐开始关心他的学习和生活。

明月叫他明白，从不叫他顾深："大学我继续供你读书。"

明白："嗯。"

"最近有衣服穿吗？要不要我给你买几件？"明月打开他的衣柜看了看，只有很少的几件夏装。

"不用，我有衣服。"明白厌烦她的殷勤。

明月："鞋子呢？我看你没有几双鞋子。我给你买双好的吧。"

明白："不用。"

"明白，我是你妈。"明月顿时对他的态度感到恼怒，"我供你吃穿有错了？这不要那不要，那你的生活费要不要？你现在上学的钱全是我给你的。你要是不想读书了，我现在就去学校帮你办退学。"

明白轻轻闭上眼睛又睁开："我想要条裤子。"

明月听到之后叹了口气，关上衣柜的门，背对着他："明白，我刚说的都是气话。"

"嗯。"明白表示知道了。

明月没再说话，看看手机上的时间，该回去了，于是换了鞋，把包挎在胳膊上，临走关门前突然想起什么，转身对他说："甘暖要转学到你们学校。她爸不让她住校，就租了附近的房子。他让你这个假期好好给她补下课。"

明白："嗯。"

甘暖终于等到房子装修好了，完工后舒服地躺到床铺上，第一时间就接到明月的电话，说要带她去跟她哥打个照面。

甘暖的亲妈生前对她疏于照顾，所以她对明月嫁进她家一点儿也不排斥，甚至在感受到被人疼爱后，少不得还要依赖明月。所以明月刚来一个月，她就甜蜜蜜地唤她妈妈了。甘暖爱玩，学习成绩差，经常和一帮小姐妹疯玩，任性又骄横。因为一个女生抢了她的表演名额，一气之下就转学到了一中，继续读高二。

明白是她名义上的哥哥，虽没见过，但听说过，都说他是个少见的智慧过人又俊俏的稀有品。不过她也不甚在意，听完就抛之脑后。办理转学手续时，她跟着她爸来了一中。她爸去谈事，她就四处逛，看看学校的环境。学校有一片很大的树林，操场也很大，这是她的第一印象。随后她无聊地看起公告栏，从学校通知到比赛榜单，她看到全国物理竞赛榜的喜讯上有"明白"两个字，摸了摸这个名字，心想这个人学习可真厉害。

她继续往右看，是全校每个年级前五十名的排名榜。她从第五十名看起，下意识地默念着那些人的名字：黄伟、枝道、张涛、李艺彤……最后慢慢抬头，看到了第一名。通过一张两寸的照片，她第一次看到明白的脸。五官精巧如画，面部轮廓俊朗有致。他的眼窝很深，看得出他平日肯定是个不苟言笑的人，但她想，他笑起来肯定很好看。

很快，明月就把甘暖领到明白跟前："明白，这是你的妹妹。"

甘暖慌张得差点咬断舌头："哥哥好。"

"你好。"明白礼貌地回应她。

传言不虚，本人果然不同凡响，这个哥哥是真的出众。明月进厨房做饭，让他帮忙时又叮嘱一句："明白，我们的钱都是他给的，你现在一分钱都没有。他很宠他的女儿，你多照顾她。他知道后高兴了，以后送你出国留学都可以。你听到了吗？"

见没有人回答，明月转过身，才发现明白已经走远。

甘暖的爸爸说她从小就是黏人精，还是个自来熟。她渐渐靠近坐在沙发上读书的少年："你看书啊？"

明白没搭理她，只是认真地看书。他浑身生人勿近的气息浓郁、寒冷。

她拍了一下他的肩，他轻轻皱着眉头抬头看她。

"你刚刚衣服上有小虫子，我只是想帮你拍走。"甘暖转了转眼睛。

"嗯。"于是明白起身，准备走进他的卧室。

甘暖忙起身，下定决心般地冲他说："哥哥，我爸说让你帮我补习。"

明白回头看了她一眼，想了许久。将手中的书放好后，轻轻点了点头："好。"

# 第九章
CHAPTER 9

✕

## 难坎
## 萎靡下坠

成熟是高级的抑郁。

枝道的耳朵贴在父母的卧室门上听着他们在唉声叹气，下一刻，她抱着双膝坐在房间外冰凉的地板上发呆。

一只只虫子啃细了她的神经，她郁闷得不堪一击。她的背萎得像被大雪压弯的竹子，眼神放空，手指玩弄着拖鞋上的字符，画一个又一个十字。她忽然记起昨天陈尧问她："想好了吗？时间不多了。"

那时她没挂他的电话，只是放在桌子上。她走到正在切菜的李英身后，轻声问她："爸爸去哪儿了？"

李英头也不回地说："小孩子问啥子问。"

小孩是该懂的懂，不该懂的不懂，所以幸福。

后来枝道接到一个催她父母还债的电话，以及在陈尧的叙述中得知了家里现在的情况。

一年前，枝盛国承接了本地大型房地产企业的一个工程，一开始和建设单位签订协议为包工不包料。枝盛国只出人工，采购归单位。后来材料供应跟不上，为了不影响工期，他找企业要材料。企业的答复是：

管基建的人调去外地，暂时没有专人做材料采购，后期工程让枝盛国自己包工包料。

枝盛国信任大企业有能力支付材料费，于是后期的沙石、水泥、钢筋、木材等建筑材料都是先赊账，准备工程结束再跟各家老板一起清算。

枝盛国和他底下的工人们攻苦茹酸地终于如期完工，枝盛国开始和各材料供应商结算，账单递交给建设单位等他们拨款。他一连跑几趟，却都被打太极般地敷衍、欺瞒、拖欠。材料商们急着拿钱等用，于是纷纷找他要债。枝盛国和李英急得每日发愁，每次去催建设单位，可建设单位要么推托经费不够，要么就说负责人不在，工程款清账的事一拖再拖。

工程款没到手，工地的材料费和工人的工资让存款不多的他们更是捉襟见肘。于是他开始四处借钱筹款，想先将欠材料商的补上。他们回老家求父母，也不过杯水车薪。找外人借钱更难，要么说没钱，要么说自己也要用，借来的也只够还一小部分。

枝盛国愁眉紧锁，李英长吁短叹。为了还清欠款，他们去外地的工地帮别人做监工赚钱。凌晨两点才睡，早上七点就起。因为长途车费贵，有时就不回家，后来没钱到电话都停机交不了费。材料商和工人怕他跑路，为了要钱已经把电话打到了枝道的手机上，话说得极其难听。老赖，坐牢，判刑，信不信我让你家不得安宁？现在，开发商因为有地方政府庇护，依旧家大业大地坐落在繁华的十字路口；被拖垮的底层人像蟑螂一样躲躲藏藏。

枝道主动给陈尧打了个电话，一开始他感到很意外，旋即开始了他的演说："你家已经把房子卖了，追债的人已经起诉，工人也开始闹。你读大学出来不是就为了挣钱吗？换个角度说，你只是提前挣钱而已。你家想一直躲债吗？想过年都不能回老家去。小姑娘，你爸妈就这辈子了，你忍心看他们都一把年纪了还要这样折腾吗？零零散散算下来几百万，不是个小数字，对你们家这个经济和背景来说，你觉得你就算读了书，拼命工作好几年就还得上吗？再说，那你读大学的意义就是为了以后累死累活地还债吗？"

陈尧说得真好,给当时本来就迷茫的她狠狠地灌了一口泥沙。她被噎得说不出一句话。

"人活着不是一直为自己而活的。"

不知怎么巧合地翻到她在笔记里心血来潮时抄的一句话:爸爸的花儿落了,我也不再是小孩子了。

枝道换了一身漂亮的裙子,将头发扎了一个高高的马尾,甩得招摇。出门前她对镜子说:暂时的坠落,是因为要飞得更高更高。在这个破落小镇里,科技也拯救不了腐败的文明,普通人家悲鸣一声都是满满的笑料。六月二十五号,枝道背着父母和所有人,做出了一个重大的人生决定。没有人知道她的未来在哪里,包括她自己。

周日晚上六点钟左右,明白敲了三下门。甘暖很快开了门,不自觉地笑得露出白牙:"你来啦。"

明白点了点头。

甘暖立刻拿了新拖鞋给他,随即邀他进来。白色书桌前放了两张木椅。

明白低头拿出笔记本:"试卷拿出来了吗?"

甘暖一拍脑袋:"马上,马上。"

"我只讲一次,"明白侧头看了她一眼,话很幽远,"……根据两角和公式,这道题选A,明白了吗?"

甘暖傻了一般:"啊?"

"蠢。"明白忍不住说出口。

甘暖:"你才蠢!"

明白不想与她进行无聊的游戏:"那下一道。"

"这道题不是都没讲明白吗?怎么就下一道了?你这个老师一点儿都不合格,扣钱。"甘暖佯装愤怒地交叉双臂。

明白沉默了一会儿后,翻回上一道题:"我再讲一次。"

补习到八点钟结束,甘暖突然想到什么,轻抬下巴望向他:"你是不是要填志愿了啊?"

明白："还早。"甘暖翻了翻手机查看时间。

"也是，七月底才截止呢。"甘暖又笑着说，"哥哥，你这次考得这么好，是不是该庆祝一下，请我这个妹妹吃个饭？"

"我走了。"明白利落地转身。

甘暖立刻不满地嘟囔着："真高冷。"

明白关上门，往电梯口走去，伴着夜色回到小区，刚进小区门口，手机响了。他看了看联系人忙接起来。

"为什么我找你你不在家啊？"枝道的声音轻轻的，像是在撒娇。

明白握紧了手机轻声说："我去做家教了。"

枝道不说话了。明白听到电话对面有轻微的沙沙声，像老式录音机里的杂音。他轻轻地"喂"了一声。过了一会儿，声音才清晰地入耳，像一尾溜鱼。

枝道说："明白，明天我想跟你说个秘密。"

那是一本日历，一个个日子被抹去。一只蚊子飞来，嗡嗡地唱着歌。它的眼睛望着月亮，嗡嗡叫着飞到窗外。翅膀擦过窗栏上的锈，它轻巧地改变了方向，自诩得意，却未承想上面突落下来一块重沙，撞在它的头顶。它晕乎乎地旋转而下，先急，后轻，再缓，慢慢地，半死的身子落在灼热的地面上。两秒钟后，疼痛缓解了，它动动头准备飞走，羸弱的翅膀艰难地扇动，一只脚踩过它的身体。它是脚底下脏兮兮的血迹。

周六，枝道和明白绕小区逛一圈后在老路口分别，她放开明白的手："明天见。"

明白："记得视频通话。"

山坡事件后，怕枝道又跟卢子谅独自出去，他要求她每天打一次视频电话。枝道不自在地反驳过：也不能每天吧……

明白低头，声音带着些微的委屈："我也不想干涉你，读大学也要提前预习。你觉得，我有坏心思吗？"

枝道便不好说什么了。收回思绪，对他点点头："嗯。"

明白先离开，进单元门前又转身看了看她。枝道朝他笑着挥挥手，他才缓慢地抬脚,进了单元门上楼。

枝道看着明白上楼,直到他的身影消失,她转头往家的方向走去,才走出五步,低头的她撞到了人,传来熟悉的气息。她下意识地说了声抱歉,一抬头,李英冷成冰的脸正在看着她。

"妈……"枝道佯装冷静。

李英:"跟他什么时候的事?"

枝道的心比摇骰还乱,指甲掐进肉里:"……什么?"

李英:"枝道,我说的话你完全不听是不是?"

"妈,我,我没……"枝道惊慌得语无伦次起来,"我和他,同学,没……"

李英忽视枝道无措的神色:"我刚刚一直站在亭子里看。"

枝道顿时像斗败的公鸡,低下了头,掌心里密密麻麻全是指甲印。

"先回去。"李英走在她的前面。

枝道只好忐忑不安地跟在李英身后,脚上像绑了一条锁链,步子迈得很慢,血逆流,心坠深海。

"跪下。"枝道跪在地上,任潮水一层一层地吞没她。

最后李英出来,她让枝道起来,用手指抹去枝道脸上的泪水,叹口气说:"离明白远点儿。"

枝道的眼睛渐渐失焦:"妈……我们都已经成年了。"

"你以为那么容易?"李英摸了摸她的头,下巴放在她的头顶,"你年纪小,想不到那么远,我就挑明了跟你讲。看一个人要看他的家庭,你明阿姨的性子变了很多,她多半不会让你跟她儿子在一起。以你的性子真能忍受你和他之间越来越大的差距吗?如果双方太不平等,感情就会畸形。而且,我听明月说过,她想把她儿子送到国外读书,两个人相隔遥远哪有那么容易?"

他们总谈未来靠不靠得住,是否会有后顾之忧。

一个往南,一个往北,寸木岑楼。她找过陈尧之后就想到这个结果了。枝道清楚她的未来会被折损,却不想在明白面前露出来。因为,他的优秀只会让她感到痛苦。转而,李英语气严肃地问她:"你和他没怎么样吧？"

枝道："什么？"

李英："枝道，你堂姐跟你的年纪差不多，不听劝，结果怎么样。你也想像她一样吗？"

枝道感觉到身体里有一架摆钟，从左到右、从右到左地撞烂她、捣伤她："妈，我不想……"

她怎么开口？如何开口？你以为他孤高傲远？不是，不是。他只是在人前表现得坚强，人后的心酸只有他知道。他哥身亡，他爸打他，他妈不管他。就算过年，他的家里永远冷冷清清的。他因为破败的家庭而感到自卑，他不善于交际，总是孤孤单单的一个人，什么都自己扛，连个真心朋友都没有。他信任她，才把他的柔弱展现给她。她怎么能伤害他？她做不到！楼道里等她放学，靠在墙上的慵懒少年，沉浸在思考中鼻尖有光的少年，教她认真学习改掉陋习的少年。

李英的言辞激烈："你离他远一点，必须断了来往。他家乱成这样，你觉得他会有多好？我们要搬家，不回春城了。以后就定居在老家。"

老家与春城，两千多公里。这是最后一根稻草。

枝道："不回来？为什么？"

李英："我们早就把房子卖了。本来你爸就准备回老家做生意，这边也没什么亲戚，还是回老家干踏实点儿。"

枝道："真的？不回来了？"

李英："你爸不想在这儿干了。"

枝道已经感觉不到存在了。周围太安静了，她的脑子里一片空白。她沉默着。

李英去了厨房："你还年轻，早结束早解脱，听到没？不要让我到时候打你一顿，给你长记性。"

最后，枝道无比艰难地说出："……好。"一个成年人应该果断又干脆。不耽误任何人，不消耗任何人，不浪费任何人的时间。

凌晨六点，枝道终于入睡，做了个怪异的梦。她梦到他是一朵巨花，在她的世界中一寸寸萎顿。她的手穿过他时，他的根从土里飘出来，根须透明。透明的他从地入云，身躯一片片碎裂，天空下起了雨。无法预料，命中注定。她撑了把伞说"真是场意外。"后来，记不得什么时候被风干了，只记起全身是怎么湿的。醒来，她发现梦里的雨也打湿了她的枕头。

星期天，下午才醒来，她整理好自己。

出门逛了不知多久，天黑了。她站在他家的单元门口。不知怎么就来到了他家门口，她看着门把手很久，敲了敲门，没人答应。枝道转身站在楼道的窗口，俯视着下面，给明白打了电话："为什么我找你你不在家啊？"

明白："我去做家教了。"

沉默了一会儿，因为枝道看到明白的身后跟着一个女孩。女孩穿着一身绿色的裙子，低着头偷偷摸摸地踩着他在灯下的影子。她看了很久才出声，说："明白，明天我想给你说件事。"

枝道挂掉电话跑下楼，她站在单元门内，黑色把她完全吞没。

"我就跟着你。"穿绿裙子的女孩的话让枝道停止扭动单元门的手，她的视线顺着门口的缝隙望出去。

明白在甘暖身前低头俯视着她，看不清神色："你跟着我干什么？"

甘暖笑得肆意："我的腿是我的，我想去哪儿就去哪儿。哥哥，你管得也太宽了吧？"明白随即转身离去。

"哥哥，"甘暖拉住他的衣角，"你帮我拍一张照片好不好？"

明白扯动身子离开她的手："你想干什么？"

"就帮我拍一张就行。真的，我没有别的意思。"甘暖作出发誓的模样。

明白闭上了眼睛，朝她伸出了手："那你……"

"没问题！"甘暖保证，随即便把手机交到他的手里，站在灯下笑得灿烂。明白为甘暖拍了张照片。

真怪异。枝道完全没了以前的心境。她很平静地看着，顺便欣赏着她的美貌——一个精致好看的小姑娘。

无力回天，所以无暇顾及。她的愁海无边，就算再来一滴酸楚，水面轻荡一下，旋即就消失不见了。被扇裂的嘴角又在疼，血痂快脱落了，她觉得有点儿被扯痛，摸了摸。他进门前没有看到她，她也默默地走了。

回家前，枝道看见小区里有一户人家在办丧事。死人躺在棺材里，活人热闹非凡，唢呐震天。葬礼需要铺张，因为这辈子没风光过的人，入土前才要大张旗鼓地宣布他曾经来过。一座坟，是为了埋葬，也为了纪念。是的，她这样想。

清晨，枝道昏昏沉沉的。公交车上的人不多，有一半座位空着。天色渐明，街灯恰好关闭，阴天的蓝髹映在车窗。他们坐在最后一排，靠向左窗。风很清凉，他的目光平静地扫过刚上车的一群人。

明白问她："那个秘密是什么？"

枝道一时目光失去焦点，低下了头。她的眼泪却忍不住偷偷流了下来，像一场盛大而隐秘的告别。

明白一时有些惊慌失措，用手揉揉她的头，耐心地安慰她："别怕，也不要担心，无论发生什么事，我们都一起勇敢地面对和解决。"

枝道愣了一下，模棱两可地回答说："我不知道以后会发生什么？"

明白："我们马上要上大学了，我会跟你妈说我们的事。我站在前面你不要怕，要是你妈打你，我会替你扛。如果她打我，我就让她打。打完她消了气事情才好解决。枝道，你不用担心……"

枝道只是沉默着。看着他的目光越来越深，她才轻轻地点了点头，说了个"嗯"。

浑蛋。不可以对她这么温柔，知道吗？你应该冷冷地伤害她、无视她、忽略她，就像第一次见面一样。这样她的心里才过得去。枝道难过地想，原来这份血淋淋的体贴叫温柔。因为他亲身经历了无数难过，所以决定让她不再像他这样难受。但她又无比相信人的情意有限。两个星期、两个月、最多两年，他们就会彼此相忘。

他们走出私人影院，伴着夜色走到昏黄的街道。看风吹过，吹落一两粒瘦小的可爱的果子，滚到她的脚边，她轻轻地将它拾起来。

她想：我把它捡起来，可它却不能跟着我。

把果子扔回地上，快步离开。明白问她刚刚怎么眼睛红了？枝道说了很俗套的话：进沙子了。

快到八点，她才把手机打开，电话图标里红色圆标与白色数字很刺眼。她看了看身旁的明白，回拨了李英的电话。

李英："去哪儿了？"

枝道压低了声音："我心情不好，想跟他逛一逛。"

李英知道她这些日子的烦躁与沉闷。填报志愿的压力、家庭经济的压力和情感的压力让她连说话的音调都变得低沉了。李英无奈地叹了口气。

过了一会儿，李英问她："你和他，怎么样了？"

"一点儿关系都没了。"枝道的声音很小很小。

李英："那就好。你爸被要钱的工人打了，现在我们在医院，你回去自己做饭吃啊！"

枝道的心猛地一紧："你们在哪个医院啊？"

电话却突然挂了，她再打过去都提示对方在忙。她丢了魂般把手机揣进兜里。身体里的腐烂又开始了，霉菌繁衍成族。枝道突然感觉身体像挂着一块铁石一般，一直往深渊里沉。

"明白。"枝道看向他，笑着面对他，"我们去山坡吧。"

沉墨色的夜像一个透明灯盏，星河是灯火。不择手段的月光穿越城市的废墟与高架，洒落一地碎镜。长河幽蓝泛波，夏风无声越岭。深林的森静适合一个故事戛然而止。

这座山曾经还无人问津。今年夏初，山草已被人踏平。过去也说些话，过去也踢走那些碍脚的石头。怎么现在她却对这个地方感到陌生了。拨开枝叶，她拿出三张报纸，两张给了他，垫在草地上。她不自觉地仰头望向月亮。月亮好丑。

"你还没说秘密。"明白缓缓地坐在她的身旁。

枝道又想了想：或许人从不能被准确定性，能确定的只有当下的某时某刻。只能说袒露自己的遭遇后他的可怜比桀骜更多，温柔比高冷更多。而她现在，想放手比想拥有更多。

第九章 难坎·萎靡下坠

"明白。"枝道借月光看向他的侧颜,目光放远,星光点点坠落,"结婚怎么样?"

"一年后才到法定结婚年龄,你不要心急。"他轻轻偏头。

浑蛋!谁心急了?枝道轻轻地闭上了眼睛。她只是,她只是,她也不知道为什么要说这句话。也许婚姻让人更有稳定感和想维护感,更愿意不顾一切地往前。少年时的她太瞻前顾后,如履薄冰,毕竟未来还很长。

枝道又睁开眼睛看他的手,放空自己。不知天高地厚,却一无所有。

明白握紧枝道的手,传递鼓励:"九月份,我们会在同一个学校。"

枝道却摇摇头:"明白,你觉得高考公平吗?"

明白:"世上没有绝对公平。"

枝道同意他的说法,她说:"北一是首都的,不是全国的。一共就那么多名额,在首都就招上百人,分数线也比这里低。可在春城这个小城市,它只有两个招生名额。明白,我知道你总是鼓励我,我也一直告诉自己说我可以考上。可是,明白……"希望与努力总是不匹配。她觉得有点儿累了。

明白捏捏她的脸颊:"枝道。希望是最美好的事。你还可以复读。"

枝道只是闭上眼睛,任风灌进她的右耳:"我妈知道我们的事了。"

气温骤降,明白的呼吸突然变得很轻,手掌变得冰凉。

枝道渐渐松开他的手,说话也缓慢下来:"我想,我们……"停顿了很久,她还是没能说出来。

明白偏过头,黑夜盖住他的眼睛:"为什么?"

为什么?有些说不得,有些不想说。

枝道的内心天人纠葛,身体里不止一次黑白决斗。白色的人说,别放弃,万一会好起来呢?黑色的人说,不,你必须及时止损。你未来也许会后悔,可你现在过得很焦虑。你要看现在。黑色的人接着按倒白色的人,白色的人虚弱地挣扎着:他会出国,他嘴上说与家里人不亲,但那是他的妈妈。他的妈妈供他读书生活,吃人嘴软拿人手短,他不可能真的一点儿都不听他妈的话。他前程似锦,你凭什么自私地做他的绊脚石?别抱侥幸心理了。枝盛国进医院的消息还不能戳醒你吗?你注定要回老家,你愿意看他永远比你耀眼,你却碌碌无为吗?你的自尊允许你被他看低吗?最后白色的人消失了:趁早结束,你别耽误他。

他也不过刚高中毕业,没有经济来源,给不了你实际帮助。不幸的她何必告诉他,她家发生的事,让他也跟着烦恼。自己的苦就得自己吃。任何人都可以可怜她,但他不行。

枝道:"我妈让我离你远点。"

明白笑出酒窝,双眸温柔如水:"枝道,我不信。"

枝道平静地说:"是真的。"

现在生活已经够让人烦了。她要在他和现实中周旋,她承认她改不了对他的偏见,又何尝不是出于她的不自信。他是霁月难逢,是南方的雪。他不缺认可和欣赏他的人。他为什么会喜欢她?她不懂她到底哪里吸引了他?

人和人相处要靠共性和吸引。可她长得一般,成绩一般,家境也一般。没有出类拔萃的地方,没有过人的本领,不曾鹤立鸡群,现实问题也不能迎刃而解,她只是芸芸众生中最普通的那一个。天生骄傲,却猛然醒悟过来,她其实天生平凡。

明白很久都没有说话。她看不清他是否依旧平静自若。

夜晚的后山坡有风。

枝道坐在干燥的草地上,她的目光眺望着山下灯火通明的城市,山川蜿蜒的黑包裹着婴儿般的春城。头顶一轮弯月,月光淡淡的,她抱住膝盖,目光下的风景像个盛满灯河的青窑碗。

"我们结束吧。"枝道终于开口。

明白坐着,双臂向后,手掌撑着草地。抬头仰望着月亮平静地问:"为什么?"

枝道:"没有为什么。"

明白又问:"今天的预习做完了吗?明天我还要抽查背诵。"

枝道:"……都做好了。"

明白:"我说的知识点你背完了吗?我还整理了一份,等回家时给你,还有你的四级卷子我看了,你还有没想通的地方吗……"

枝道看向他:"我说我们分……"

明白突然转头凌厉地盯着她:"你给我闭嘴。"这是明白第一次粗暴野蛮地打断她,第一次对她爆粗口。

枝道沉默着低下了头。风在继续吹,过了一会儿,明白的右手轻轻靠近她的左手,缓缓覆上去,抬眸时的目光温柔得像月:"今晚我们晚点儿回去吧。"

枝道突然说:"要不,在这里……"

明白一下子就懂了,他突然停下动作,双眸如寒星:"你把你当成什么?又把我当成什么?"他的酒窝加深,笑意也浓,"枝道,你要是觉得这样好玩,那我陪你玩到你腻了为止。"

枝道没有开玩笑:"我妈让我离你远点儿。"缓缓躲开他的眼睛,"对不起,我想,我不能和你一起上北一。"

明白的手抬起她的下颌,目光如剑子手般审视她的脸,稚气、温和的眼里隐隐染腥。

"枝道,我到现在都还没反应过来呢,连手都是冰的。"

"我只是想……"枝道说。

"你不相信我,也不想抓紧我,一遇到坏事就想放弃。可我那么听你的话,你让我做什么我都愿意去做。你怎么一遇到问题就躲,嗯?或者我们到大学了……"他用迷人的眼睛深情地看着她。

枝道用手捂住双眼:"你不要逼我了。"

明白气得身体僵硬。低眸看她的脸。他知道她总有离开他的念头,只是没想到会来得这么快。对于她,他根本没多重要。她倾向于她的家人,求她在她眼里也是在逼她。

明白轻轻地问她:"你真的想好了吗?决定了吗?"

枝道感到有些恍惚。他离她那么近,却又那么遥远,月华装点他的眼,目光缱绻。这种美是想摘尽他后密封于玻璃瓶的感觉。少年蓝白色的校服短了一截儿。腰肉像白花一簇泛着光。

她呆呆地望着他:明白长大了。眼睛、鼻子、嘴唇,好看得像郁金香一样，是会中毒的祸害。

"我说得很清楚了。"

明白呆呆地看着她。那是多重因素叠加出来的结果。主要因为这段时间渐渐被压力逼得心神疲倦，她不想去与家庭、与现实、与未来抗争了。她不想打胜仗，只想做逃兵。枝道一个恍惚，有些话不知怎么就脱口而出了："可能我没那么喜欢你吧，就这样吧，我们别再见面了。"

其实她也不清楚这句话是真是假，也许是真的。不然怎么舍得？不然怎么就放弃了？她越想越觉得好像是这个道理：是喜欢他，但也只能到这里了。

如天空乍来的一阵可怕的长啸。

没那么喜欢，就这样吧，我们别再见面了。她可真有本事。有本事到他想按住她的头贴在他的额头上，狠狠地问她一句：你没心是吗？怎么这么会说话呢？

明白抬起她的头，注视着她的一呼一吸。沉默如死亡前的平静。未知的恐惧顿时从头顶流至脚底，枝道的心跳不安地加速，后背已经攀爬了一层盖一层的战栗。他想干什么？明白轻轻地闭上了眼睛，放开拳头，再抹去眼里泛苦的阴霾。他站起身，扯着她的衣服让她站起来，声音冷如冬月。他说："你只是最近的压力太大了，我们先回家。"

枝道觉得被他拉起来时，她的双腿是泥，随时就能瘫在地上。也许是种错觉。没事，即使分开了，只要过程很美，那就是个好故事。

回家时下了雨，枝道买了两把伞，递给他一把。

"我们各自分开回家吧。我走这边，"枝道指了指左边，又指向右边，"你走这边。"

明白撑起伞，和她一样。透明的雨伞将万千世界看穿。

"明白，希望你以后越来越好。"说完，枝道抬头借着街灯看了看他的脸。他眸海温涟，藏莽原密林。

枝道默默地低下了头，转身与他背道而驰。她又强调了一次："我是认真的，也下了决心才说出口的。希望我们……好聚好散。"她缓慢地踏出第一步、第二步、第三步时，她突然跑了起来。

少年在她的身后掏了根烟,熟练地用打火机点燃,夹在双指间,衔进唇里。面容清秀,指间的烟徐徐而上。烟雾与雨雾缭绕于空,雨声淅沥。红色的光点在雨雾里朦胧闪烁着。他眼角的厌世情绪浓郁,心头在冷笑:枝道,我现在不确定我是否能战胜它了。它正在我的身体里,疯狂地吞噬我所有的理性。真痛!

分开前明白跟她保持着十米远的距离,两个人一前一后安静地走进人流。她撑着伞,右手颤抖着,像抖筛,肩膀也是,伞也越撑越低,直到掩没双肩。走向公交车车站的那一段路,路面有了淡淡的光,她的身影开始微微摇晃。后来,她突然转起了伞,挥成一个又一个的圆。顺转、逆转,雨水甩出弧线,伴着轻轻的哼唱声,伞慢慢露出了她的双肩,肩头微微湿透。

他远远地望着,看她把伞挥得如此轻松曼妙。甩走的是雨还是他?明白低下头,缓缓握紧雨伞,手指骨节用力,似要崩开血肉。


回了家,房间里的灰尘细细地飘散着。

他仰头,天花板已经陈旧,书桌的桌面干净。半小时了,书与笔还未打开,桌子中间的练习册反常地一字未写,阴郁的味道在昏暗的空间里发酵。

他的食指纹路在灯光下忽明忽暗,手机编辑栏在他指下蓝白色交错。"明天我们谈谈,你今天先好好休息。"他按下蓝色的发送键,对话框跳升后停下,一个红色感叹号突然出现。

明白微微愣了一下,瞳孔也染上红色,他沉默了很久,随意按个句号后立即发送,又是红色的感叹号。于是打开短信发送信息,红色。拨电话过去是机器音回答他:不在服务区。他盯着屏幕,冷笑着,她没错。既然说了不再见面,就该利落地拉黑他。她能有什么错?一甩手,他用力地把手机砸向墙。一声沉重的破碎声后,手机屏幕骤然变黑。干净的桌面落满了手机屏幕的碎玻璃,变形的手机掉落砸向练习册,如垂死老妪,惨叫一声后就静了。

他仰头,闭眼,神态像在等待救赎。现在他的心里很乱,想不到别的话，只有一个"狠"，从头至脚，刺穿了他。被她这么没防备地捅一刀，疼得他根本直不起腰。她竟然真的丢下再也不管，任他一个人自生自灭。那句"再也别见面"还在他的耳边徘徊着。明白笑了一声，心里的废楼肉眼可见地坍塌，灯光在他鼻子旁留下阴影。

夏天似乎变得冷起来了。阴灰色的房间里，他开始干呕。地板发出安静的滴答声。他想起抽屉中还有一套学校赠送优等生的纪念明信片。于是打开钢笔，写完一张又写一张。她越冷淡，他反而越爱她。于泥沼里开出一朵恶之花。

第二天上午，枝道出门倒垃圾，遇见路过的徐莹。徐莹习惯了漠视，下颌抬得高高的，揽着别人笑着，聊着趣事，没分给枝道一个眼神。枝道淡淡地想，如果徐莹知道现在她和明白已经没有任何关系了，估计能笑得脸疼。

枝盛国住院需要钱，还债需要钱，读大学也要钱，她家哪来那么多钱？枝道那样自知：她考不上北一，顶多上个普通本科。家里唯一的一所房子也卖了，回老家还要租房住。房租房贷也要钱，万一李英的身体不好，生了病……枝道想着想着，就觉得钱可真是好东西。倒完垃圾上楼，她一下藏在最黑暗的角落里慢慢蹲下，双手捂住了脸。这个糟糕的女孩有着强烈的自尊心。她的神经被坏事磨细，细到有一点儿坏动静，就敏感得疼起来。她不想让人看低她。无数碎片割着她往前走啊，她一下子失去存在感，不知道未来在哪儿？青春鲁莽的年纪里，没有一个人能告诉她该走哪条路，该怎么走。

为什么那些人要来压榨我们家呢？想不通，想不通。她把自己关进自己的牢里，作茧自缚，失去自勉。枝道觉得好累好累，累到失去爱人的能力。因为她追不上他了。不能上大学的她，而每个在他身后的女孩都将比她优秀、漂亮，她除了有点儿咄咄逼人的自尊心，还有什么？除了家人，别人能一直这么包容你的缺点吗？

既然他早晚要走，所以现在，离泥潭里的她远一点儿，再远一点儿。她太恐惧他嫌弃她的时候真的来临。枝道现在爱消沉、爱自鄙，甚于爱他。

枝道接到一份临时的家教工作，是一个朋友托她暂时接替几天。今天是第一天，她没睡多久，早起一个小时，脚步沉重，缓慢地下楼。她开了门，在微薄的晨光里看到了站在单元门前的他。

明白看了一眼枝道，仿若没事发生一般："走吧。"

枝道站在原地不动："我昨天没开玩笑。"

"嗯。"明白，"不能一起走吗？"

枝道缓缓地低下头："我一个人走。"

明白："为什么？"

听到明白的声音，枝道轻轻抬眼。

明白突然抱起她，抵在墙上，在她的耳旁问："为什么？"

他的身上带着香味，掺了攻击气息。枝道恍然意识到他也是个壮硕的男性。

枝道："什么为什么？"

明白："为什么要你离我远点。"

枝道："我考不上北一就放弃。"

"你不试怎么知道不行？"明白盯着她的眼睛，"我说了你读什么我就……"

"明白，"枝道猛地打断他，双眼缓缓地望向远方，"我不管你是说真的还是假的。你这样做只会让我永远内疚到没脸去见你。我不需要你为我自毁前程。这个做法很蠢，我也绝对不会开心。"

枝道看向他："我希望你以后，能很优秀很优秀。"明白没回应她。

枝道："就这样吧。"明白下意识地抠中指的疤。

枝道低下头，又强调了一遍："我希望我们……好聚好散。大家不要把事情搞得太难堪。"

明白像失去救援信号，站着不动。枝道擦过他的肩离开。

做了一天兼职，其实也是当助理，管管学生的纪律。中午，她去楼下吃饭，点了一份蛋炒饭。

一个黑影慢慢地站在她的对面。枝道连头也不抬，闷着头吃东西。他也不离开，只轻轻移动。她不说话，他也沉默地只是看她。午饭、晚饭他都跟着她，她吃什么，他便吃什么，她坐在哪儿，他便坐在她的对面。

晚饭，她点了一份盖浇饭，问他："你真的没明白我的意思吗？"

"你只是压力太大了。"明白说。

枝道猛地放下筷子，声音柔和："我说了，好聚好散。"

明白把筷子轻轻地放回她的手中，将盘里的肉拨给她。将她不爱吃的拨到他的盘子里。从包里掏出刚从附近买的一杯饮料放到她的手边。他低下了头，隔了好久才说话："枝道，我真没懂你怎么突然就要这样，之前不都好好的吗？还约好了一起上北一。我们一起逃过课，还看了电影……你先瞒着你妈，别这么快做决定，好不好？"

她把肉夹得粉碎，仿若这是她的心脏。深吸一口气后，她又找回理智。

为什么每个让他寄托希望的人都想让他痛得死去活来，这种感觉如同窒息。他又去抠刚好不久的血疤，去抵消另一种疼痛，心里一座座废墟沉海。他在窒息的感觉中得到了无尽的快感，身体里的花火炸开。枝道，拜托，来，下手再狠点儿，让他痛。他爱惨了这种垂死挣扎的痛。

明白的眼神变得幽深，慢慢地，轻声问她："为什么一定要这样？"

李英让枝道心情放松，说一切都会好起来的，让她不要有太多压力。

枝道回答道："妈，我没事。"

很久没发朋友圈了，以前的文字翻来覆去看了好几遍，她觉得幼稚，怎么可乐灌牛奶这种无聊事都能分享半天。头像也换成纯色，和他聊天记录里的最后一句是"晚安"。她删除他时翻到前一个月一个已经上了大学的朋友和她诉苦的聊天记录。说她和男朋友分手了，他们好到说要结婚。男朋友长得帅，因此有很多女生追求，起初他还抵御得了其他女生的爱慕，后来就跟一个漂亮女生暗地里好了。最后对她冷暴力，不回消息，拒绝约会，说她烦。于是三天之后顺利地提出分手说：我们不合适。

枝道安慰朋友:"世间哪有可以托付终身的唯一?"

枝道把所有有关他的物品都收藏在纸箱里,该删的也删尽了。

以前,一定要涂薄薄的一层桃子味的唇膏,要关心当下流行的时装款式;衣服必须整洁,沾一点儿油渍都觉得难堪;还会悄悄地买透明指甲油,每天戴不一样的发卡,书本上有"明白"两个字就翘着嘴角用荧光笔圈起来;知道他不会做饭,于是买了一本五块钱的菜谱,试过多次,直到做得美味才偷偷带给他;知道他不吃辣,出去吃饭也大多点口味清淡的菜肴照顾他的口味。

人流多时就跟在他的身后,偷望四周,没人了才轻轻地牵他的衣角。他疑惑地转身,眉眼像一幅工笔山水画。

本来还想存钱买下一年的新年礼物给他。现在活力像被小偷取走,没有早晨和繁星,昏浊在体内繁殖,她觉得她的肠子在腐烂。腐烂的气息从嘴里泛滥到教室、到旋转的吊扇。她感觉到体内所有东西都往脚底沉,以至于腹部空空,胸腔在荡风。因此感觉双腿沉重,心口空洞。她失去了小步紧跑着去迎接一个人的那种快乐了。也嫉妒美好的事物,看不得他们和谐欢乐,也不想听到他们兴致勃勃地讨论大学生活,但又可悲地羡慕着。做题没动力,只有把本子划得稀烂时力气才能找回。

"怎么了?"卢子谅担心地看着她,和他在图书馆偶遇,的确出乎了她的意料。

枝道摇摇头,将烂本卷起放进书包里。

卢子谅却突然出去了,枝道看了三四章他才回来,神色匆匆地坐下,突然放了一杯奶茶在她的桌上。他笑着说:"心情不好就喝点儿甜的吧。"

枝道没有说话的欲望,对他先斩后奏不再想推来推去了:"谢谢。"

卢子谅问:"你和他是怎么回事?其实很早我就怀疑你们的关系了。只是后面你们又没什么,我还以为你们……"

枝道摇摇头:"我和他没有关系。"

见枝道不想说,卢子谅笑了笑:"明白是被讨论最多的。几乎全校同学都知道他,都算是个风云人物了。他经过操场那段长廊,我看到周围有好多女生的眼睛都移不开,还叫朋友一起过来看。长得好看莫名有种高人一等的感觉,所以我都难想象未来他的女朋友会是什么样的大美女,跟他走一起才不会被压下去……"

枝道打断卢子谅:"不知道。"

一天终于要过去了。

枝道背着书包垂着头走出图书馆,坐上摇摇晃晃的 36 路公交车。城市的热闹格外斑斓,她握着扶手看窗外的一盏盏路灯闪过。下了公交车,她走得很慢,看陈年斑驳的街砖如何七零八碎。后来她看了阴森的树好一会儿,才走进一家小超市。买好东西转身出门,被眼前高大的人影吓了一跳。抬头看了一眼,她下意识地把东西放在身后。

明白:"你买的什么?"

枝道低下头绕过他的身子朝前走:"不关你的事。"

明白抓住她背后的领子:"拿出来。"

枝道不让他看,抓得很紧:"你放开我。"

他声音渐渐变得柔和,生怕惹她生嫌:"枝道,你的年纪还小。抽烟……对身体不好。"

枝道动动脖子,他依旧不放。她不需要任何人的怜悯、关心,她一个人可以调整好。枝道闭了一下眼睛:"你别管我"她微微侧头看向他,眼神认真,"可以吗?"

他的脑海剧烈翻滚,黑眸忽闪:"不可以。"

枝道沉默了一会儿,深深地吐出一口气后,语气也变得更加柔和了:"你在想些什么?我怎么可能吸烟啊?是我爸让我回去的时候帮他带包烟,他忘买了。"

枝道深深地看着他的眼睛:"明白,别再跟着我了。"她说,"我不想讨厌你。"

胸口如被划了一刀,他僵硬地放开手,放她走了。

这是枝道第一次抽烟。

在无人问津的阴暗角落里。白色烟雾都像是黑的，她吸第一口烟时呛到了，第二口开始察觉了滋味，后来不知怎么，脑子觉得越来越舒服，就好像所有苦难都是平的，一脚就顺利地踏过去了。她开始笑，又哭起来。这道坎，跨过去叫成长，跨不过就堕落下去。

她远离人群，没有说话的欲望。悲观占据她所有的思维，她再不是说"一切都会好起来"的人。她排斥所有美好的想象，只从人性劣根的自私角度出发：爱情是为了交配，帮助是为了利己，做善事是为了美名。在绝望的边界上徘徊，她一想到未来，一想到她失去了什么，一想到她过去有过的辉煌，身体就像被人一刀劈开。枝道偷偷地抽烟。她骂自己不学好，然后又抽了一根。那真是一段灰色岁月的开端。失去友情，失去爱情，失去学业，家庭也摇摇欲坠。她开始全身长刺，为了伪装坚强，不惜戳伤向她靠近的人。

离返校参加高中毕业典礼还有三天。

这天早晨，她习惯地开门去兼职，塞到门缝里的五张明信片落在地上。她将它们拾起来，一张张仔细地翻看着。熟悉的字迹在纸上依旧工整，富有风骨。

"枝道，我们可不可以别这样？"

"我愿意陪你去别的学校。"

"你不要拉黑我的联系方式。"

"你不要躲我了，我可以被秘密。"

"枝道，别远离我，求求你。"

甘暖今天的开心度比以往都多。因为明白要和她一起在奶茶店打工。

明白同意做家教是因为她会给他一笔很高的补习费，后来授课时她故意说起她平时在奶茶店打工，每天的工资比家教还高。他果然没忍住，问她：他可以去做小时工吗？这其实是她刚入股的店。为了与他多相处，她想她还真是煞费苦心。

六点多，甘暖带他熟悉了店里各种机器的操作方法。他记得很快，几分钟就复盘了整个流程。因为有他,店里比往常多了不少顾客。夏日炎炎,他忙得后背微微出汗。甘暖看细汗从他的鬓角滑落,白皙的脸与微湿的黑发弥漫着一种干净的美。甘暖想:他即使家境贫寒,在她面前也从不自卑,反而总以优胜者的目光俯视她,自然而然地有一派指使和掌控的气质。见他低头认真地调制奶茶,甘暖没有忍住,拿出兜里的纸巾,伸手为他擦去脸颊上的汗。

"别碰……"明白皱眉,话未说完就被打断。

"一杯布丁。"

甘暖下意识地转头看去。一个可爱的短发女孩,神色清冷,像黄昏与黑夜的界限。本来是该她去收银点单的,明白却抢先她一步,站在操控屏前说:"温的,七分糖再加一份芋圆对吗?"

"嗯。"他何时对女孩的心思猜得这么准?甘暖没往心里去,赶紧去做布丁奶茶,做好后递到他的手中让他包装。

"打包还是在这儿喝?"明白盯着那个女孩。

"打包。"枝道接过袋子,明白却在她转身要走时拉住她的手,"刚刚……"他看了看甘暖。

"刚刚怎么了?"枝道的语气和表情看起来并不关心。

"没什么,"明白低眸,"请慢走。"

枝道没有胃口喝完这杯奶茶,喝了两口就全扔进了垃圾桶。从透明的窗户里看到他和女孩配合默契地一起忙碌着,她就鬼使神差地进来了。他态度自然地和女孩说话,无数次对视。他不知道他看人时显得深情款款,那个女孩已经失神数次了。所以她既感到欣慰又觉得有些难过,活于矛盾之中。她已经无法回头了。可她同时又觉得心口骤然变冷,从浑身上下的皮肉里破出密密麻麻尖锐的刺。这种刺由她血肉造就,每造一根她就疼一次。

枝道带着不甘心的愤怒:在自己不知情的时候,他竟然已经和她要好到这种程度了。从给她拍照,发展到一起工作,她已经可以为他擦汗,他有别的人关心了。亏枝道还内疚地想到他不善交际,怕他孤单。真好。好到不能再好了。

经过一段无人的街道，只有蝉叫的嘶鸣，黄昏透过树缝坠落人间，世界晕黄一片。枝道被身后的人拉住了手。她看了他一眼，甩开了他。

"我陪你走。"明白提着一个口袋，又拉起她的手。

枝道不再动了，也没再甩开他，嘴里轻轻地吐出他的名字："明白。"

求求你，能不能别来了，就让她一个人坠进渊薮。

枝道对上他的双眸，露出一个笑容："你知道你现在像什么吗？一条狗。以后不要在我家门口再放那些恶心的求和好信了。大家都洒脱一点儿不好吗？"

第十章
CHAPTER 10

✕

梦魇
黑色纸张

她不懂,他不是一贯一副"失之我命"的洒脱模样,怎么却在这件事上偏执若狂?他真有这么喜欢她?还是不甘心在作怪?

别跟了。她的不甘只是来看一眼,不愿被他看低可怜的自尊心,她的未来走向,她对他的不确定,她对情感的质疑都把她变得像恶鬼一样,只想将他推得越来越远。求求他远离她,他和别人相亲相爱不好吗?她没那么喜欢,就该无比冷漠地离开。可脑子里却一直有个狂躁的声音,她的口是心非又在作怪,它要她说我就是不在意。

嫉恨和烦闷教她做个坏人,于是话说得越来越重:"我真的不喜欢你。"

明白好不容易平复的呼吸又被绞起,眼睛像在破碎:"不喜欢?"

枝道:"不喜欢。"

明白:"为什么?"

"你需要什么理由?腻了、烦了、厌了,还是累了?"枝道轻轻抬起头,与他对视,"明白,本来我没打算和你在一起的,可是因为那次喝醉了酒……所以,提分开真不是我一时兴起,我想了很久。我想我还是没那么喜欢你,所以才不拖着你。我真的觉得很累。我的家里给了我压力,我也不想去顶撞我妈,她说不行就一定有她的道理。我也真的考不上北一,你进了北一会遇到更好的人。你别浪费时间在我身上了。你有你的路要走,我跟不上你,也不需要你自毁未来跟着我。"

枝道说的都是真的,但也隐瞒了一些事。解决不了问题的诉苦都是没用的矫情,她不想让他知道更多的真相。

一时天昏地暗,心像被绞碎,他奋力克制情绪,双眸沉黑。

"只是因为这个?"

枝道不愿再纠缠,轻轻叹息:"明白,你很好,下一个会更好。天下女孩千千万,没有我你也会幸福。"她的分析如此清晰,还为他周全考虑,好话说尽,给他留足了面子。他只觉得自己在被一节一节地切碎。明白低下头,从袋子里拿出奶茶递给她,白白的指尖带粉。

"那杯布丁奶茶她做得不对你的口味。这是我自己调制的,给你换成你最喜欢的烧香草,里面加了很多芋圆,夏天有点儿热就加了点儿冰,糖刚刚好。我试过了。"

明白又递过来一点儿:"枝道,喝吗?"他说:"味道不对的话我再去调。"

他不知道读大学后,她会永远见不到他。以后相隔千里重重阻碍,她还要过一段苦日子,或许之后连杯奶茶都买不起。以后,他也会给其他女孩子这么细心地做奶茶吗?枝道感觉心里越来越烦了。别跟着她了,她不想每次一见到他就想到他与她只有平行的未来,每见一次就要想到失去的美好和没有可能的现在。全身又因为烦躁开始长刺,她连忙从裤兜里抽出了烟和打火机,双手颤抖着想低头点燃。

明白难以置信地一把夺过去,声音提高,眯着眼睛看她:"你说这是你给你爸买的?"

枝道握住他夺烟的左手:"还给我。"

明白捏紧了烟用力挤压,始终沉默着,眼睛如钉般看她。

枝道被他的眼神看得更烦:"我叫你还给我!"

"吸烟不好……"明白越捏越紧,声音温柔地劝她。

"别管我!"枝道吼起来。

枝道用力掰开他的左手，想从他手里把烟拿回来。他握得很紧，她用指甲抠他，抠破皮见血了他也不松手。她因为他的态度强硬越来越烦躁，烦躁得声音猛地提高："你还给我！你凭什么拿走？"

明白突然一下子把烟扔向远处，声音冰冷："想要你就去捡。"

枝道看了他一眼，立刻跑过去捡起烟，放回兜里后转身离去。他忙小跑着跟在她的身后，扯住她的脖领："你是不是最近出什么事了？"

枝道用力拍开他的手，阴风在沉聚："别跟着我。"求求你不要理我。

明白见她油盐不进，声音猛地沉了下来："你不知道抽烟会致癌吗？以后你怎么死的都不知道！"

"我要死就死！我叫你别跟着我！你是不是听不懂人话？"枝道突然转身拿过他右手里的奶茶用力摔在他的胸前，怒吼着，"我让你滚啊！你和她卖你的破奶茶去！"

"滚！"枝道带着哭腔用力地喊道。她的胸口剧烈地起伏着，甩他奶茶的手像折了般垂下来。

明白的白色校服顿时湿漉漉一片，脏污的暗褐色奶茶渍与果料湿哒哒地粘在白色的校服上。奶茶掉在他的鞋上，他狼狈不堪却没有发怒，只是用袖子轻轻抹去溅在脸上的奶茶，轻轻地低下头，抠着中指上的疤，心里正阴雨绵绵。

"枝道，你宁愿喝他买的奶茶也不愿意喝我做的。你真的这么讨厌我吗？"

枝道缓缓地低下了头。

"她就是我和你说的，我去做家教辅导的人，我去奶茶店打工是她引荐的。我和她没有你想的那种关系。"明白说，"我只是想挣钱。"

"然后呢？"枝道的眼睛突然湿润了。

"你不是想结婚吗？我在准备。"明白认真看向她，像一只被遗弃的流浪狗。

"我也想和你结婚。"她只有无尽的沉默。好奇怪，他对她越好，她反而越排斥他。她反感美好的东西，因为会衬得她无比糟糕、丑陋。她一句话都说不出来了。

明白轻轻地从书包里拿出一个袋子，从袋子里拿出一个鞋盒，他打开盒盖让她看。明月给他的钱只够他平日开销，加上这些天的补习费终于能买了。

"这是给你的礼物。抱歉，我隔了好久才给你。"是枝道送给他的那双鞋的情侣款。

这一刻枝道突然相信：也许，有些东西可以忠贞不渝，天长地久。

不过这个念头只存在很短的时间，她已经回不了头。他向北，她向南；他向阳，她向阴。天各一方，背道而驰，是场死局。

枝道让他先放着，随即转身就想走。明白又拉住她的手："你想考哪个大学？"

枝道摇摇头："我不会告诉你的。"

明白还是不肯让她走，拉她衣角的手十分用力。枝道甩开他的手他也不走，他就一直跟在她的身后，默默地跟着，僵持下她终于忍不住地转身："你是不是贱？"

明白的眼神闪烁着："嗯，我贱。"越伤害他，他就越来劲地纠缠，痛不欲生，更不放手。

枝道猛地扇了自己一耳光，问他："你走不走？"

明白看着她不说话。于是第二掌就要落下，明白抓住她的手腕，声音微微哽咽着："我走。"

枝道顶着红肿的脸往公交站的方向走去，明白没走，只是站在原地看着她的背影。枝道走出十步后，转过身，觉得明白已经看不见她的眼角有泪，于是肆意地流着泪，她加大了声音问他："你怎么还不走？"

明白说："我看你坐上车，安全了再走。"

枝道急忙转身，不再理他。她站在原地，用手指擦去所有泪水，仰头平静了一下后突然转身跑向他，拉着他的手，推他靠在一棵树上，便踮起脚凶狠地吻上他的唇，她咬得他的唇瓣出血，血腥味散开。她瞪着明白："你就是个疯子。"

抢过明白手里的鞋盒，枝道走到马路边拦下一辆出租车，利落地坐上后排，头也不回地向司机报了地址。路过第一个公交站台，她才抱着鞋盒埋着头小声地呜咽。路过第五个公交站台,她才号啕大哭:"明白,明白。对不起,对不起,对不起……对不起。"

何芳对刚刚不小心撞到的少年道歉。说完她看了看被撞到地上的黑色袋子,袋口隐约露出一截红色的绳子,还有什么……手铐?看错了?少年很快拾好东西后放进口袋里。她看他干净清俊的面容一点儿也不像变态,应该是看错了,她想也许是什么工具一类的。

少年回答她:"没事。"

他正对着窗口的阳光细细把玩。打量它做工的精细程度,纯黑色恰好,重量适度,就是材质太硬,会磨到她。阳光下,纤白手指与黑色工具对比强烈,铁的金属感熠熠发光,折射他如墨的双眸。窗外阳光灿烂,照不进阴暗的窗子内。他面无表情。枝道,你被宠坏了。你看不到我有多难过吗?我每天都跟着你,观察你的每一次呼吸,欣赏你的每一个把戏。你真的看不到我的乞求吗?我这么可怜都吸引不了你的回头。

他不知道怎么走到了这里。他仰头看院子里有一棵桉树从墙内伸出手臂,求他带它逃亡。两百块钱一个月的水泥房,二十平方米可以挤四个人。他和一群没救的人住在一个院子里。院门是一扇锈红色的铁门分成了两片。那时租了两间房子,两扇黄色的木门掩不住贫穷。漆黑的过道里放了一张桌子,上面放个电磁炉,就成了厨房。

这里很少有车经过,也没有路灯,一到夜晚就只剩无人问津的黑。房子后面是一大片草地,长着野草,在这里,他没享受过热水器,自来水发黄,与墙皮的颜色相近。出了大铁门,要走半个小时才有一个公交站,再坐半个小时车才能到学校。墙上还留着他和顾雷的斑斑血迹。

那是一个令人感到窒息的地方,是充满痛苦、绝望和令人可耻的地方。他的食指轻轻划过铁门上的锁。清脆的铁销声在寂静的暗夜里回响着,像敲一次钟。

顾深是个不争不抢的乖孩子。美好、纤细,是个食清风、澡山雪般的人世绝色。干净的脸上青色血管条条清晰,白到指节圣洁,尘渍妄侵,像下雪一样。他有一个梨涡,他爱笑。他比顾雷晚来这个世上五分钟。

家是根,人是树。下面烂,上面也千疮百孔。

他家穷酸破败，从没有固定的安身处。这个月在春熙湾，三个月后在安平巷，再过几个月就是下水道。最常见的饭是粥和炒白菜，因为大米掺水能撑个好几天，因此他的味觉习惯了清淡。挣钱基本上靠明月摆摊卖关东煮，顾雷偶尔跑三轮。

顾雷一生的最爱是喝酒、打牌，爱贪逸享乐。过年打牌就能输光明月好几个月辛苦赚的钱。明月哭着骂他，他不听反而更气，用男人的力量打服了她，让她再也不敢跟他提打牌的事。顾雷一生没别的本事，就打人厉害，常常喝完酒就发酒疯打人。从明月，到顾隐，再到顾深，就好像这些不是他的家人，而是他的完美沙包。明月经常被打得躲进床底下，顾隐被打得腿瘸了两天，顾深被打得鼻青脸肿，一个星期都没消。

对大男子主义的顾雷来说，面子最重要，他经常自豪地对别人说："家里没人敢顶撞老子，现在家里做主的是我。我跟你说，不听话就打，孩子、老婆要多打，往狠了打。打多了，人才听话。"

因为穷，顾雷和明月没想要第二个孩子。

顾深只有一个月大时，他们就联系好了准备把他寄养在亲戚家。结果亲戚家出了事，一直没人来接，于是他们只好将他留下。顾雷和明月一直觉得顾深是多余的。一旦觉得多余，哪里都多余。家里只让顾隐读书。顾深从没正经上过学，五岁起，顾深就会煮饭炒菜。他要是出去捡垃圾回来晚了，饭菜没了就没得吃了，只有顾隐偷偷留一半给他。但洗碗、扫地、收拾，这些家务都是他的活。顾隐剩下的、不要的才是他的：灰色的皱巴巴的带着破洞的裤子，不合身的上衣，缺口的杯子。他像个乞丐，一切烂的坏的都来自他施舍。只有一张床，小得睡不下两个人，明月就在地上铺了一层棉絮让他睡。地上很硬，棉絮薄得像纸，他睡醒时常感觉到骨头疼。有段时间，顾深每次路过卖床垫的店都会露出梨涡，他小心翼翼地用手摸一摸、压一压。

"要买吗？"他忙缩回手，低着头："我……就看看。"

老板看了看他衣衫褴褛的样子，皱了眉："你的手那么脏，摸脏了你哪来钱赔。滚滚滚……"顾深埋着头小跑回家，后来再也不路过那里了。

家里的宝是顾隐，顾深只是透明人。顾隐上学，顾深陪他走半个小时到公交站送他；顾隐读书，他在家里看顾隐读过的书；顾隐参加考试，他也做卷子练习。家是他的学堂，他是自己的老师。或许因家世不好、命里不堪。上天给他们兄弟俩开了扇天资聪颖的窗。两个人的悟性高、记忆力强，天赋异禀。顾深以前老是哭，软弱得连拒绝都不敢开口。他经常在无人的角落里用双臂抱住身体，头垂得很低，任空气淹没他。他没有真正的玩伴，加入孩子堆只会被排斥。

"你怎么连个玩具都没有？穿得又烂，脸又脏。你不配和我们一起玩。"

顾深能做的只是躲在一旁，奢望有一个人，能不嫌弃地找到他。他总是被忽略，总是被恶劣对待，总是被人带着偏见对待。

记得有一次，他不小心丢了买肉的钱，被顾雷一脚踢倒在地上，一边不停地狠踹他的肚子，一边骂他怎么没在他妈的肚子里早死早清净。直到顾雷打累了才停手。顾深蜷着身体，捂住腹部，痛苦地抽搐着，待能站起来了，他才忍痛歪歪斜斜地走向厨房去煮饭做菜。他想等哥哥放学回家后饭菜都是热的。

顾隐是顾深的另一半心。顾隐读初一时和他偷偷交换，让他也去上学。这是他第一次见到同学、老师和课堂。他笑着对顾隐说："我好开心。"

顾隐摸摸他的头，也笑着说："往后还会更好。"

顾隐如月般温柔，人缘好，脾气好，不失强势。顾深却是性子怯弱的讨好型人格。他进了学校就要模仿顾隐：态度、方式、举动。顾隐喜欢干净，他也装作一样；顾隐的固定作息学习时间，他也模仿；顾隐的解题思路，他也照着学；顾隐的字写得难看，于是他也写成那样。他们聪明地骗过了所有人的眼睛，于是顾深渐渐成了顾隐的影子。

他有空就跑出门绕着春城走，捡垃圾拖去废品站卖钱，得来的钱给哥哥买新书包和新教材。顾隐周末会去奶茶店打工挣钱给他买新书和新文具。

顾隐心疼他，于是总让他换床睡："上来吧。"

哥哥睡不惯的，而且他习惯了，于是摇摇头："哥，你睡吧。你睡这儿会不舒服。"

顾隐握住他的手腕，把他拖到床边："你拒绝我我才不舒服。"

顾隐的目光那么坚定，坚定得谁也撼不动。他只好爬上那张软床。月光从纱窗里四分五裂地窜流，草微动、虫低鸣的矮墙，风正蹑手蹑脚经过。

顾隐快要沉入梦乡，他突然听顾深轻轻地对他说话："哥，我想握你的手。"

顾隐睁开眼睛，顾深正侧着脸乖巧地看他，右手向他伸出来，像个惹人怜的白色娃娃。顾隐笑着缓缓地伸出右手，如叶浮水般搭在他的手心里。他轻轻收拢，握得很紧，同胞同血同貌的人，在黑暗中互相汲取热量。

顾深也笑："哥，你好暖和。"

顾深依赖强大而温柔的顾隐。在哥哥那儿，他才可以是一个小小的孩子，小到可以根本不在乎外界对他的忽略与恶毒的迫害。


穷酸的明家急需用钱，所以收下同村二十五岁顾雷的十万彩礼。明月花一样的年纪嫁入顾家，生下同卵双胞的顾隐和顾深。顾雷为彩礼掏光了家底。起初对明月还不错，后来白月光也变成饭粒，需要用钱的地方多了，便埋怨女人是个吸血鬼。可是都成了一家人，不满只好化为趾高气扬的指使。

时间如梭。恐惧是人脆弱的本源。人怕生，更怕死，所以她委身于满脸丑恶的顾雷已经十多年。

美丽韶华已葬于柴米油盐酱醋茶的琐碎生活。她摔伤过腿、睡烂房子、欠高额的债，也曾狼狈地被别人用扫把赶出家门，她跟他吃尽了苦头。十多年了，这个家依旧一贫如洗，这个动辄打骂她的男人依旧毫不上进，还有个白吃白喝没用的顾深。除了顾隐有点儿前途，这个家比垃圾房还不堪。好不容易存点儿钱就被他偷去打牌输光。满大街没有人再肯借钱给他，他从没给家里带回来一分钱，跑三轮也是三天打鱼两天晒网，还振振有词地说一家人吃住都靠他。这长满冰冷暴力根须的家，每个人的血都只是用来滋养他的。

小地方的人结了婚就是一辈子。日子再难过也得过,被男人打得半死不活也得过,被生活凌迟咬咬牙还是得过,就想过苦尽甘来。可甘未来,苦已翻天。她真的过不下去了。

幽暗的房间盛溢着下不完的阴雨。他的呼吸很浅,像一片绒羽拂过燥冷的黑夜。他问顾隐:"哥,这个家会散吗?"

散,像风里的一堆随意的干沙。顾深忍着疼痛平躺在床上,任顾隐抚摸他松软的发根。他无比痴享被在意的人安慰,如此他便失去了所有痛苦。他像金灯藤般太渴望绞占仅有的温暖。

顾隐看他额头上半结疤的伤口,用手一直抚摸他。半刻钟后,他冲顾深笑了笑:"我知道一个挣大钱的路子,不久我就能带你和妈一起走,然后我们一起上学。"

顾隐压低了声音:"到时候你就能正大光明地说我叫顾深,是顾隐的双胞胎弟弟。"

顾深高兴地露出梨涡:"我也很想和哥哥一起上学。"

顾隐的笑没有梨涡,所以在学校里顾深从不笑。顾深因为有梨涡,笑起来犹如稚儿般可爱。顾隐看了他很久,吐出的气如半辈子那么长。顾深的眼睛美得太纯,纯得至善,仿若所有人都能伤害他。

"顾深,做人要八面玲珑,两面是刺。一味忍让的人不死也会疯。顾雷就是这样的人,你越害怕,他就越打人;你要是敢打他,他早就夹着尾巴跑了。"

他还抱有期待:"他是我爸,即使再怎么样我也是他的儿子。我不会顶撞他的。"

顾隐恼怒后只有无奈地叹气,他收回手:"顾深,世上不是谁都配做父母,只生不养的人满大街都是。"

顾隐抬起了头,往事一股脑儿地窜回,再脱口而出:"记得吗?初一那年你感冒了,顾雷怕被你传染不让你上桌吃饭。结果你一声不吭地就跑到角落里,一个人看着我们默默地吃。顾深,你不能这么听话。那时有个小孩邀请你去他家玩，说是玩，结果是使唤你帮他做家务。你倒好心，又扫地又收拾，还大老远地跑到菜市场花钱给他买菜。结果人家连吃饭也不留你，甚至连句谢谢都没有就打发你回家。那天我看你都快哭了。可我没想到你下次还去。"

顾深："哥去上学了，我又一个人在家……"

那时尚是孩子的顾深心软，怕被人孤立，他天生害怕孤独。他太寂寞了，人怕寂寞时什么事都能干出来，有时，连虚伪的善意都想抓住。

顾隐气得忍不住嘲讽顾深："人家把你当朋友吗？他邀请你参加过一次生日会吗？你还给他送礼？你是受虐狂吗？"

顾深的脸色顿时变得苍白，翻过身不再看他，手指一点点地捏紧枕头。顾隐收了气，又愁又躁地看时间漫过他的后脑，也不再说话了。许久，他问顾隐："哥，掏心掏肺地对人好……我错了吗？"

顾隐沉默了，他不由得转头看窗外的一轮月。月挂中天。他看着灰色的月说："错的只是不知好歹的人。"

顾深说："一定会有人值得我对她好的。"

顾隐走到他的跟前，摸着他的头认真地嘱咐："以后不要太主动，我怕别人不懂珍惜。"

顾深低垂了眼，也认真地答应了："我听哥的。"

顾隐转而说起别的："听同学说你上学不喜欢搭理人，性子越来越闷了。"

顾深："我怕说错话给哥惹麻烦。"

顾隐无声地叹了口气："我们会好起来的。"

顾深也躺回床上，眼睛看向他的头顶，语气灼灼："我要和哥一起上高中。"

顾隐对他笑了笑，坚定如钢，炙热如阳。

"一定会的。"少年信任的眼睛如露水般清澈。

顾隐死于冬季。

那天他感冒了，明月让他吃下两颗头孢。顾隐长得高，瞒过酒吧经理说已经成年。于是借着出众的相貌晚上去推销酒，他能言会道又嘴甜如蜜，每个月都有上千元的收入。那天，他数了数让弟弟读高中还差多少钱，叹口气说还不够于是就去了。晚上他就死了，救护车还没到就没气了。

顾隐死的第二天，顾深替他参加了高一上学期期末的分班考试，没有发挥好，因此分到了二班。

明月因为顾隐的死亡终于爆发，她收拾完行李，第三天晚上就偷偷跑了。顾雷知道后暴跳如雷，翻桌摔凳，气却越生越大，无处发泄的气随即转移到了与明月有关系的顾深身上。那是顾深过得最黑暗的日子：他被锁在破烂的黑色房间里，经常被饿得晕厥，醒来后地上只有一碗干米饭，虚弱地用手刨着吃……

黑色剪影在窗前沉默着，夕阳在山上灼烧，外面乌云层层。

明白在枝道的面前是在可怜巴巴地装模作样。装不会做饭让枝道来他家；装怕黑让她陪他一起写作业；装割到手惹她心疼；装委屈不会玩游戏，让她再也不和别人一起玩游戏；装为了学习才占用她的时间；装沉着冷静是怕暴露他的偏执。

他高洁、虚假、偏执。明白抹去镜子上的雾，对着镜子里的人轻言细语：顾深，你真可怜。手指戳着他的眼睛："装这么多都讨不到人家欢心。她一点儿也不关心你，也没那么喜欢你。你求她、讨好她，低声下气，委曲求全。她却让你滚，她让你别跟着她，也别管她，你偏要跟着。她问你贱不贱？"

他问镜子里的自己："嗯？你贱不贱？"

作业纸一张一张凌乱地撒在地上，以往整齐的书桌现在变得杂乱无章。他双眼空洞地望着天花板，轻声说："枝道，原谅我。"

离返校还剩两天。

卢子谅约枝道晚上去吃串串。为了不被她拒绝，他提前说："也许这次之后，我们就再也不会见面了，同桌一场，同学情总有吧？枝道，我准备报考警校。以后，或许真的难再见了。"

枝道想了一会儿，轻轻地点了点头。晚上，他们点好串料后，枝道又点了三瓶啤酒，卢子谅吃惊地望着她，想阻止时，她笑着说："放纵一次。"

卢子谅沉默了一会儿："好。我陪你。"

枝道不吃菜，只是一杯接一杯沉默地喝着啤酒。枝道答应卢子谅一起吃饭只是给自己一个能喝酒的理由。不胜酒力的卢子谅不知不觉地也喝了两瓶，双眼迷醉地晃着头看向灯下无瑕的枝道，看得入神了，突然情不自禁地说出一句："枝道，你好可爱。"

枝道什么都听不见，只沉浸于她自己的世界，醉生梦死。于是卢子谅借着酒力，盯着她垂下来的正忽闪忽闪的睫毛，他的心也如蝶扇般挥舞。情不自禁地又说了一句。

"我……枝道。"话未说完，人却已经凑近枝道。

此时，桌上却猛地砸过来一个啤酒瓶，顿时酒液与玻璃碎片飞溅到他身上，吓得他猛地起身看向酒瓶掷来的方向。一个身材高大的少年在阴影里看不清表情。枝道也被惊醒了，也看到他了，也发觉了。酒液没有半滴落在她的身上。她下意识地站起身向他走去，她想开口解释些什么，最后走了两步还是停下了。

明白什么也没说，低下头转身就走。枝道看着他转身而去，心如同被挖空。酒精好像放大了她的情绪，她顿时双腿瘫软地坐在地上。她闭着眼睛，过了很久，心里想了句：随便了。误会她和卢子谅就误会吧，反正他们不会再见面。无所谓了。

最后一次算是比较和谐的交谈。

枝道与卢子谅告别后，被明白堵在单元门口附近的角落里。于是她用力推开明白，喘着气扇了他一巴掌。明白没有理会脸上的疼痛。枝道又一次说不喜欢他，声音冷冷地让他滚。

在黑暗里，他慢慢抬起枝道的手，他让她摸他眼下的泪水。他说："枝道，男生从不轻易掉泪。"他在假装流泪，骗她最后一次心疼。他已经把最大的求知欲、审美力、征服欲、求饶声都耗在她身上。枝道缩回手说知道了，说完就想转身上楼。

他拉住枝道的衣衫,声弱气颤,卑微得不像话:"真的……不理我了吗?"

枝道咬着牙偏过头,手指不经意地抹去莫名其妙留下来的眼泪。她笑着与他对视:"明白,说什么理不理的?现在说这些还重要吗?我之前好言好语地跟你说得很清楚,现在你真的要逼我说很难听的话,你才肯走吗?感动自己是不是很好玩?我说了我们不是一条路上的人。你有你的路要走,我也有我的。拜托,你也有点儿自尊心好不好?"

"我上楼了。"枝道甩开他的手,利落地打开单元门。

"枝道。"明白唤她的名字。他在枝道的身后轻声说,"我真的不希望这样,上了大学一切都好了。"

不这样又能如何?大学……我还上得了吗?她和他走的路不同,以后总会分开。她僵了一下,随即很快说:"你回去吧。"

单元门的锁已经打开,枝道虚弱地拉住门把手时听到他说:"枝道,这是最后一次。"

她低了低头,拉开单元门的手颤抖着。最后一次……求和好吗?也好,死心了就好。她也不想变成一个恶鬼再次逼他离开。

枝道打开单元门迅速地走进去:"嗯。"

明白看着枝道,看她离去的背影,看她违背每一句誓言,离开他的每一个脚印,他都用力地看着,死死地看着。

早晨枝道打开门,又掉落一张明信片。她小心地拾起来,如往常般认真地看着,试图从他的字里看出他的神情。上面只有三个字:原谅我。

枝道没有懂这句话的意思。明明是她伤害过他……后来她放弃了思考,继续在她为自己编织的牢笼里消沉悲观地活着。返校的最后两天明白没来,枝道没有再见他一面,也不再想他的事。也许真如他说的那样:这是最后一次。枝道在深夜总能浑身冰凉地回味这六个字:最后——说明没有以后,也代表了失去。枝道把自己封闭起来,不参与任何讨论交流,也不想任何事情。把脑子放空,什么也不想,什么也不做,就窝在被子里闭着眼睛,睡不着也闭着眼睛。

毕业典礼结束，枝道在纷纷攘攘的人群里撞来撞去，她疲惫地走出校门。本来想买杯奶茶，后来一想，算了。她一个人走在街上。天很热，蝉在叫。她轻轻地抹掉汗水，望着蔚蓝的天，心又酸又软。她想：一切都结束了。

枝道的背后人流匆匆，不停地有人擦肩而过。路过一棵桉树时，她不由得抬眼望向远方。远方空无一人，却隐约听到浅浅的脚步声。脚步声停下。她猛地全身紧绷，双手双脚在三伏天里骤然变得冰凉。她异常恐惧地不敢去看她身后的人是谁。

明白低低地一笑："好久不见。"

枝道的头顶是明白平静的呼吸，却像爆炸前的倒数，惊悚骇人。她下意识地把手伸进裤兜里想掏出手机，他却悄无声息握住她的手，轻轻地将手机从她的手里抽出来，再面无表情地摔在地上。她被震慑住一般，呆呆地看着手机四分五裂的碎片从她的鞋子上跳到地面上。

她的全身颤抖着，任他的话飘在耳旁："姐姐，你要打给谁？别害怕。我不会对你做什么。"

醒来时，枝道的眼前是一片柔软的漆黑，从蛛丝马迹中，她惊恐地发现：她失去了自由。双眼被蒙，双手被绑。是他做的？她不信他能干出这种事。

门外突然开锁的声很轻，她下意识地身子一抖。空气里是潮闷的气息，不见天日的霉气与遗留的体味混杂着，如细细的灰沙落下。门关上了，她听到脚步声很轻："明白……"枝道小声地唤他，没人回答，只有呼吸声渐渐逼近。"是你吗？"她自欺欺人地问。

明白突然将她的双臂高高地拉过头顶，随即绳头套在床栏上打了个活结。她忙挣扎着："放开我！"

明白缓缓地说："枝道，你病了。"他继续蛊惑她，"他们说不该你就觉得不该，你从不肯正视真正的自己。"他把手轻轻地覆上她的脸颊，问她，"大家说对的就一定对吗？"

他突然扯开蒙在她眼睛上的布，她适应光亮后才缓缓地看清他。男生的俊脸在光下有淡淡的阴影，白净饮雪的面容正一脸无害的展露给她。

枝道才看清自己手上的束缚,看清这个黑色的小房间,一张灰色桌子上有一盏黄色的灯。

"这样做,你疯了?"枝道咬牙。不过是花言巧语的土匪,参加辩论赛的他有一副好口才。

"放开我!"枝道不想听他的话,用力踢了踢腿。

"我变成这样,都是你招的……"明白盯着她说。

"放开!"枝道目瞪口呆。

明白轻轻地瞟她一眼:"你是不是觉得我很好欺负?"这一眼中,有比寒风更冷的寒意。

蓦地,枝道有点儿被吓住,想到也许明白是为了以牙还牙,便说:"明白……我们好好聊,我承认之前我对你的态度不好,我跟你道歉好不好?你别这样……"

明白只是盯着枝道的后背,目光清澈。仿佛在说,你将是我的笼中之鸟。


李英因为枝道一夜未归也一夜未睡,枝盛国还在住院。心烦意乱的李英找了老师,找了枝道玩得好的朋友,他们都不知道枝道的下落。于是她在早晨九点钟迟疑着敲开了明白家的门。见明白开门,李英站在门口,问他有没有见过枝道。

明白也惊讶地摇摇头:"不知道,我高考前就没和她联系了。"

"枝道怎么了?"少年一脸担忧地着急地询问。

明白让李英进来,给她倒了杯热腾腾的茶。李英看明白一副垂头丧气的模样,环顾四周,也只有他一个人生活的痕迹,心里小小的疑虑也打消了,意识到她有点儿小题大做,竟然会觉得枝道的失踪和他有关。

明白又说:"或许她去同学家玩了,我们不要太着急。"

李英因为他的柔声安慰镇定了些情绪:"如果今天晚上她还不回来,我准备去报案了。不过要失踪超过两天才能立案,她的手机打不通,也没有人知道她去了哪儿。我怕枝道出事就晚了。"

明白又安慰李英:"平时也没有人讨厌她,春城的治安也一直挺好的。"

阿姨，别担心，她不会有事的，可能她现在就在回家路上呢。"

"是这样就好了。"李英叹息一声，随后站起身说，"那打扰了。"

"没关系。"送李英离开前，他又一脸担忧地添了一句，"如果找到了枝遥，麻烦也跟我说一声，我很担心她。"

李英顿时觉得这个男孩子还是不错的，就是家庭背景有点儿复杂。她卸下了一些担子，希望真像明白说的那样：枝遥正在回家的路上。

明白见李英走下楼梯离开，低下头，轻轻地关上了门。

睡觉时，明白把枝遥带回房间。开了灯，他蹲在床边，抬头宠溺地问："想在房间里放些什么？我都能满足。玩偶？书籍？盆栽？还是别的？"

枝遥想踢他，却只能无力地动动脚，又虚弱地闭上了眼睛躺在床上。她让他走，别打扰她睡觉。离开前，明白对她说晚安。

第二天，阴天。下着毛毛雨，这种天气比往日更闷。

枝遥穿着他宽大的校服坐在床上，看他为她修剪指甲。明白说他怕她下次又不小心划到自己。瞟过他身上的陈年伤痕，她问："你为什么非得是我？"

剪好最后一个指甲，他与她对视："世上的诱惑太多了，贪心的人反而成了正常人。我这种一根筋的'疯子'的确奇怪。我也不想这样，是你太不让我省心了。"

明白坐她的旁边问："喜欢我吗？"

枝遥不说话。明白接着又问："喜欢吗？"

枝遥低眸："喜欢。"

明白："真的？"

"真的。"枝遥没有撒谎。如果没有一点儿喜欢，被他禁锢在这里，她早就和他拼得你死我活。留在这里，多少有一点儿出于她的自愿。可这份喜欢和自愿，只能这么多了。

削好的果皮完整地放进垃圾桶，明白摇摇头，看透她："你的喜欢太少了。"

枝遥沉默了很久，无奈地叹了口气："明天我想出去。"

明白:"想要什么我可以给你买。"

枝道:"我想出去走走,逛逛街。这里太闷了。"

明白看了她很久,笑容浅浅的:"好。"

第三天。天气晴朗,阳光明媚。

明白给她戴上一条黑色皮质的项链,中间是金属扣,刻有"明白"二字。她想了很久,还是任他给她戴在脖子上。最后明白蹲在地上,轻轻给她穿鞋。

"这盆花是不是不太好看?"明白看了看床边,又问她,"今天想吃什么?糖醋排骨怎么样?我昨天去学了怎么做。"

枝道低着头说:"走吧。"

下午四点十三分。枝道的手如得了病般一直颤抖着,双手不停地握紧着又松开,指尖被捏得血红。她看他在收银台的背影,看着周围密密麻麻的人群。心里紧张得像拉了条绳子,一点儿轻微的响动就惊慌得内心尘土飞扬。

打开袋子给收银员拿出日用品的少年正低眉顺眼。她在不远处不断坚定不能再陪他耗下去了的念头。他疯了,他已经疯了。你有自己的人生要过。在心里默念完这两句,枝道猛地转身扎进人群。她拼命地逃跑,一直不敢回头,只是一个劲地往前冲,裙子像花一样绽放。她从商场第三层的扶梯一路疯跑着往下,撞到无数人,她没有时间说抱歉,只是埋着头一口气跑出门口,站在拥挤的路口着急地拦了一辆出租车,坐进去时,司机问她去哪儿。她喘着粗气报了家里的地址,说完又觉得不安。

李英白天都在医院里照顾枝盛国,有很大可能不在家里。关键是她没有钥匙。

于是枝道借司机的手机给李英打电话。李英问她这几天去哪儿了?电话打不通,害得她担心死了。她抿着嘴说:"没事,就是手机丢了,在朋友家住了两天。"她又说,"妈,你知道我最近的心情不太好。"

李英想了想枝道的情况,最终没有细究,人没事就好。骂了几句后才说:"以后你出门要给家里报备,知道吗?"

"嗯。"枝道看着手腕上还未消退的红印,"对了,妈,你在家吗?我那天出门忘带钥匙了。"

李英："我还在医院。你过来拿吧。"

枝道向司机重新报了地址。手心里全是紧张的汗水,她摇下车窗吹了吹风。她看着外面的风景,人来人往。她不禁遥想未来的生活：大学不上了,以后要回老家安家。她的人生先暂时这样了。这几天的荒唐都是梦,忘掉就好。

枝道下意识地看了看后视镜。不知道明白发现她跑了会怎么做？当时她跑得太慌张了,完全没注意身后,现在突然又紧张起来了,毛孔渗出后怕的汗液。她想到明白发现她跑了,万一也坐车追上来,等她一下车就抓她回去怎么办？或者明白知道她要回家,就在小区门口等着她自投罗网怎么办？恐慌中,车停下了。她与司机周旋了很久才说服他,她说她暂时身上没有钱,要进去找家里人要钱,让司机等一下。枝道一路安然无恙地拿了钥匙和钱,向司机道了谢,并送走他,她环顾四周：求医的病人,出院的老人,治病的孩子,平静寻常。没有他,他没有追上来。她终于放松地舒了一口气,是劫后重生的解脱感。结束了！

大街上的车辆这么多,他哪能知道其中一辆里有她？而且他不知道她家里发生的事,所以更不知道她去了医院。因为第二条猜想,为了保险起见,她改变了主意,准备和李英一起回家。因为尿急。进了医院门后,她转个弯连忙去了厕所。排队的人太多了,她憋得有些难受。无奈之下,她只好跑着去医院里最远最偏僻的那个厕所。公共卫生间点着檀香,空无一人。她看了几眼,终于舒坦地打开门蹲下,内心的紧张也一起发泄流走。她冲好厕所,整理了一下衣服。经历禁锢后,她一时不知用什么状态面对新生活。

轻轻吐出一口气后,她缓缓地打开厕所的门。门外高大的身影像暗夜中的黑色牢笼。低着头的人见她出来,只是抬起阴鸷的双眼盯着她。明白的声音毫无情绪："回家吗？我陪你？"

枝道顿时吓得坐回马桶盖上,嘴唇颤抖着,脸色发白。四周气温冷如冰窖。

明白一步步地走近她,居高临下地看着低头恐慌的她。他轻笑："人真禁不起试探。"

枝道浑身颤抖着："你，你怎么知道我在这儿？"

明白的手摸上她的脖子："这是追踪器。"

"你是个疯子。"枝道害怕得破口大骂。

明白没有生气，反而轻轻地拉她起来。她内心崩溃地垂着头起身，还在慌张地想着对策。他却松了手，猛地一把将她按在墙上，声音比冰还冷："你是不是没记性？"

八平方米的房间里的灯永远只有一盏。明白将这里打理得井井有条：鲜艳的花、洁净的地板和桌子上弥漫着的熏香。

他上午依旧去奶茶店兼职，中午的休息时间回来给她做饭。

甘暖好奇地问他："哥哥，你喜欢什么样的女孩子？"

他说："我喜欢不喜欢我的。"

甘暖："呃……"真会拒绝人，她感到无言以对。

毕业典礼结束后，班里的学生纷纷上街找乐子，从北街逛到南街。李英还在照顾枝盛国，以为枝道已经拿了钥匙回家，便不再过问，只想待在这里照看丈夫，能早点儿出院。卢子谅好几次邀请枝道打游戏的消息已落灰，以为是她反感他，最后失落地说了一句："好吧，以后不打扰你了。"

明白拒绝了班里同学聚会的邀请。又听班长说了一句："枝道联系不上了，平时她不是最爱参加聚会吗？"

明白："我也不清楚。"

"你这次又考了年级第一，恭喜啊！"班长又夸他。

他礼貌地回应："谢谢！"

班级聚会时人声喧哗，说起只有那两个人没来时，大家也完全没往深处想。一个平日孤僻不语，一个偶尔有事来不了，都是理所当然的。他们开始聊起明白，高中三年，他高冷的态度让大家记忆犹新。

"是啊，我都不敢向他借笔。"跟明白做过同桌的一名男生笑着举杯。

"他的成绩好，长得好，又不合群，这种人一看眼光就高。"

"学霸不都是这样？"

"哈哈哈。"

随即他们不再聊八卦，各自聊起了大学与未来。

好像是第五天。枝道穿戴好一切准备出门，他并没有拉住她，也没有为她戴上上次的项链，只是眼睛望进她的眼眸深处，无声胜有声。

枝道避开他的眼睛，走在他的前面："我们，就到这里吧。"

"我会拿着通知书来找你。"明白说。

枝道："以后真的别来了，我不会见你的。可能，我们再也不会见面了。"

明白没有说话，沉默得有些奇怪。枝道突然转过头。她看见他在流泪。眼角发红，像真的哭了，又像没有。她说："你又想骗我心疼你。"

明白利落地抹去，没事发生一样，笑出梨涡："嗯，你的反应真快。"

出门前，明白抓住她的衣袖。她吓了一跳，条件反射般地远离他。他慢慢地放下手，身体微微僵硬。

"对不起。"他只是想为这五天道歉。

枝道对他说的最后一句话是："再见。"然后就走了。

李英回家时，枝道已经在家里，她给李英按了按肩膀，听李英说枝盛国住院又欠了一大笔钱，亲戚不借给他们，怕有借无回。李英只能去借高利贷，让她在家里听话。

枝道把头缓缓抵在李英的背上说："我不想读书了，想早点儿挣钱。"她与李英争论了很久，最后她用跳楼这个俗气的理由威胁，李英抹着眼泪说随便你，你想怎么活就怎么活，我不管你了。

过了几天，接到派出所的电话时，枝道呆了好一阵。明白去派出所自首，说他非法囚禁他人。她从派出所把明白拽出来，骂他是不是有病。

"是，我有病。"明白认真地说。

枝道向警察说明这只是同学之间发生了点儿小矛盾，他的脑子受刺激了。警察批评教育了两个人半天，登记好资料，才放他们离开。两个人离开派出所时，枝道背过身说，下次我不会再去了，你随便吧。

最后，枝道帮家里还清了一大笔债务。那个女孩选择了南辰大学。

"妈，我们还能回来吗？"火车开动前，枝道看着天边的夕阳问李英。李英叹口气说："也许永远不会回来。"也许明天就会回来。

枝道的青春故事就到这儿了，百转千回地开始，再感人肺腑地结束。她在这些回忆里警醒了很多，更加深刻的是还明白了：爱从不是千篇一律。性格与态度决定了事情的走向。做不到每次处理都是最佳答案，伤痕累累后原来大家都是恋爱的初学者。

火车远离春城，窗外的夕阳正浓，大片的红色灼烧着天空。车厢里的小电视播放着灰指甲的小广告。推车贩卖的吆喝声渐行渐远。谁会吃呢？只有生活残渣一直往喉咙里咽。火车前行的声音越来越响了。

一些旅客背着大包小包上车，她小心翼翼地从迎面而来的旅客和大包小包里挤了过去。婴儿啼哭着，时尚的青年看着综艺节目。她路过一个穿白色裙子的少女，少女正在低头看书，她刚写下自己的名字"夏月"。枝道将包扔在上铺，她的身高不够，于是踮着脚，手推着包使劲往里挤，没关牢的包里的充电器却突然掉落，刚好砸在夏月的书上。她的书刚刚读到最后，少女刚勾画结束，笔直的黑线在一段文字上格外醒目。枝道向她道了歉，拿回充电器时无意看了一眼：

——凡为结语，皆是序章。

# 第十一章
CHAPTER 11

×

## 现今
## 破茧化蝶

两年后的夏日依旧湿答答的。

枝道坐上回春城的火车后，窗外下着雨。下了火车，她在公交车上眯了一会儿。猛地从噩梦中惊醒，她总是在同一个梦里被惊醒。梦中铁床的吱呀声，锁链声，声声刺耳。枝道看他变好了，变得阳光开朗了。偏执的人回归了正常，心理防线由此降低许多，却又生出另一种害怕。怕在他的眼中，看到生活过得奄奄一息的枝道。

这两年，枝道跟着父母回了老家，李英用老本开了个小超市。她帮着家里干活。很令人气愤的是，她并没有振作起来，她每天早起，用清水洗个脸，然后看店，中午草草地吃个饭后继续看店，晚上用十几块钱淘来的洗面奶随便洗个脸，然后开始刷视频。她睡不着，为此老是凌晨两三点钟才强迫自己入睡。她像条死鱼，没有生气地重复单调平凡的生活。有时她觉得是不是太不上进了。可看见周边一排排店铺里忙碌的人，还有拾荒者，心里顿时又有了借口：你看，世上碌碌无为的人这么多，你何必担心自己是垫底的那个。

她只是暂时没有那股向上的冲劲。人有时就是这样，宁愿烂在床上追上千集的狗血电视剧，也不肯静下心去读一本好书。明知是在浪费人生，却还是放纵自己吃没营养的东西，后来干脆自暴自弃地想：算了，这辈子就这样了，下辈子再做个精英。这两年，她就是个游手好闲的混子。

回春城来是没有想到的，她原本以为会老死在那儿，直到李英说国家严厉处理了拖欠工人工资的恶劣事件。他们这两年经常带工人们去劳动局投诉，得到劳动仲裁后，建筑单位终于将拖欠的钱还给他们了。拿着这笔钱，李英和枝盛国重新回到了春城。他们准备跟着一个做连锁饭店发达起来的亲戚在这里大干一场。回到春城后，他们买回了旧房子，觉得还是以前的房子更有家的味道。

李英问枝道："回春城想干什么？"

她们家现在有钱了，可枝道却失去了对未来的信心，只剩下得过且过的一颗心。枝道不知道做什么，她想，不知道那就做以前做过的吧："我去看看有没有超市招收银员。"

枝道始终没有忘记临走时明白流泪的眼睛。她知道他真的哭了，是男孩宝贵而稀有的眼泪。她这么一个相信美人多情的人，因为那五天，反而通过他的偏执感悟到他对感情的专一。她那么不相信爱情的一个人，却被他搞得总觉得爱情是真实存在的，是天崩地裂也不能消失的。所以，她背过身时也跟着流泪了。她对此羞于启齿。一切决定不过都是因为她的爱比不过他的。

有人看见花烂了，会细心观察是水浇多了，还是被虫子咬了，或者是否被人踩坏了，得弄个明明白白，然后再施肥，调养，想养好它。而有的人想的是：烂了，那重新换一盆吧。所以，以前当危险来了，她想到的都是放手，而不是一搏。

枝道以为永远不可能再回到春城，觉得异地恋就等于恋爱失败，觉得明白和她的未来再没有关系，所以他们根本无法在一起，觉得李英说得有道理，就动摇了一颗本就晃荡的心，所以，从来不想主动想办法解决这些难题。她一直都在退缩。因为她爱得不够，或者说是不够勇敢。她不是将军，只是逃兵。

明白越来越高了,越来越靠近山顶。两年后的明白还喜欢枝道吗?看到她现在这副鬼样子,他还会喜欢吗?明白变了,变得让她感到陌生。现在的明白爱笑,爱说话,也擅长交际了,也真如她想象的那样是个人上人。而她却往反方向走,封闭成一个洋葱,永远不想主动,宁愿被动地被生活拿鞭子赶着走。

现在世界上某个角落里一定有像她这样的人。锁在迷茫里,感到十分焦虑,却又不知道真正该做什么,遇到烦琐的事就任它一直纠结,永远只有回避和沉默。好像做什么都不喜欢,又好像做什么都还可以。没有目标没有方向,像艘漂泊无岸的船。

王晓伟是一周前李英安排相亲认识的。他是个摄影师,在摄影工作室工作两年,比她大四岁,她和他聊天时说了她所有的过去。说完后她觉得人真奇怪,她可以对别人坦白她的苦难,却唯独对明白说不出口。害怕暴露她的无能,害怕她比他差太多,害怕他嫌弃她时皱眉的样子。或许只是不想听别人说一句:明白,你女朋友连大学都没上过啊!原来她更怕的是这个,难怪像个胆小鬼一样到处躲。

"不用了,我先回去了,你们好好玩。"投完最后一个三分球,明白笑着与朋友告别。

"我昨天看见你又上表白墙了。"徐梓轻轻拍拍他的肩。

明白笑得阳光灿烂:"是吗?我习惯了。"

徐梓被明白一脸无所谓的表情气得捶他的胸口:"你能不能谦虚点儿?"

明白:"我装矜持可就太假了。拜,我先回寝室。"

徐梓看明白回去的背影,内心隐隐生出一种男性的嫉妒感。

这个人外表帅气,百年难寻,性格开朗又主动热情,就读北一最热门的交叉信息研究院—— 一所最难考进去的学院之一,站在北一鄙视链的顶端,考进去的都是各省状元。许多女生难免对他一见钟情。帅气的青年,又爱笑,又有梨涡,看上去一生无忧,像草原上奔跑的麋鹿。

明白洗完澡对着镜子又下意识看到胸部那道浅浅的疤。她用劲不大,却给他的后半生留下深刻的警告:没人会爱你的偏执。他犯了错,以前害怕暴露家境不敢直说，后来发现与其暗自自嘲，不如坦率承认他的自卑，好让她更心疼他。还不要脸地用自己的优势吸引她，丢弃男人的尊严祈求她。不过只是想让枝道永远只爱他一个。他摸着这道浅浅的疤，回想起她当时复杂的表情，再想到她与另一个人的对话。心一下子紧缩，低下了头，双手撑在洗手台上轻轻地握拳。

她说，有男朋友了。她有男朋友了。她和别人好了一年了。在他眼巴巴地一个人等她的两年里，原来她正和另一个他不认识的男人恣意快活。她爱上了别人，不只三百六十五天。

"帅吗？"明白让室友王峥仔细看他的穿着与发型。

王峥看他高挑的身材令人惊艳，一件露出锁骨的淡蓝色长衣和灰色休闲裤显得慵懒而性感。发型也精心打理过，手腕、耳后都喷上淡淡的香水，路过时略略飘香。

"帅帅帅。"王峥看了几眼又忙着打游戏。

明白却不依不饶地问："是女人一看就非我不可的帅吗？"

"你是不是疯了？我怎么知道这种帅是什么帅？"王峥被他骚气的话吓得双手一摊，顿时大招放反了，我方团灭。他气得把手机一扔，站起来冲他大声问道："我说你今天打扮得那么骚干吗？"

明白对着镜子整理了一下鬓角，笑得露出牙齿："去争宠。"

王峥一脸的疑问，他需要？

周六，枝道打开超市的门，吸了一根烟。看前天涂的红色指甲已经剥落两个，她扔掉烟头，嚼了个口香糖后，提着垃圾袋转个弯，往超市附近的垃圾桶走去。

早晨的人不多，街道有点儿冷清，老人三三两两。抬头间，明白正握着一个快递盒，认真地看。明白没有察觉到枝道站在原地打量他：有类人越一本正经地站在那儿，有人越想对他做坏事。澡雪的青年肤白貌俊，留着平头，黑发茂密，光洁的额头上的碎发杂而不乱，清新而具有少年的活力。穿着一身淡蓝色长衣和灰色长裤，微风刮过，薄衣贴合，勾勒出一副阔肩细腰的好身材。在柔和的晨光下，散发着鲜活温暖的气质,他还是那么白,白得手背的血管清晰可辨。

枝道看了看他的腿,比垃圾桶高出一截,好像比以前更长了。她又下意识地将右腿轻轻抬离地面,又轻轻放下,低头,再抬头,是腿短。两年后,连她的腿也不争气了。她自然地走过去,把垃圾袋扔下,很快头也不回地回到超市。

明白感觉到了,于是把快递盒轻轻扔回垃圾桶,跟在她的身后。

"要买些什么?"枝道在收银台里低着头摆弄口香糖。

明白隔着装满香烟的玻璃柜台正对着她,右手放在柜面上,食指上下点动。他放轻声音:"这两年你没有上大学?"

枝道:"没有。"

明白上了北一,她没有。现在一个高雅,一个平庸。这个强烈的对比,她才觉得自己原本无所谓的人生之路好像的确糟糕透了,才让她看清此刻的处境和此时的庸俗。这种尖锐的刺痛感像被虫子咬了一口,但很快就淡下去。因为怕被别人说得不堪,于是她先自己说得不堪:"那会儿,家里出了事,需要钱。我也没上成大学,这两年不上进,一直在做收银员。"

明白静静地看着她,试图想起以前总对他说"明白,你也要加油""所有事情都会变好的"的人,但眼前的人更加清晰深刻,他回忆到一半就停下了。

"为什么当时不告诉我?"明白弯下腰向她靠近。

气味挑拨,枝道仿若又回到被他搅得心神不宁的过去。她离柜台远了些,说话的语速很慢:"告诉你,然后呢?那时我们只是高中生。你解决不了,我也解决不了。顶多只是我在向你诉苦,诉苦不过就是一堆废话,所以少一个人知道又能怎么样呢?"

明白:"你怎么知道我解决不了?"

枝道把问题轻轻抛给他:"你让我怎么相信你解决得了?"

青年沉默着,的确,他在金钱方面无能为力。隔了一会儿,他问:"想分开是因为这件事吗?"

枝道摇摇头,后来又点点头:"但主要是我当时更愿意一个人,以前我就知道我赶不上你。你看,你还在读书,我要每天都守在这里收钱。"

枝道把口香糖放回原位,尘器静静地在两个人中间晃。

明白突然低头问:"你还喜欢我吗?"

枝道直直地看着他,停顿了一会儿,才回答他:"不喜欢了。"

"不喜欢,所以就跟别人谈了一年?"明白的语气温和,肺里在灼烧。戒烟两年了,这一刻烟瘾却又被她逼出来了,他太需要用另一种瘾去麻痹胸腔现在那种疼痛。

枝道:"他很适合我。"

明白抠着中指,轻轻露出笑容:"有多适合?怎么适合?"

浑蛋,她轻轻地皱眉:"明白。"

他恍然醒悟,揉了揉眉间,低下了头:"对不起。"为他的失控道歉,"我说错话了。"

枝道:"不买东西就走吧。"

明白只是低着头,像是在认罪:"我真的不会……再这样了。"

枝道现在知道他是个缺乏安全感的人。因为患得患失,所以断绝她的异性关系,占据她的剩余时间。他执着、令人感到窒息的爱暴露了他的为人处世——是没路也要另开一条。而枝道和他完全相反,她比高三那年还提不起劲儿,像条死鱼,对情感只想随波逐流。十几天前相亲遇到的人,相处下来也能将就着过,她只想就按这个节奏走,不想再应付其余的意外了。即使对他还存有心动,她对那些天发生的事依旧心有余悸。

"都过去了。"枝道认真地对他说,"明白,我有男朋友。"

明白:"王晓伟?"

枝道:"嗯。"

"长得怎么样?"听名字就觉得是个普通人。

明白对自己的外貌持有极高的自信,还没人能在人群中比他更受瞩目。他下意识地看向售货栏上摆在前面的一排镜子,镜子中抬高下颌的男人的确英俊帅气,对抗敌人略高一筹。

枝道:"……还行。"

明白:"他多大了?"

枝道："……大你四岁。"

明白小声嘀咕着："老男人……"没让她听见。

枝道无心与他周旋了："他应该等会儿就会过来。"话音刚落，外面突然有人叫她。

来人声音沉稳："枝道。"

明白看着超市外面背光而来的人。他偏了头，大方地对她笑着，声音却很冷："真令人羡慕。你的男朋友长得真俊，配不上他的名字。"

枝道也笑了笑。男人的长相不俗，眉眼精良，给人一种成熟稳重的踏实感。他穿一件黑色短袖和紧身裤子，身形高挑，手腕处带着一只黑金手表，性感的气质中彰显出男性的侵略感与锋芒。巨大的危机感席卷了明白，喉部像被人掐住。

那个人被生活磨过的嗓子声音沉稳："他是……"

"老同学。"枝道出来迎接他。

明白的身子僵了一下，王晓伟向他伸出手，礼貌地笑了下："你好，我是枝道的男朋友。我叫王晓伟。"

没有及时回应，明白一时说不出任何话，只感觉被一团烂泥塞住了喉腔，难受得令人感到窒息。这人和他一样有出众的外形，还有着丰富的人生经验。现在正名正言顺地说明着他的身份，带着他从没体会过的满足感。他和枝道认识的时间比他多出三倍，可那又如何？他从没有在别人面前这么骄傲、坦率地介绍过"我是她的男朋友"，最致命的是眼下他还没死心，还想卑微地与她和好如初。此刻，他感觉哪里都痛：头、脖子、胸口。

"明白。"他只是碰了一下王晓伟的手便收回来。随后他的眼神就散掉了，只因为他看到王晓伟的手臂顺其自然地搭在枝道的肩上，像习惯了的动作。而他自己却连碰她一根手指都要小心翼翼地询问，身体的痛无止境地在加剧。终于他忍不住抠着中指，牙齿咬住下唇，他偏过头，缓了好一会儿才收拾好他的情绪。

明白走到王晓伟的身旁，挺腰收腹，故意挨得很近，以此来展示他明显的优势：一八五和一七八的身高对比。

不过一会儿，他的腰就被王晓伟的话轻易地打弯了："欢迎你来参加订婚宴。"

枝道缓缓点了点头："到时候，我给你送喜帖。"

这句话比夏天的雷还响。他白了脸，下颌低埋在阴影里："这么早就结婚？"

"到了法定年龄有问题吗？"王晓伟轻轻笑了笑。

没问题。该有问题的是他还没到结婚的法定年龄。明白什么话也没说，突然转身走进超市深处。他感觉他的脑髓像在杯子里被勺子搅得旋转起来。他的双耳失聪，一边走，身体里的废墟便一边无尽地往虚空里坠落，坠得胸腔内空无一物。

何必呢？若枝道对他真没半点儿心思，又何必去他的学校看他？害得他以为还有那么点儿希望。他真的等了她两年，真的没有半点儿心留给别人，只是怕她抵触他，所以隔了很久才有勇气走进超市。只是想近距离地见一见她，哪怕碰一下她的手也好，已经小心翼翼到这种程度，错也认了，也改了，他真搞不懂他究竟是哪点让她不喜欢，也搞不懂他究竟要变成什么样她才能像以前一样对他。为什么每次都是他在向她靠近？为什么他越靠近她反而越要退缩？现在都退到别人的怀里了。

枝道有别的人疼她了，要谈婚论嫁了，两个人还一唱一和地说要给他寄喜帖。这哪里是要他去送祝福的？这分明是要他去送一条人命。真要让他死她才满意。他停下脚步，在超市最深的角落里，倚在墙上，仰头呼出胸腔里的浊气，再努力自然地说道："枝道，牙刷在哪里啊？我没有找到，你过来看看。"

枝道答应了一声，往他发出声音的地方走去："怎么会找不到……"她绕过展示柜走到角落里，看见明白靠在墙上，于是走到他身旁，"你走错了，牙刷在……"

"姐姐。"明白突然唤她，声音更加诱人了。以前扭扭捏捏的，现在手到擒来。他故意低沉着声音，压抑而撩人地唤她。

什么？枝道的心一颤，抬起头，却猝不及防地被他揽着腰按在墙上，她仰头质问他,他的唇突然就低下来了。她发出呜咽声:"放开……"

明白的唇离开一小段距离,食指放在唇边:"嘘,小声些。"他的睫毛又长了,扫在她的脸上痒痒的,像回到那时在水池台上第一次亲吻她的额头。当时青涩的少年,耳朵还会发红。现在……她睁眼看着他的耳朵,已经不会红了。

"枝道,好了没?"时间过去许久,王晓伟疑惑地朝里面问道。

枝道忙慌张地回答道:"没,等一下。"

王晓伟:"枝道……"

枝道忙整理了一下凌乱的头发,推开明白径直往收银台走去,丢下一句:"你以后再也别过来了。"明白什么也没说,只是跟在她的身后。

临走前他擦过她的肩,身体的温度凉得像清晨的霜。漂亮的青年垂着眼弯腰后,在她的耳旁低语几句,如一滴水落进寂静的井里。枝道一时感到毛骨悚然,不知所措地看着明白离去的背影。

"我不会拆散你们。"明白说。


枝道又点了根烟,说:"我们有订婚宴?"

王晓伟抽掉她的烟扔到地上:"逗逗他。"再轻轻拍了一下她的头,"你不也附和我?"

枝道沉默着看向门外熙熙攘攘的人群。只是想断得干净,各走各的路,所以谎言一点点说大,从一年说到了订婚。骗自己也骗别人。

登上从北一回春城那趟火车前,她去北一附近买了点儿吃的。这两年她还没踏进过大学校门,进去的第一眼就感慨好大学原来是这样的——明亮又有活力。山水养人,难怪改变了他。看见唯一一包柠檬口味的薯片时,另一只手也摸到了它。很巧,这个人她认识,但不熟悉。

许妍没有放手:"那个,你也喜欢?"

枝道看着许妍的手在慢慢抓紧,而她的手却总是下意识地松开。

"没事。"枝道笑着对许妍说,"也没多喜欢,你要的话就给你吧。"

算了,许妍更喜欢,就让给她吧。

周日的晚上，枝道收拾完货架，记下账单和备货单后关好灯，看了一眼手机上的时间，十点四十八分。洗个澡明天又要早起上班，时间挤成一团。枝道锁好门，戴上耳机准备回家。播放音乐，在心中已经选好一首老歌，她点开播放键，耳朵准备享受歌声，恰巧一通电话打断她。是一个陌生的号码，她挂断后，又打了一遍，直到第三遍手机铃声响起，枝道才接通："喂？"

对面沉默了几秒钟，她低下眼，听到车水马龙声后是一声男性虚哼，像春天的猫叫，挠人耳朵。

"明白？"枝道握紧手机。

"嗯？"哼声含糊不清。

枝道的神经像被人挑了下，只能注意他的声音。

青年的话尾音虚哑，慵懒又欲，仿若惺忪。他低着头缓缓地说："我喝酒了。"

枝道："……你哪来我的电话？"

快递盒上记下的。明白倚在路灯柱上："我猜的。"

枝道不知道该说什么了，想了一会儿后说："喝酒了就回家。"

"枝道，"明白的声音软得能让听到的人颤抖，"我没有家。"

明白继续说："我也没有你了。今天导师催我一定要交作业，可是我一点儿也做不进去，我呆坐在酒店回消息说今天一定能做完，可实际上我什么都写不下去。因为今天我一直在想，想枝道回来了为什么不找我呢？想枝道回来了怎么可以有别人了呢？我越想越生气，越生气就越难过。所以就跑出去喝酒，喝了很多，有个人说我再这样喝下去会死，所以我就出来了。我现在胃里很难受，吐了三次还是很难受。我现在感觉地是歪的，人是花的。"软得让人肠子疼，"枝道，我找不到回去的路了……"

枝道叹了一口气："你在哪儿？"

枝道下出租车时看到明白正站在大马路边上，有点儿危险，开得快的汽车差点儿擦过他。她连忙小跑着过去，把他拉到安全的地方，最后停在街头的一棵银杏树下。

看着双眼迷离、脸颊发红，靠在树上垂头休息的人差一点儿就命丧车轮下，她心里就有些火大："你站在路边干吗？"

明白抬眼看她："我想打车。"

枝道转身看了看身后的建筑，又问他："你不回酒店吗？"

"不打车，怎么回酒店？"明白歪了歪头。

枝道："你住哪儿？"

明白："绿色酒店。"

枝道默默地转身，看了看身后招牌显眼的"绿色酒店"四个大字。沉默半天后，用手指了指牌子："你看它像不像你住的酒店？"

明白睁大眼睛，认真地看了看："……有点儿像。"又眯起了眼睛，无措的身子晃了晃，"我回来了？"

枝道忙拉过他的右手臂挂在她的肩上搀扶他，左手搂住他的腰，用后背支撑他身体的重量。高大的身子还是有点儿分量的，她的腰微微下压，在心里骂了句浑蛋。他喷出温热的酒气醺得她的脸也热了，好闻的气味从他的手腕和耳垂后飘散出来，还有酒醉后的声音。他的唇瓣突然贴近她说："姐姐，我醉了。"

"你醉了？"枝道偏头。

"嗯。"明白晕晕乎乎地点点头。

明白稳住身体站在她的身前，拉起她的双手，把脸放到她的掌心里，再紧紧地盖上他的手，乖巧的眼睛只看着她："你摸，好热。"

手里的肌肤像花蕊般柔嫩，也有些发烫，似乎要融化她。她连忙缩回手，视线闪躲着："嗯。你的确醉了。"

明白却盯着她的脸，手指轻轻地捏她脸颊上的肉："你也醉了？"

"我醉什么醉。"枝道打掉他的手。

明白笑出小梨涡，偏头认真地打量她："那为什么你的脸也好热？"

枝道："……因为天气热。"

明白盯着她，突然搂过她的腰，又恨又怨："你就是不肯对我说真话。分手时说不喜欢我，那时候又说喜欢我。不喜欢我，看见我和别人在一起又要吃醋。喜欢我却又跟别的男人在一起。"明白拱她的脖子,"你说,你是不是在玩弄我?"

枝道一时失语,内心翻江倒海,只因为难以开口:以前种种,都因为她的喜欢只能到这儿了。这世上的事哪能轻易判断是谁伤害了谁?她认为的及时止损在他看来是始乱终弃,他认为的锲而不舍,反过来又何尝不是胡搅蛮缠?谁都有理,又谁都有错。等等,"玩弄"这个词他怎么好意思说出口。她还没反驳,他又紧紧抱住她,用手掌摩挲她的后背,如泥进水的力度抱她在他怀中。

明白说:"枝道这两年还是没有长高,抱起来小小的、软软的。"又用手指捏她的脸颊,再握住她的右手放在他的胸口左边,让她隔着布碰到那块疤。于是把脸埋进她脖颈里,声音闷闷的。他说她什么都好,就是总让他这儿难受。

枝道沉默地望向黑夜,手心下是他温热的胸膛和缓慢的心跳。夜一下子就变得安静了。她抽抽鼻子,放下手说:"我先送你回去。"

绿色酒店在大厦的十一楼,她让明白把房卡给她。她扶着他打开门后把他放在沙发上。枝道揉了揉酸痛的肩膀,走进卫生间,准备拿条毛巾给他洗脸,让他清醒一下。她放满热水把毛巾浸湿,拧干后试了试温度,觉得合适后刚准备转身,他突然从身后搂住她。

"别闹。"枝道推开他,"回沙发,我给你洗脸。"

明白呆呆地放开她,乖乖地跟在她身后坐回沙发上。

枝道放轻力度,怕擦红他娇嫩的皮肤。她看着他眼角下垂的无辜相,睫毛翘长,鼻尖是秀挺的盒型,嘴唇天然呈淡粉色,真的是天生丽质。她低下头,让他抬头,开始帮他擦脖子。擦到他的喉结时,他受不住地上下滚了下,擦到喉结的第二下,他猛地握住了她的手。

"放开。"枝道不自在地抽了抽手。

明白低下头,凑近她的耳旁:"知道为什么我要穿长衣服吗?"热气灼烧着她,枝道在沙发里感到很不自在。"因为这两年又长大了好多,"明白的呼吸在她的脸旁,"小明白长大了。"

这哪是回忆里那个红着脸,羞得埋进枕头里的人。现在就单刀直入主动地拉她的手,阳光是阳光了,却跟那五天一样。

枝道克制身体里的燥热,硬着心肠说:"明白,你别忘了我有男朋友。"

听到后面的三个字,他的呼吸更不稳了,他的双臂撑在她的脸侧,与她对视着,眼神很危险。一会儿又缓和了。

"你有男朋友了?"他慢慢地偏过了头,话如虚烟撩人,"姐姐,要不要我做你的小三?"

烟酥肉麻,枝道仿佛被浸在情酸蜜浓的罐里,又被震惊得难以回神。

明白:"我会比你的男朋友更爱你,会更疼你。我比他更懂你……"

浑蛋。现在喝了酒什么都敢说!这种骚话和做小三的话也说得出来!像他这种天生无视社会秩序的"疯子",真是她上辈子修来的孽缘。

枝道忙镇定下来:"你真的喝醉了。"

明白摇着头,亲她的脖子,酒气还在弥漫:"我是认真的,我自愿做你的小三。我知道你没有忘记我,不然你不会来学校找我。我也知道你跟他谈了一年,肯定有感情了,你舍不下他也没关系,我不会拆散你们。所以我今天是终于下定了决心后,才给你打的电话。我不会认为你只属于我一个了。以前你不喜欢,是不是因为我太想占有你了?我现在真的改了,我只是希望你分一点点在意给我,你就当在路上看见一只流浪狗,你路过时给它喂点儿肉,仅此而已。"

明白吻她额头,眼神藏在阴影里,语气柔软:"好不好?"

"对不起。"明白放开她的手,头埋在她脖颈里,"我没有想让你为难。"

枝道望着天花板放空了自己,他还在低语,声音微小,像只幼崽在空荡荡的巢穴里饥饿又无助。

"好不好?好不好?"话音轻柔,似乎在向她求救。

看着喝醉酒的明白,枝道的心不知软成什么样了。他的身体轻轻一颤,脸更深地埋进她的脖子里。枝道冲他的耳朵说着:"你知道小三要怎么做吗?"

两年了，少女经历了沧桑，身体已经成熟，举手投足间透出成熟女人的气息，漂亮得放肆。枝道在他的耳侧轻语："你要看着我陪他过所有的节日；你要忍受只有他不忙了我才选择陪你；你要看着我和他亲密的对话和动作，却只能装作视而不见；我第一时间回的是他的消息；我的节假日大部分也只能留给他，而你只能偷偷摸摸地在夜里给我打几个电话。"她眼神上挑，"你愿意吗？嗯？"

现在只是说说而已，他不该为一些空话感到烦躁。她更在意谁，还说不定。他吻她的下颌："愿意。"

枝道："三个人站在一起我只会牵他的手。你也愿意？"

明白握紧了拳头，轻轻吐出："愿意。"

枝道："以后结婚……"

明白的手掌突然捂住她的唇，眼睛盛满了哀伤："姐姐。"他唤她，声音轻柔，"别说了。"话完，他的五指就往她的指缝里钻，她的手无意识地插进他松软的发根，也被传染得醉了。

"你真是……疯子。"

明白在耳侧轻轻地低语："我会比你的男朋友做得更好。"

酒店暗黄的灯光，他的气息乱窜，温热蔓延，明白在亲她的手腕。

明白："他做什么工作的？"

枝道："摄影师。"

明白："有钱吗？"

"还好吧。"王晓伟最近在网上火了，找他约拍的人挺多的。

明白低下头，语气认真地道："枝道，我以后会比他更有钱。"

眼前的明白软软的、乖乖的，像只毛茸茸的小动物。她蓦然想起以前抽烟的他——只是冷漠地看着她，烟灰落一地。她突然问他："你还在抽烟？"

"你走后我就戒了。"明白又说，"我以后也不抽了。"

枝道不知道该说什么，看着明白的脸一时陷入沉思，更像是在反省：他把日子过得越来越积极、阳光，学业、人缘、事业蒸蒸日上，烟也戒了，人也更合群了。他的父母离异、亲人离世，以前条件还没她好。他在绝境里，心态依旧积极向上。她呢？

突然有东西坠落在地板上的声音惊醒了她，她下意识地低头看向声源处。明白的腿碰倒了她放在沙发上的包。一个没有拉链的褐色大挎包，包掉在地上后一些东西轻易就摔出来了，钥匙扣、口红、纸巾、一些废纸和账单，还有……明白起身，缓缓地捡起地上的两个杯子，是透明的玻璃杯，上面贴了贴纸。一蓝一粉，图案是一男一女，做着可爱的亲吻动作。两个杯子贴近时，两个人亲到了一起。明白拾起来，在灯下转着杯身看了很久，才笑出梨涡，提了声音问她：“这是你和他的情侣杯？”

枝道恍然地看去，早晨李英塞给她，说是抽奖得的，让她交给王晓伟一个，结果她今天忘了，就一直放在包里。王晓伟是亲戚给介绍的，父母一直明里暗里地催促着，她虽无心投入，但又怕李英心里不舒服，所以还是去了。枝道和王晓伟很像——追求爱情的同时又保持警惕，爱情的欢愉无法大于对爱情的怀疑，都是率先否定爱情的那类人。所以他对她说的第一句是："各玩各的？"

枝道轻轻地对明白"嗯"了一声。

情侣杯……以后还有什么？情侣衣、情侣帽，而他有什么呢？明白翻阅回忆，发现竟然没有一件温馨的定情之物可以纪念过去。

明白顿时笑得灿烂，晃着杯子，说："真漂亮。"他低着头，把玩着手心里的杯子，温柔的目光一寸寸地割裂杯子上的贴纸，轻轻说着话，"怎么还没送给他？你们的关系还不够亲密吗？不是都交往一年了吗？怎么现在才买情侣杯？何必买呢？情侣间用一个杯子不是更好吗？"

明白突然把杯子合在一起对上，仰头恍然大悟般。

"原来这样。"明白看向她。她要和别人缔造共同回忆的破烂玩意儿。

明白说："一个是没意义。只用一个杯子怎么能体现出两个人是缺一不可了呢？嗯？是个好杯子。"他摇摇晃晃地走向窗前，嘴里喃喃着，"让我好好看看这个杯子……"

落地窗前，青年的手握着杯子伸出窗外，杯口往下，从握住杯身到逐渐变成只用两指捻住杯盖，左右摇晃着，一副要扔下去摔碎的架势。

他垂着头，看楼下的车流。枝道走近明白，抓住他的手臂。

"明白，别……"枝道怕砸到楼下的路人。

窗外的风徐徐刮着，他的上衣和头发被刮得凌乱。不过一个杯子而已，她却生怕他摔碎，又不是他的杯子。他突然觉得心口比夜色更凉。

"以为我会摔？"明白突然转身，他收回窗外的手，把杯子安稳地放在地上，坐在地上冲她笑，"不用紧张，我不会破坏的，这是你们感情的见证。我不会再做让你讨厌的事了。我不会的。他更重要，我知道。"他垂下眸，看起来可怜兮兮的。

这样子好像她在伤害他，枝道的心里不由得生出莫名的内疚。她蹲下身想解释："不是，我只是怕……"

明白突然倾身把她压在地板上，右臂撑在她的脸侧。枝道只看到他的黑发和耳朵，她能感觉到他手指的温度，却听不出他的话是冷还是热。

明白："和他发展到了哪一步？"

枝道："怎么问这个……"

"我想知道。"明白的眼神在阴影里已经变得锋利，比刀更尖。明白的声音变得更加缓慢，心沉下去，"姐姐，我必须知道。"

枝道之前骗他就是要坚决地斩断过去。可现在事情来得莫名其妙，她却不忍心他流露出那些表情，说出那些话，让她的心也绞痛般难受。她咽咽口水，沉默了一会儿："我和他其实只认识了十几天，连牵手都没有……"

"真的？"明白低下眸。

枝道："真的。"

"没骗我？"明白的声音有些颤抖。

"我真的没骗你。"枝道点点头。

明白抬起头，看着她的脸，眼角泛红："你发誓。"

他还不信她，她不满地想推开他，却看到他的一双快要湿润的眼睛，于是心又软了，声音也低了下来："明白，是真的。之前是我骗了你，抱歉。"

明白只觉得天在旋转，像真的喝醉了。他一时缓不过来，因为他想到被她骗的那天回寝室踢烂了室友的脸盆,一整夜没睡不说,还像个弱智一样难过地发现一年居然有三百六十五天。三百六十五天,怎么这么多。他气得咬牙切齿:"你个……"他气愤地咬了一口她的脸颊,一时找不出词来骂她,太不忍心,愤怒起不了作用。想了半天,他最终找到一句自以为适合的话:"浑蛋。"

"但他的确是我的男朋友,我们奔着领证去的。"之前还能强硬地目不转睛地拒绝他,现在她却不敢对上他的视线,"明白,你的身边不也有个许妍吗?你们都能一起喝奶茶,为什么非要来找我?你在北一,我在春城,这个距离你不觉得累吗?我们都不计较过去。不行吗?"

明白十指扣紧她的手,盯着她:"不行,当初答应我要和我一直在一起。"

枝道恍然大悟。明白渐渐搂紧她。

"我和她喝奶茶只有一次,因为要做课程设计才去的,我的记性好才记得住口味。"明白说,"枝道,你又吃醋。"

以前听不懂她话里有话,现在他能领悟她话里的小心思了:见了他假惺惺的,伤害了他又伤心。这是一类人的心理——为保持尊严,她伪装自己不在意他和别人。

人为了将情感隐藏起来,未说出口的话像冰川之下的部分。也许因为他醉了,这次枝道终于放肆地说出她难以启齿的话:"我是在意,我对你的确还有感情。可我宁愿和别人没感情地过一辈子,也不想和你在一起。明白,你懂这种人吗?"

明白说这两年他都想通了:"你怕我给不了你未来,所以你害怕开始。"明白吻着她的唇,认真而深情,"不会的,我只会永远跟着你。"

枝道想,人一定会被这样的话吸引。看不到未来的爱情被一句句承诺塞得真实又可靠,说一辈子,说一生,说永远不变。

"我们一起变好。"明白又说。

枝道问:"你以后真的不会喜欢别人?"

明白:"如果你不信,那你关着我。"

枝道：“浑蛋，你以为我是你？”

"枝道，你要是我该多好。"明白伏下身子，声音乖巧，"我心甘情愿地被关进你的小房子里，即使你的房子有了别人。"他也会不遗余力地把别人赶出去。

枝道不知何时睡去的。对于是否答应让他做小三，还是回到以前，她都没有回应他。今夜的开诚布公使她动摇了以前只想得过且过，不想费劲地为情感奔波的心思。在她给不了他确定的答案前，她不想给他任何承诺，也没有去想为什么喝醉的他说话清晰，没有一次呕吐。

明白拿过枝道的手机，拉过她的手，用指纹解锁后，找到王晓伟的电话和微信，慢慢地存进他的手机里。

早晨，枝道临走前想带走那两个杯子还给李英。沙发、卧室，找了一圈没有找到后，她放弃了。明白还瘫在沙发上沉睡，她比他早一点儿醒来，看了一眼他美好的睡颜，没打招呼就走了。

出了电梯，枝道望了望天。八月的夏天，天空在放晴，所有事物都将在阳光下显得生机勃勃。她准备打辆出租车先回家，向老板请假。转了弯，走了一段，她突然踩到了一堆碎玻璃。枝道下意识地低头，移开脚，看到鞋底下一蓝一粉的贴纸人已经随着碎玻璃四分五裂。她不禁抬头看了看垂直向上的楼层。十一楼，他的房间，窗户还大开着。

枝道仰着头无奈地笑了笑，在晨光里恍然间像十八岁时踢石子的少女。她想随波逐流，却遇到他这块顽固的礁石。

下午拍摄工作结束收工后，王晓伟坐在草地旁的工作椅上伸伸腰，动动脖子，缓解疲惫的身子。与人谈话时，微信突然响了一声。他愣了一下，他的微信比较私密，除了亲近的人知道，还没人乱加过他。他挑挑眉，点开联系人。

一个可爱的美女头像，添加人的验证信息上写着：小哥哥，你好。

最近总爆出有微商用美女头像钓单身男生的新闻，他轻笑一声。难道是卖茶女？刚好，他正无聊。

# 第十二章
CHAPTER 12

╳

结
我们仨

空:"你好!"

周一,离开酒店的下午,添加好友的请求已经顺利通过。明白见王晓伟回应了,眉头反而轻蹙。本来想这个人的外形不错,应该挺难攻克,没想到却是个花心的,怎么是个女的就轻易通过了。

青年躺在宿舍的床上,身形健壮,双腿太长,已经伸到室友的床上,他动了动手指。

草莓:"天啊!没想到小哥哥真的通过我了,我还以为会被拒绝呢……"

想着王峥说的"没人能拒绝萌妹",他忍住恶心又找了张咬双手的可爱女孩的表情包,发送了过去。

坐在工作椅上,王晓伟收到信息后摸了摸额头,想不到这个卖茶女居然不走体贴"爷爷辛苦"的知性路线,反而扮起了萌妹。可惜,他更爱少妇。王晓伟顿时兴趣淡了下来,一想到屏幕对面其实是个猥琐大汉,抠着汗脚却一口一个小哥哥地叫着,他猛地全身汗毛都竖了起来。

空:"什么事?"

草莓:"听说小哥哥是摄影师呢,我只是想找你拍个照,我看你拍的

**照片都好好看呀……"**

王铮说，萌妹的语气词一定要带呀、啊、呢、呐，再一口一个小哥哥，撒娇卖萌地喊着，听起来心都要被融化了。

他想那个人与王铮的外形、气质差不多，还都姓王，也许爱好也八九不离十。按住极其不适的心脏，明白忍了，又发送了一张照片。上次有人偷拍他在樱花树下的一张侧脸，王铮恶搞，将他P成女生偷传到网上。明白的皮肤白，五官精致，用软件加个妆容，调好契合度后顿时成了一个清纯可人的漂亮女孩，再加上樱花树下的氛围，简直惊艳无比，点赞数一日就破了百万。还真有直男信以为真，不停地给王铮发评论或私信求问"女神"的联系方式，除了亲近的校友，还没人知道是他。明白懒得找网图，想着与王晓伟只见过一面，印象不深，这张图又与本人的差异很大，王晓伟应该不会认出来。

人是视觉动物。快餐爱情时代，太多人对一张美照就能一见钟情。

草莓："你看我这样……拍出来能好看吗？"

照片里的人美艳绝伦，王晓伟轻轻眯着眼睛放大图片仔细地看了很久，顿时笑出了声，兴趣回来了，双击退出，查看后便匆匆回复。

空："你很漂亮。不介意的话，我们多聊聊怎么样？"

明白差点儿把手机扔到床下。

"许妍，别用课程的借口约我了。"最后一节课的闹铃响过很久，他低下头收拾书本，语气轻描淡写的。

没想到明白会这么直白地挑明，站在他桌前的许妍愣了很久，才问他："你有……喜欢的人？"

"嗯。"明白向她抬眸，"她不喜欢我和别人走得太近。"

许妍只觉得有点儿失聪，说话也艰难起来了："她是你……女朋友？"

"嗯。"一直都是。

明白和王晓伟从通过好友添加那日算起，已经聊了整整五天了。

明白从早上八点到晚上十一点，除了上课和吃饭时间，都在装作女生与他聊天。每天早上叫他起床，安慰他工作时遇到的烦心事，还不时发点儿网图勾起他的兴趣，聊天内容从社会发展、世界动荡一直到奇闻逸事、男女情话。

明白还陪王晓伟打游戏带他上分，明明王晓伟的战绩烂得死了九次才杀一人，明白还得装柔弱妹子假惺惺地夸他说："小哥哥好厉害呀……"够了！有谁像他一样对情敌这么好的？都关心到他家的猫生了五只小崽这种破事上，还得听他喝醉酒讲些骚话。

空："宝宝，我喝醉了。"

明白的手捏成拳，深吸一口气。

草莓："怎么啦？是心情不好吗？"

王晓伟抚了抚有点儿晕的额头，歪歪斜斜地回他。

空："我只是在想，你这样的人太难遇见了。"

撞了南墙还要往死里撞。

情话比拼吗？他会比不过他？明白啪啪地打字回复。

草莓："小哥哥也很难遇见呀……遇见你，我已经用光了这一生的运气。"

明白："王铮，帮我拿个盆。"

王铮抬眼看他："你要盆干吗？"

明白："我吐一会儿。"

这期间他没有打通枝道的电话，添加好友的验证也没通过。那晚她说对他还有感觉，他还以为事情会有转机，结果还是回到起点，他现在猜不透她的心思了。

周一到周五都有课，平时他只有周末才能去春城找她。他这五天没有见她，未知与潜在的危险逐渐让他心慌若焚，总觉得趁他不在，她对王晓伟已经从不爱发展到有了感觉。看不见就越来越心急。周五晚上，他没有忍住还是打出来了。

草莓："你是不是有女朋友？"

一分钟后。

空:"有，怎么了？"

他居然大大方方地承认，这个渣男在和枝道交往，还能不害臊地和他勾搭。明白被枝道的选择气得脸若冰霜。她是想跟这种人过一辈子？脑子喂狗了吗？

草莓:"其实我见过你一面，所以才想接近你。原来你已经有女朋友了，可你对我这么亲密，我还以为你也喜欢我呢。"

他见对面一直没回，低下头。

草莓:"如果你不喜欢我，怎么会愿意陪我聊这么多呢？你对我真的没有感觉吗？"

王晓伟慵懒地躺在沙发里，低头喝了杯枸杞茶，感叹人是老了。

空:"你想干什么？"

草莓:"我也不想做坏人，可是我不想做小三。你和你的女朋友分手好不好？我一想到你和她在一起，我就受不了。小哥哥，好不好？"

两分钟的沉默，两个人都握着手机看着屏幕，屏幕泛着微微的蓝光。

空:"好。不过你答应我，要叫我一声……"

明白看完王晓伟的消息，猛地把手机塞在枕头底下，闭上眼睛，心里想骂人。

周六，王晓伟说晚上有重要的事要说，让枝道请假出来。枝道按照他给的地址打了辆车。夏日的火锅店依旧人满为患，她从人群中艰难地看到坐在角落里向她招手的王晓伟。

王晓伟拉开椅子，拿过菜单后示意枝道点喜欢的菜。

"怎么想约我？"枝道缓缓地放下包。

"是件大事。"王晓伟优雅地冲洗碗筷。

枝道笑了一下:"真要订婚？"

"说好各玩各的，"王晓伟笑了笑，"没想到你的动作挺快。"

枝道疑惑地挑眉。菜慢慢上来了，枝道吃素，偶尔碰点儿不辣的荤。王晓伟将她点的菜倒入清汤，自己点的肉全倒入辣锅。肉片渐渐浮上来，人声鼎沸时，王晓伟看向枝道，双臂撑在桌子上。他说:"我觉得我们不太适合了。"

枝道缓缓放下筷子："嗯？"

"你心里有人。"王晓伟指了指她的心口，又摇摇食指，"和我不一样。"

有人又怎样，枝道轻轻低下了头："我觉得我们这样挺好的，没希望就没失望。"

王晓伟盯着她看了许久，然后拿起筷子一边夹肉一边说："先吃了再说。"

两个人一直吃到七分饱，素菜已经见底。王晓伟擦擦嘴，认真地对枝道说："我觉得人试一试也挺好的。他都愿意用下三滥的手段去追求你。相比来看，你太能逃避了。"

枝道轻轻颤抖了一下："什么？"

王晓伟伸了伸腰起身："反正我是不想被他缠着了。"

王晓伟摄影专业出身，对修图比较有研究，出于对美的敏锐，对天生惊艳的人过目不忘。那张图他在记忆中搜寻对照了很久才终于想起是谁，又思考了一下也只有那个人能拿到他的微信，而且目的自然一目了然。于是他的兴趣就来了。

缠着他？黑暗的明白又回来了？枝道也忽然起身，低声问他："明白？他威胁你？"

"没有。"王晓伟顿时笑出声，"你自己问吧。"又捏着下巴，想了想说："估计他也不是很愿意说……"

"还是……"枝道还未问出口就被王晓伟打断了。

"散伙饭钱已经付了，大家有缘再见。"话完，王晓伟突然用手拍了拍额头，一脸抱歉的表情，"忘了说了。"

店里火锅的热气还在沸腾，像她的一颗心在喧闹里争吵不休，热气不停地往上升。

"超市有监控，下次亲的时候注意一下。"


已经日落，月亮出来了。

出了火锅店，枝道一个人走入熙熙攘攘的人群中，背一个淡蓝色的挎包，继续陪月亮散步。

今天不想打车回家，走过了两个路口，抬眼间，她看清尽头处转弯的人后，一个急刹急忙转身，匆匆朝来时路走去。明白没几步就追上了她，握住她的手腕就往两个店铺间狭窄的过道里拖。过道的空间窄得只能通过两个人，没有人经过，只有他和枝道在阴暗的光线与潮湿的气味里气息交融。枝道不安地贴在墙上。他紧贴着她，右手肘贴在墙面，低下头。她的心越来越慌，越来越热。

"躲着我？"明白的声音平和，近在咫尺的面容如葵花般向阳，梨涡隐现。

她的心却跳得越来越急，越急越乱，张开了嘴，却像个哑巴。清风喧嚣，一只猫翘着尾巴经过。

"五天了，整整五天。电话不接，消息也不回，连招呼都不打一声就走了。"青年的呼吸沉重，目光和声音如溪水般缓流进她的心尖，"你要把你的小情人丢到哪儿去？"

月夜的温度在上升，周围变得不安宁。外面的行人络绎不绝，这里却静得如同在消亡。

枝道稳住神说："我没有同意让你做……"

明白在她的耳边说情话："你说你对我还有感情。"

枝道的右脚动了一下："你记错了，我没说过。"

明白："那晚我没喝酒。"

枝道盯住他，神经绷紧，大惊失色："你没醉？"她以为他醉得不省人事，怕他清醒时知道她对他还有意，两个人更加纠缠不清，所以才忍不住吐露了心声。

现在的境况完全还原了高中时她对他们未来的猜想。他到北一读大学以后出国深造，而她在春城囿于小城的平凡。在这种危险下，她不确定是否要和他重修于好。刚回来见他的第一面时她坚定了放弃的念头，而现在因为那次酒醉，她动摇了，或者更像是选择困难症，同意不是，放弃也不是，她只好逃避做选择，任日子一天一天地过去。在没确定前，她不想给他任何希望的苗头，所以才一直没理他。

明白说："我戒酒已经两年了。"

枝道："那你身上的酒气哪儿来的？"

明白："倒在身上等它干。"

枝道："你说你吐了三次，还说醉了要打车回家……都是装的。"

明白："不过想做小三是真的。"

浑蛋！她恼得推了下他，又骗她让她心软。

他又贴回来："你是不是跟他分手了？"

还好意思提？枝道仰起脸："你对王晓伟做了什么？"

明白停顿了一下，稍稍提高声音："没做什么。"

"没做什么，他会主动跟我提分手？"枝道也提高声音。

明白："所以呢？"

一时气温降下来了，阳光温暖的他周围突如寒冬袭来，眉眼也变生冷，直直地盯着她。枝道被他的目光看得脊背发凉，不由得缓缓地紧贴墙壁。

明白突然把她拉向他，气息凝重，声音降低："那么在意分手？怎么？不舍得和他分手？听你的语气是在对我不满？我能有多大能耐？难不成去杀人放火吗？"

明白的目光如炬："既然你觉得我和以前一样阴暗，那就算我真的对他做了些什么，又怎么样呢？"

枝道的腿有点儿发软："明白，我没这个意思……"

明白将她按在墙上，神色阴沉，却在笑，声音却比撞钟还沉："那是什么意思？好姐姐，你告诉我。你到底要我怎么做？我求求你教教我，怎样才能做到像你一样无动于衷。我怎么都学不会，好姐姐，你教教我。"

早知道枝道会离开他那么远那么久，当时就不该放她走。就该长久地把她关在家里，绝不让她抛头露面。煎熬也好，痛苦也好，再没有心软了。

"明白……"枝道的声音一下叫醒他。他看到枝道脸上的不安，顿时回过神来，低下头。他不该再有这种心思，他说了要为她变得"正常"，要变好。

"枝道。"明白突然温顺地抱住她,在她的耳侧轻声细语地道,"我一直都在等你。"此刻,枝道只能看见他的耳朵、细密的黑发和另一堵墙。

明白:"两年前,你走后,我才知道你可能再也不回来了。那时我有强烈的戒断反应。这段时间,我一直都在迷茫,我们并不是不相爱,我不懂为什么会变成这样。后来,我去南辰大学找你,才知道你被替学了,再后来,我偶然碰见你爸妈带着一群人进劳动局,于是向别人打听。我才知道了你不回来的原因。之后,我每天匿名上诉,联系记者去采访,请做营销的朋友去扩大新闻热度。我没有金手指,也没出多大力,能做的就是比普通人多一点儿。两年了,问题终于解决了,知道你要回来的那天,我激动得失眠。你总是习惯把事情憋在心里,憋着就容易变得抑郁、消极。因为悲观,所以你才觉得人性大于爱情,认为社会地位不同,我会扔下你。所以,我说做小三只是想让你相信,我们之间没有高低之分。"

"枝道,两年时间过去了,什么都变好了。"明白说,"我在等你回来,在等你走出那件事,然后变得勇敢,经得起任何起落。"

他知道说再多的心灵鸡汤都没用。她把自己封闭了起来,世上只有自救,别人只能撬开门,要不要从门里走出来,要靠她自己。

一时间,枝道的脸上写满茫然失措。

明白摸着她的脸,想了很久,才对她说:"人一直追求一个事物,如果始终没有结果,他也会累的。"

回到家已经十一点了。她的脑子里比撞车还晕,耳朵里全是他的声音,一次一次地敲打着她。她失语了,也变得混沌了,连他何时走的都记不清了。

他知道她在颓废,他说他也会累。枝道的心里乱乱的,失去明白的恐慌在她的心里蔓延着。她把脸深深地埋进枕头里,闭上眼睛,夜晚的安静在同她心头的热闹剧烈地碰撞。十二点四十三分。她突然轻轻问了自己一句:"为什么你总是害怕他出国,却从来没有想过,陪他出国。"

第十二章 结·我们仨

手机微信响了,她点开是一则添加好友的消息,昵称是"。"。她终于通过了,看着他的空白头像点进了他的朋友圈。第一条是两面镜子前的腹肌照,没有文案。她看了看时间是刚发的。流畅的线条和玉色的肌肤,美妙绝伦的身体在光线下熠熠生辉。枝道沉默了一会儿,把图片保存在手机本地图片里。因为遮住肚脐的手上有一颗"手表痣"。

隔了一周,枝道辞去了超市的工作,老板问她是不是找了新工作,她摇摇头笑着说没有,说她也没有头绪。她望着蓝天说:"不过一切都会变好的。"

"哦,对了。刚刚我收了你一个快递,就放在抽屉里了。"老板指了指位置。

她没有买东西,枝道疑惑地走过去,一堆零钱上灰色包装的塑料快递袋格外显眼,她轻轻拿起来,下意识地看了看快递上的寄件人——张雪,她的班主任。

快递摸上去很薄,她把它一起扔进收拾好东西的筐里,再挥挥手与老板告别。老板祝她前程似锦。将东西放在家里,她坐在沙发上喝了杯水,然后放下水杯拿起快递拆开——是个信封。白色信封的边角微微发黄,封面上写着"给枝道"几个明显的大字,她的字迹,于是她突然记起来了,是高考前每个人都写过的,班主任说高中最后一次班会时还回来,可她没有收到。因为那时她在明白的房间里。

说不清是怎样的心情,她缓缓地拿出信纸,看到那时的字迹和口气真是幼稚又直白。她躺在沙发里阅读那些文字,仿佛每一个字都有了声音,是三年前的枝道在与她对话。

她说:你好,枝道。

窗外的天色渐渐暗了。

窗外的天色渐渐亮了,教室里的灯光依旧明亮,墙上的红色横幅"只要学不死,就往死里学"还在飘荡,正中央的时钟显示刚刚七点。桌面上各个科目的试卷混在一起,压轴的导数题太难,被翻烂的书本、题目上的画线密密麻麻的,几支中性笔已经用完却还舍不得丢掉。操场四周,晚自习时紫色的天空,坐在楼梯上仰望天空的她。

枝道，你好！

当你看到这封信的时候，我知道你已经毕业了，是个成年人了。

或许你已经开始大学生活，继续做那个啃着书本、踏浪书海的人。奔着你喜欢的专业，做那个依旧自信的你。又或许你已经进入职场。不知道你有没有在深夜偷偷抹泪呢？哈哈，我知道你除了看小说，可半点儿眼泪都不肯施舍给现实。我知道你一直很坚强。

你喜欢八点钟起床，听窗外的车水马龙，听早点摊的吆喝声，坐人满为患的公交车。你说你爱看夕阳，你现在还喜欢吗？突然想起来，你现在是在春城还是北方？又或是……另一个陌生的地方。

现在的我还想着写完这封信后打局游戏。是不是我现在的堕落造成了你现在的不堪呢？好吧，为了你，我更要好好学习。

今天的天气还有点儿冷，我穿了两件厚衣服还在瑟瑟发抖，旁边的浑蛋只穿一件衣服都没事，他肯定就是皮厚！不过我猜你现在肯定也和他没什么关系，反正下次月考完终于要和这个浑蛋分开了，太好了！

我警告你啊！世上的困难再多，也多不过勇气。你不准变坏，也不准变差！

咳咳……现在还有一个很严肃的事情。

那个人呢？他帅吗？他才识渊博吗？他对你好吗？他对你的学业有帮助吗？你们怎么认识的？你们吵过架吗？还是……你依旧是一个人呢？抱抱！不哭啊！你一定会等到他的。

我还有很多话要说呢，可是班主任居然就要收了。我先说在前面啊，找男友一定要找干净的、宠你的，别的我就不提了。

枝道，我不想你如今拿着这封信的时候是碌碌无为而不堪地活着的。

所以我们一起加油，你不要怕，你要继续往前走。

05.11

窗外下雨了，雨水的气息在城市几百万人的伞上、雨衣上、屋顶上、天线上、车厢上，在湿漉漉的马路上。曾经的她原来还是这样的人，跟个孩子一样，对什么都带着憧憬。枝道抹去脸上的泪水，捏得信纸皱巴巴的。人最大的缺点就是记性不好，她都记不住以前的她是什么样了。

外面都是打着伞，在大雨中朝前走的人。踩着泥泞，跨过水坑把日子过好了。

"走出去吧。"枝道拿着伞，打开房门。她走进了人群，朝前走去。

枝道："你在哪儿？"

明白："在市图书馆参加辩论赛。"

明白见枝道终于主动给他发信息，心里如发春芽，心想果然那句"他也会累"起作用了。她害怕了，他这周一是因为学业较忙，二是想故意冷一下让她好好"反省"，后来回去又觉得这样冷不太好，万一真放跑了她就完了，赶紧又在微信上仅她可见地发了点儿"美照"。她又不回复他了，他这芽顿时着起了火。

明白："和许妍。"

枝道："哦。"

哦？就哦？就一个哦？没别的？某人差点儿捏爆手机。

辩论赛上的自由辩论环节。正方四个人一脸惊恐地看着反方二辩跟疯了似的，抓着论点的漏洞说得他们还不上嘴不说，正方四辩红着眼睛差点儿被他辩哭，他当作看不见，直到妹子真的哭出来，辩论结束。结束时，已经晚上八点，天色暗了。大家都说明白是真男儿，辩场如战场，心狠手辣才能称王。

明白笑了笑："抱歉，刚刚太激动了。"

手机依旧没有收到回复的消息，他盯着屏幕看了很久，郁气难纾。

此刻，枝道刚走过十字路口。

和一群人站在图书馆前方，明白穿着一身黑色正装，里面是白衬衫，打着领带。带着青春气息的黑发青年，挥斥方道，指点江山的自信在周身飘荡，气质高傲，雍容典雅，仿若春光里波光粼粼的湖面上的白天鹅。谈论说笑间意气风发。

步行街上有应接不暇的广告牌与霓虹灯，高楼接高楼，汹涌的人群和兜售的市声时虚时实。天上飘落了小雨。黄色的街灯与雨水轻轻倾泻在地上。

枝道停下脚步。他在人群中转头。

城市突然安静下来了，喧哗、嘈杂声都不见了，周围皆是虚影。汽车、行人、广告、门牌、灯，全都虚化。他们仿佛站在一座空城的中央，两个人对视着。他说话的声音戛然而止，神情像是从梦中惊醒，看她的一双眼睛比泉水更清澈动人。那眼神绕过街巷，消失在远方。他欢喜又压抑的目光一下把她拍醒了。汽车、行人、广告、门牌、灯，一下子全都回来了。

枝道突然拔腿奔向他，从身前一把搂住他的腰，投入他温暖的怀抱。

"枝道……"明白难以置信地缓缓搂紧她。

许妍不开心地问他："你的女朋友啊？"

枝道放开他，对许妍摇摇头："不是。"

明白轻轻垂眸。许妍认出她是谁了，隐隐的危机感令她的言辞变得锋利："不是，那你抱别人干吗？"

枝道猛地直接拉下明白的脖子亲了他一口，笑得比阳光还灿烂，转头便抬起下颌对许妍说："我是他孩子的妈。"

许妍立刻呆住。

两个人告别那一群人，沉默地肩并肩地行走。

直到走到一个旅馆，枝道站在他的面前，握住他的手，十指相扣，她抬头问他："上去我们聊聊？"

1503号房，枝道把房卡插入供电槽。

枝道换鞋的时候，明白已经洗完手，背对着枝道，双臂交叉，声音冷冷的："不是不理我？还来干吗？你要跟别人就跟别人过去，反正我一个人这两年还不是就这样过来了，再多两年又怎么样……"

这两年，他的话怎么越来越多？枝道走到他面前，用双手压低他的脖子，在他还一脸别扭的表情时，干脆直接猝不及防地把他推倒在地板上，直接扯下他的黑色领带。原来他也会有惊慌失措的时候。枝道看明白惊讶地看着自己，衬衫被扯坏了，一米八五的高个，被欺负般无助得手指都不知道该放在哪儿。

"枝道?"

枝道缓缓地低下头埋在他颈侧,在他的耳边吐气若兰。

"明妹妹,"手指在他的锁骨上徘徊,"你穿西装的样子很诱人。"

枝道这两年的心思淡,看见其他男人就像吃白饭一样索然无味。偏偏他不同。只要他唤一句"姐姐",撩人的、纯真的、愤怒的,无论哪种声音,哪种语调,她立刻条件反射般沸腾。更别说他现在这身冷淡风的衣装。他越淡,她就越浓。

之前压抑够了,好几次都推开了他,只是想着两个人要分道扬镳。此刻她在他的耳侧轻声说道:"穿这身去辩论?"已经兵临城下了,将士难逃。她轻笑一声:"赢了吗?"

明白回答道:"赢了……"

"嗯。"枝道亲吻他的下巴,一语双关,"赢了呢。"

枝道又让他别动。他垂眸轻轻偏了头,听她的话没再动了。图书馆前神采飞扬、西装革履的俊俏青年、校园男神又如何?天之骄子又如何?还不是束手就擒。

"明白……"枝道喃喃着他的名字,问他,"这两年你有梦见过我吗?"

他没动,只是盯着她:"梦见了。"

枝道:"我也梦见你了。"

"为什么主动来找我?"明白问她。

枝道浑身轻轻一僵,双手缓缓搂住他的脖子,埋进他的锁骨,声音很闷:"明白,我想了很久。其实第一次见你,我就已经开始自我反省了。相比你,我每次都想躲在安全区里。自以为天不怕地不怕,可实际上当我真正遇到困难时就想后退,堕落得连我都嫌弃我自己。"

枝道停顿了一下,继续说:"对不起!以前我总觉得你花心,所以选了很多自以为对的处理方式。不想立刻质问你和茉荷是什么关系是一件,因为我下意识地想放弃这段感情,所以任误会继续;家里出事立刻和你分开是一件,因为我觉得你总有一天会放开我,所以我想先放开你。

因为我胆小,我害怕,遇到点儿挫折就不愿跨过去。我不像你,你是个疯子,明明看上去是条死路,你还要闯。你说,我都有男朋友了,都说要订婚了,是个正常男人早就去寻找第二春了。而你为什么还要来招惹我?"她的眼圈越来越红,"所以我真的嫌弃我自己。为什么吃点儿苦就爬不起来呢?连累周边的人都要陪着我难过。"

"枝道……"明白放下手,想看她的脸。

"你让我说完。"枝道抬起头,深情地凝视着他,"明白,我好想和你一起上北一大学。可是因为我达不到我的目标,索性这两年就一直自暴自弃。如果不是回到春城,如果你真的有了别人,如果没有这些提醒我反省现在的过去,可能我真的要用很多年才能挺得过来。"

"明白,我不清楚什么叫爱。"枝道突然吻上他的唇,眼泪落下来,"只是你从来没对我说过你累了,所以之前我一直有恃无恐,卑鄙地觉得你会耐心地在原地等我。可是现在我怕了,我怕我还没变好,你就真的走了,所以我就来找你。我不想因为自己的不堪,就把你拱手让给了别人。"

以前枝道总以为成熟是高级的抑郁,以为成熟就是把万事看作悲,所以觉得一切争取都是徒劳的。人成长的意义仅仅在几个瞬间,其他大部分都是在铺垫、缓冲和迷茫。经过一番思想斗争,她的心态在这一刻终于被打破,觉得成熟应该是看万事都是待喜,那为什么不去争取一下?

害怕他的爱会消失,害怕得到他后会再失去,害怕不能与他并肩,不能同等辉煌。她总把追求的目的当作意义,却忘了目的可能永远达不到,而且总有一天都会消失。那何不把追求的过程去当作意义?所以,枝道最后对他说:"我想为我,为你,为我们,勇敢一点儿。就算我们哪天被迫无奈地分开了,我也不会再害怕失去什么,所以我不想因为做不到就先放手,包括你。"

外面下着雨,天已经暗下来。城市笼罩在一片雾中,凉风透过窗户的一角吹散白色窗帘,阴影在室内延长,水气弥漫。

天花板的灯光打在他的脸上。枝道深深地看着他:长长的睫毛,甘美的唇,抱住时温暖的胸膛,令人心动的声音,勾人的气味。这样一个对你胃口的人,就在你面前,释放他所有的包容、温柔与爱意。你能遇到几个？又何时才能遇到？

"明白……"枝道说。

"嗯？"明白抬眼。

"明白，你好好看。"枝道的双手捧着他的脸。

"眼睛好好看，"枝道吻他的眼睛，"鼻子好好看，"她吻他的鼻尖，"嘴唇好好看。"她吻他的唇瓣，她说，"对不起，我之前是个瞎子。"

昨晚的放肆使她起晚了，枝道睁开眼睛时，明白已匆匆去上课。他在床头柜上放了早餐和一张纸条。

"你别走远了，等中午我来找你。"还画了只憨熊冲她笑。

枝道起身收拾了一番，在中午前到达他所在的学校，找到他所在的院系和上课的班级。枝道的眼睛一眨不眨地看着玻璃窗内，坐在第二排正在勾画笔记的明白，认真得好像把人生也一点一点地写在纸上。看别人的优秀、自律会上瘾。这眼皮底下的对比给她又刮了次痧，刮出她的悔：整整两年，她只是把生活当成一条吃屎的狗，死皮赖脸地活着。

下课铃响了，人头攒动。明白不紧不慢地收拾着，转头不经意地看到窗前的她，双眼一下亮了，手上忙加快速度，还没过半分钟就从教室门出来找到她，拉过她的手就放在手心里："不是说我去找你吗？"

枝道笑着握紧："我更想主动来找你。"

中了枪般，他愣了一下，拉着枝道往前走："中午想吃什么？我知道一家冒菜不错，好吃不辣。"

"那是什么树？"她仰头看向校园里路两侧卵圆形的树冠，细看是锯齿状的叶缘。

"……学校种的树。"他微微僵滞。

"我说的是种类。"她钩他的手心。

明白痒得又咬她的指尖，缓缓地说："樱花树。"

枝道看着满是叶子的树，慢悠悠地说："你那天跟我说要不要去看樱花？"

明白偏了头，很小声地道："我又没说是真樱花……"

她又挠他的手心,他又紧紧地握紧枝道的手。

樱花的花期为三至四月,此时已经是八月,她不知道这些,所以一直挺期待的,当然不是期待看樱花。

明白:"你想看吗?"

枝道摇摇头,搂住他的手臂:"明年看,明年更有意义。"

明白低头看枝道的小小发旋。她的脸亲昵地贴在他的手臂上,手心攥紧的力度不亚于他。亲密的距离真实得他能感觉她的体温正在他身上蔓延。真实得令他恍惚起来。仿佛一下子回到了他坐在她家门口的那段日子。他一根接一根地吸烟,烟灰掉落在鞋上。想过去,想现在,想她,继续想她。继续抽下一根烟,然后再继续想她。直到烟断了,他也断了,他还是没有想到怎样才能拥有她。

结束不是,放手也不是。爱她,爱得咬牙切齿。

没有人知道枝道家搬去了哪里。问邻居、老师、同学,他问了所有与她有联系的人,没有人知道。电话、信息一律石沉大海,她走得悄无声息,像在履行她对他说过的:我们再也不会见面了。

那天之后,枝道没有回复他的任何消息,也没让他再看到过她。等他知道她已经搬走时,是回校的那天。他拿着通知书在枝道家门口坐了一夜。第二天,明白准备戒烟。他觉得烟不是解愁的东西,反而让他上瘾,越上瘾越发愁。他觉得上瘾的东西有一样就够了,多了太伤神,而他已经没多余的命去耗费。

上大学后,他去南辰大学找她,没有任何信息,只好去网上发帖,亲自到学校挨个同学问有没有一个叫"枝道"的人。

南辰与北一,一南、一北,天各一方,坐火车最少也要一天半。他的钱不够坐飞机,于是选了火车。工作日都有课,只能周末去,连夜出发,又连夜回来,有时疲惫到生理呕吐,蹲在厕所胃部难受不停地呕吐,他也不懂这种执念怎么就源源不断地供给他,弄得他像个弱智患者。

"我知道有个人叫枝道。"三个月来这是他听过最动听的话。

"我是枝道。你找我?"那也是同一天他听过最好笑的话。

断掉的线索现在成了勒紧他脖颈的绳子。他呼吸不过来，艰难地闭着眼睛撕烂所有的火车票，扔进火里。他真想问问老天还要多久？明白开始每周去春城。既然无处可寻，只好固执地等在原地。季节更替，冬去春来。他一直在等她回来。

高中毕业半年之后，他才终于碰到开心的事了。

枝道的父母去春城的劳动局维权，要求建筑单位还钱。建筑单位让他们提前垫钱盖好房子后，然后用各种借口说哪里不合格要扣钱，还拖了三四年不给，无耻得直截了当地说没钱，现在给不了，自己去想办法，要么就干脆直接不给，还让他们去法院起诉。

李英和枝盛国呼救的声音微乎其微，只能有空就来劳动局，但大多数时候都被告知要等，一等等到下班。下班后，留下这两个沧桑的中年人无助地站在冷风里心力交瘁。后来他们约了几个胆子比较大、有利益关系的工人一起去劳动局门口闹，恰好被路过的明白看到了。明白跟着他们，想知道他们究竟搬去了哪里，却不小心跟丢了。他只好每天从劳动局路过，却再也没见过李英。

星星之火，可以燎原。他像火炬突然有了芯。在知道枝道家出事的原因后，也半知半解地了解了枝道离开的原因以及为什么她会被人替学，明白开始主动结交朋友，特别是新闻传播系的同学。

北一大学人才济济，听说有个人在高中时就开始做记者，文采斐然，写了好几篇全国闻名的热点新闻，于是他费尽心思地加入那人所在的书法社，花三个月打好关系后求他：我有个新闻，你敢不敢写？

新闻写出来了，他发动同学转发到各大媒体平台，引发网民讨论热潮。

两年的时间，他花了一年半在这件事上。为她的回来步步为营，费尽心思奔波。枝道不知道，也不必知道。只要她回来，即使这个可能性只有百分之一。

枝道回来的第一天，明白站在她家的窗前。

那么近了，就隔一个拐弯的距离，却没有直接出现在她面前。即使他已经把外表扮得阳光了许多，他还是怕她躲开，也怕他控制不好一颗激动的心。忐忑不安使他焦虑，焦虑使他突然更害怕见面后，两个人只能用假装咳嗽代替无话可说。他无比恐惧他们爱过，却被她忘记。

只能每周挤出时间站在超市外不远处偷偷看她，托小孩帮他进超市买东西，她几点下班他就等到几点，直到目送她回家。他记下有关她的所有事，握紧她摸过的物品。枝道变瘦了，也不爱吃辣了，比以前也沉默寡言了许多，她现在喜欢玩手机，更多的时间是撑着脸放空地看着路上的车流。每个人都能轻而易举地走到她的面前与她对话，都可以代替他去问一句：最近好不好？吃饭了吗？

明白离她只有一条小道的距离，跨几步就可以掀开那道门帘轻轻地进去。他已经路过那道门无数次，门前那片空地全是他的脚印。可他却不敢进去。

无形的隔阂在他与她的脚下，他只能远远地望着她。

明白偷看了三个月零十二天，挑好衣服，挺直腰身才终于鼓起勇气走进去。钩她的手心是没忍住，咬她更是没忍住，却在看到她的颤抖后，胆子像乌龟一样猛地缩回去久久出不来，吓得连手都不敢再碰。他道歉、忏悔、祈求，心里无数欢迎她回家的话，两年的期盼与忍耐。一夕之间，被她一句话就全部撕坏了。

男朋友、一年前、姓名，他的好记性可害苦了他。她和其他陌生男人在一起。在他费尽心思，以为苦尽甘来之后，在他操心费神地以为难题正在一点点地被解决之后，在他还没想好下一步该怎么挽回之后，在他终于有了勇气面对她、面对自己之后。枝道有了别人。分走属于他的一半心思，背着他和别人缠绵了一年。在他一心一意地心里只有她的时候，在他为了她活得艰辛呕吐的时候。

好得很，好得很。上天真是要玩死他才能满意。

他被枝道与别人的往事气得磨牙凿齿。那时他的脑子里全是痛恨。她却只是平静地看着他，无声地说：你已经过去了。

凭什么？凭什么他在等？凭什么她却没有任何留念就敢忘了他？

明白不由得久久地看着她的脸、她的眉、她的眼睛、她的唇，每一处都充斥着冷漠。她真的敢和别人在一起！她居然真的敢！她居然真的敢！她敢让他祝她与别人幸福！

明白一直盯着枝道，他看她平静的脸有多鲜活，他就有多喜欢。

这又悄悄地融化他。每次都这样，明明想教训她让她长个记性，到最后都是舍不得，心里再难受他也总随她去，还有份可悲的不甘心。她怎么就和别人在一起了呢？又怎么能真的舍得丢下他不管？仿若一声悲鸣，剧痛满到再也挤不出任何的怒，情绪里只剩下了可怜的求饶，如同被千刀万剐，过于清晰的绝望让他实在受不住了，只能哀求她："不要折磨我了。求求你。"

他所有的乞求、柔情枝道也装作看不见，只用简单的沉默和几个字冷漠地回绝。被枝道告别的当晚，他手里的两张电影票最终还是没能送出属于她的那张，他一个人去了，坐在最后一排的角落里。人们很热闹，大部分人成双结对，欢声笑语。他的手一直搭在空空的椅子上，空位的邻座突然问他："等这么久了，女朋友还不来？"

他呆滞地转头，"嗯"了一声，沉默了一会儿说："她去陪别人了。"

电影结束后，明白起身。夏天夜里的温度凉透了他。

遇山凿路，遇水搭桥。但他坚持世上没有解决不了的问题，只有不想解决问题的人。上天用力扇他一巴掌让他回头。他却挺着胸脯说："痛这东西，我求之不得。"

现在他只当她是她本体的千分之一。一个弃他而去，还有九百九十九个她没让他疼。他有耐心疼一千次。自从顾雷和明月分开后，他就开始反感社会对他的"安排"，他甚至反感所有的规矩，表面上看起来无欲无求，对真正看重的人、事、物，不择手段地长途跋涉也要得到。做异类也无所谓，他不在意别人给他的标签，他只要自己活得透彻如意。

以前，明白知道枝道喜欢他，但程度不深，所以放她走是想换个方式接近她，结果没想到她一走就走失了两年。这两年的空白时间里，他不再能确定枝道是否初心如旧，在他还心存侥幸时，王晓伟的出现彻底击溃了他。

枝道和以前一样口是心非，说不爱，暗地里又别扭着，被一些想法干扰，总不敢大胆地去爱。女人说她不要，并不代表她真的不想要，而是需要你把理由给她说通，让她心软，每句话都要细致到她想象中的温柔可怜，还要说清楚，爱情中的他总会为她放低身段，与她平坐，甚至更低。

男人变弱了，女人的母性就会变强。因为心疼别人，她自己也就有了敢于说真话的勇气。

"可怜"的明白假装酒醉终于知道了她的心结：因为爱他，所以更在意能不能走一辈子。

枝道不想有了希望最后却以绝望收尾，于是她宁愿不曾拥有。以前分手是因为这个，现在不接受他也是一样。枝道问他，你懂这种人吗？他懂，所以即使"一生就你一个"听起来很假，可他也要认真、深情地对她说，依托酒后吐真言使她减少担忧。不过明白倒没想过她会骗他，差点儿以为她爱王晓伟比爱他更深，气得摩拳擦掌。

仿佛对他说"所有事情都会变好的"的枝道又回来了。

有喜欢，自然也有不喜欢。她不喜欢他非常的执拗，他也不喜欢她说走就走的怯弱。这段曲折的感情两年后依旧能续上，是因为她变得勇敢，懂得争取了，他变得收敛，不再极端了。

爱是试探双方底线的过程，直到对方无法忍受。

要么一拍两散，要么相互改进。

从冒菜馆出来后，他们选了家新开的奶茶店，枝道点了杯奶盖，他点了杯冷柚茶。最里的位置，淡黄色的墙面被蹭得发白，枝道喝了一口，对他说："我下午回春城。"

明白皱眉，轻轻偏头："怎么了？"

"我又不住在北一。"枝道笑着用中指弹了弹他的杯子，"难道要我睡你的寝室吗?"

明白认真地说:"学校的男寝女生随便进……"

"你要把我藏在被子里?"枝道低着头看他,"万一被人发现了怎么办?"

明白沉默了一会儿,问她:"真的打算做收银员吗?"

"没啊,我已经把工作辞了。"枝道突然握住明白微凉的右手,"他们还钱后,我妈说拿一百万给我创业,只是我自己不想做所以才去做收银员。"

明白:"那现在呢?"

"我现在没什么正经的人生规划。"枝道把手插进他的指缝,"不过心里只有一个念头。"

明白:"什么?"

枝道眨眨眼睛:"和你一起上北一。"

回想被分到平行班时,她为与环境的格格不入而感到苦恼、哀叹。大部分人都疲懒、怠惰,她却想尽办法不让自己受到影响,终于如愿以偿地考进了火箭班。

她其实依旧怀念那段努力拼搏的时光,背、记、写、默,每一刻都不浪费时间。放学回家,书包里已经装满,却还要抱一堆资料回去看,连考试结束了,本该轻松去玩时,她一个人走在路上也要拿起书本背诵。那时踊跃地提问,从不畏惧别人的目光,还到处主动询问同学师友,为学习豁出脸皮。在书上勾勾画画,能说出好多思考的过程,喜欢的文具也用烂过,用完了好几个记录本。那时激情如火,忙碌又满足。

现在枝道才知道,原来忙起来时什么都不缺,空下来才知道什么都没有:"我发现相比工作、挣钱,还是读书更充实。虽然我不能以应届毕业生身份参加高考,但还可以以社会考生的身份参加高考,不过北一有些学院的专业不接受社会考生,比如你这个专业。"

明白轻轻蹙眉:"你可以选择别的。"

枝道:"我又不喜欢做你这行。我只是感慨其实还可以去上学,是我自己没去想办法,不愿做,也没有规划,荒废了两年,总怕麻烦怕累怕受伤。"能吐露心声的对象永远是最值得信赖的人。她比以前坦然了许多,也学会了怎么去爱,"见了你我才突然反省自己,以前没对照才混日子。人有时就是这样,当看到别人这么优秀后,你才猛地发现自己需要改进。我的性格一直都有隐患:自卑、懒惰、易损。因为害怕自己不是珍宝于是自甘平凡,只知道悲春伤秋却不知道主动钻研。"

对人如对镜。看他的同时,她也看到了她的所有不好。

枝道把头亲昵地放在他的肩上:"明白,真的很幸运能遇到你。到时,我在北一附近租个房子,等来年参加高考,和你一起并肩前行。"

从过去到现在怯弱的自尊心一直藏在她的一言一行里。此刻,终于被她揪了出去。

用泰戈尔的两句诗来说:

是谁铸的这条坚牢的锁链?

"是我,"囚人说,"是我自己用心铸造的。"


"一切都会变好的。"明白轻声说道。

枝道抬头看他的笑容,说这话的他带着一向的认真。

奶茶店渐渐人少了,几近空荡。

"学长,"枝道拖慢咬重最后三个字的音,"那要好好教教学妹怎么做——大——题。"他当然知道昨晚是怎么亲力亲为地教她做大题。

火一下子燃起来了。身子打了一个激灵,他又喝了杯冷水。

"过分了,这才分手几天。"熟悉的声音在门口突然响起,他们不经意地抬头去看。

门口的人对他们笑了笑,指了指天花板的一个角落说:"这家奶茶店也有监控的。"

明白看着他,呆了片刻,猛地被水呛到,咳嗽起来。

阳光从门口那人身后露出,王晓伟背着光,冲枝道摇了摇手:"好巧。"

望着王晓伟大步走到桌子前,枝道问:"你也来喝奶茶?"

王晓伟拉开椅子,顺势坐到两个人的对面正对着枝道,侧着身子看了眼收银台,然后转回了头。

王晓伟:"来看一下我妹。"

"谁?"枝道顺着王晓伟的目光看去。

收银台上扎马尾的清秀女生熟练地做完一杯布丁奶茶,正站在机器前准备封口,可是并没有人点单。

枝道:"亲妹?"

"算吧……"王晓伟的声音逐渐小了,"又不算。"

枝道察觉到女生已经多次瞟向他们,她喝了口奶盖,视线上移:"想动又不敢动的妹妹?"

王晓伟的指节敲了敲桌子,笑着:"乱说什么。"

"咳。"被忽视的某人不满地重重闷咳一声。

王晓伟顺着声音自然地偏头看去。两个男人的眼神立刻对上,转瞬间又各自一左一右地迅速移开,仿若见鬼一般。一时沉默下来。王晓伟抬眼看向天花板,十指交叉,明白低头看着地面,做捏手指状。

捏……手指?枝道微微眯起了眼睛,眼睛聚焦。两个大男人,明明之前还相对漠然。怎么现在就像前夫意外撞见前妻,一副想看又不敢看,别扭着,又欲语还休的暧昧神情。感觉要不是碍于她在场,估计两个人下一秒钟就要站起来互握双手,眼泪汪汪地互诉衷肠。而且,枝道的目光上下打量着捏手指的明白。她眼神古怪地看了看王晓伟,又看了看明白:"你们……"

一时想起王晓伟说过他不想被明白缠,明白却说他没做什么。现在她越发觉得这个"缠"不太对劲。难道是"烈女怕缠郎"的那种"缠"?

枝道忙问明白:"你真的没对他干什么?"

明白佯装镇定:"枝道,你不信我?"

听到明白的回答,王晓伟露出笑容,尴尬地抹去玩心,用食指敲着桌子,问枝道:"这位不是你的老同学吗?"

明白笑出酒窝,右手握紧杯子:"我是她老公。"

王晓伟若有所思地点点头,含情脉脉地看了一眼明白,突然沉默许久,再露出一副伤情后的忧郁神情看向明白,声音哀怨:"原来你为了她一直都在骗我。"

三个人之间突然一阵令人感到窒息的沉默，沉默足足持续了两分钟。枝道猛地捏紧奶盖，垂着头声音阴森。

"你们俩什么时候居然背着我有的一腿？"又转头抓起明白的衣领，眼神犀利，"你居然还喜欢男的？是想同时要我们两个？姐姐、姐夫两手抓？"

明白高声道："我不认识他。"

王晓伟显得更伤心了："你怎么能这么快就否认我们的关系？"

枝道气愤地盯着明白。

明白急忙说道："我们没有任何关系，我是不是直男你还不知道？"

王晓伟："怎么没有关系？他发自拍照给我，我还夸他漂亮，是他先勾引我的。"

枝道咬牙切齿地道："你发自——拍——照给他？"

王晓伟："我伤心的时候他还常常安慰我。"

枝道："安……慰？"

王晓伟："而且他还经常陪我打游戏，给我讲笑话，还熬夜给我唱歌……"

明白猛地站起身："兄弟，我们借一步说话。"

敢情她才是配角，枝道气得直拍桌子："你居然和他这么亲密？明白，你太龌龊了！"

"我怎么可能！那是因为……"明白默默地收回后面的话，只因为勾引情敌这么尴尬的事太丢面子了。只能强调，"我不喜欢他。"

王晓伟："不喜欢为什么要和我网恋？为什么要说情话给我？"

"情话？"枝道用力掐住他的手腕，眉宇暗如暴雨天。

"我突然肚子不太舒服……"明白虚汗直冒，忙逃出奶茶店。

枝道沉着脸抓紧明白的衣袖，声音令人毛骨悚然："跑什么？"脸上的笑容如镰刀，"让我听听你和他说的什么情话。嗯？"

后来明白郁闷地被枝道捂着肚子笑了一天。

枝道收拾好行李，找中介花了两天时间在北一大学对面的一个小区里，租了三楼的一室一厅。前一个月她一个人住，后来实在抵不过明妹妹的死缠烂打，软语泣音，最终同意了两个人合租。同意之后，枝道懊恼这个男人太会耍花招。平日阳光般的忠犬摇尾缠人，耷着双耳眼睛可怜地求爱。脆弱的表情让人小心翼翼，生怕伤害他。谁想关键时刻就是条暴露本性的疯狗。

听到陈尧的女儿因为被发现学籍造假而退学，枝道十分平静。

为了迎接明年的高考，她买了一大堆书籍、资料准备冲刺，有时陪他上课，坐在他的身侧旁听，有时就在教室一起自习。见他的朋友，枝道也大方地说起她的学历，并笑着说明年一定和他一起刷校园卡。

万一没考上呢？

枝道说："没关系啊，再考一次。"

从图书馆回来后，两个人随意买点儿小菜小肉将就吃了。现在都是明白下厨，他的厨艺好，饭菜色香味俱佳，摆盘也赏心悦目。

李英知道他俩的事后只是感慨了一句"都是命"，老一辈人太信缘分，也就没话说了。

枝道偶尔一个月回春城两三次，更多的时间是在北一大学学习和旁听，尽早熟悉大学氛围。大学的确和高中不同，区别最大的还是自主性。以前更多的是老师的检查督促，而大学生却主要靠自觉，懈怠了也没有人去管你，自制力不强的人一堕落就再也回不来了。此外，还需要去主动发现机会，而非总去等待机会，被动只会故步自封。

枝道学得很充实，有经验丰富的明白在，学习兴趣也只增不减。他们在图书馆可以四五个小时不说话，却并不尴尬或郁闷。他们都想成全对方变得更优秀，所以才不会不识趣地放纵。

江河竟注而不流。一条沉默而无流向的河，其实每滴水都在向东奔。他们深知话的多少并不能等同爱的程度。

直到九月十号教师节。她和他商量着决定回母校看一看，去看看以前。

火车把他们送回春城，回到一切的开始。

枝道撑着脸坐在窗前，窗外的山跟人一样不讲道理。左面的山还是平缓的，右面的山没有过渡就措手不及地拔地而起，难怪会有"顿悟"一词。车掠过一座城，又是一座村，停靠在站台，陆陆续续地有陌生人走进车厢，与她擦肩而过。

有时在山脚，有时在山腰空出的平地，翠蘘青盖之中就有一户人家。山太大，抱着城市，也包囊鸟兽虫鱼与权钱名誉。那房子那么小，小心翼翼地独有一隅凡庸。她睡在榻上，听火车与铁轨的摩擦声。山洞一个接着一个，令人发慌的黑也一个接着一个，有时长达十几分钟看不到四周。黑色总让人去想象绝望、危险与恐惧。

小小的昏黄的灯火正在前方，火车的鸣声中，广播的声音响起，说春城到了。

他们安顿在一所旅馆里，第二天清晨就收拾好去了母校。鸟语花香中的车流行人，城市苏醒的声音渐渐变大了。

路过一条小道，她突然停下来，转头看向他，指了指那儿的树丛："还记得吗？"

"记得。"明白说。

枝道笑着道："这是我第一次害怕一个男生。"

明白摸摸鼻子："我也真的没想到你会那么害怕。"

"那时你还冷着脸警告我。"枝道又往前继续走，"以前你什么话都是能少就少，情绪也淡淡的。之前因为你总是一副很平静的样子对待感情，搞暧昧又不挑明，害得我老是乱想。"

明白说："我只是想要让你先表白。"

枝道看了他一眼："所以……"

明白偏着头望向远方："我太直白，怕你觉得我轻浮，也怕你觉得我廉价。"

枝道："什么时候喜欢我的？"

明白说："反正比你早。"

"也是，"枝道点点头，"更别说那时我还讨厌你，要不是……"

枝道恍然想起那些她渐渐动心的细节。腰肢、气味和眼睛，学识渊博的人又孜孜不倦地教她学习，想到那个黑夜、阳台和区别于她的男性体温，还有那场湖边湿湿的梦。就这样被他收紧手腕，一点一点落下，坠入他的世界。女孩的习惯、规矩和警告一次次地被反转了。

"我还老记你小账。说起这事挺幼稚的，好像写在纸上你就被惩罚了，还发誓说要是喜欢你就去吃屎，要是和你谈恋爱就去吃屎。"枝道恍然大悟，"其实是已经警觉到正在动心，所以才弄虚作假地说些幼稚的话来强调不能动心。"

明白和她跨进校园大门，他牵着她的手："幼稚才可爱，严肃了把事情看得沉重会喘不过气来。"

"我喜欢你幼稚，甚至夸张。"明白说。

枝道总是心动于他真诚地站在她这一边："你真会说话。"

"我不是以前，"明白说，"又不是假话，能让你舒服的话就不要吝啬。"

不是以前，都不是以前了。枝道听了这话有说不出的滋味，不明悲喜："是，大家都变了。"她做不回幼稚记小账，嘟着嘴又爱胡思乱想，心理活动没完没了的枝道，他也做不回高冷在上，少言寡语，又异常疯狂的明白。可也没人敢说：新来的东西一定就比过去的差。

拜访完老师说了几句话寒暄，两个人路过熟悉的教室时不自觉地停下脚步，站在走廊看里面新的学子，不由得相视一笑："我想起我看小说还被你逮住，你说当时你怎么想的？"

明白回忆了一下："那个作者文笔挺差。"

枝道："就没别的？"

明白停顿了一下，语速变慢："嗯，还有……"

枝道忙拉住他的袖子，带着微微的笑意偏头看他："怎么？当时是什么感觉？"

他说起青涩的过去，声音还有些不自然，轻轻低下头。

"我第一次惊讶男生竟然会因为这么一件小事而害羞，"枝道一下子捂着嘴笑他，"那你还说她写得差。"

琅琅的读书声中，他缓缓地低头在她的耳边轻声低语："那是因为我看到你脸红了。"

说起那段过去，枝道有太多感悟了："因为是第一次喜欢，所以看得重，要纠结很多。也因为是第一次，所以看得轻，想着后面还有千千万个人接替你。"

明白说他知道。

枝道："以前我都不好意思对你说这些，总显得我薄情，但是当时我内心又的确是这样想的。"

"一开始我们的爱情观就不一样，"明白理解但不认同，"既然选择了就要坚持到底。"他又补充道，"当然，凡事要适度。"

枝道心血来潮地买了根棒棒糖，含在嘴里吸取甜分："要不去山坡看看？"

他看了一眼露在外面的白色棍子："什么味的？"

枝道有点儿忘了，像是桃子味，摸了摸口袋，包装纸早就扔了。她抽出棒棒糖捏在手中，看向他："好像是桃子味的，你想吃吗？"

明白："嗯。"

听到回答，枝道惊讶之外还是准备掉头去买，他却拉住她的腕子，唇轻轻就覆上来了。他的理由清奇："省点儿钱以后养家，我就尝点儿味道。"

"哦。"棒棒糖五角钱一个。

远离路上抱着孩子唱歌求捐款的贫寒母亲，远离开货车卖橘子裤子灰旧的中年男人，远离摩托车上满脸疲惫与厌倦寻找顾客的司机，远离所有奔波在马路上的人。

已经临近黑夜，他们坐在静谧的山坡上，远望那条河像条脐带般吮吸星宿苍穹的生命，月亮已经升上来。

枝道用食指戳一下他的脸颊，他眨了下左眼；戳他的下巴，他轻轻地吐舌；戳他的鼻子，他亲她的手指；戳他的嘴唇，他舔她的指尖。枝道抱着膝盖笑起来："没想到我们还能一起坐在这儿。"

明白撑在草地上说："我知道会的。"

"谢谢你帮我家匿名上诉，"枝道想起这件事了，"谢谢你。"

明白:"一家人不用谢。"

枝道笑着撞了一下他的肩膀:"你以后不准再这样。"

明白说:"我发誓不会。"

枝道扯了根草在手中玩,侧眸:"你呢?你对我有要求吗?"

明白用手指碰了碰她的唇:"把烟戒了。"

"没了?"枝道问。

明白:"没了。"

此刻的他像一道炊烟,在等她回家。俊秀从他本质中的温柔遗漏,这种俊有淡淡的温暖,看到了就想一直看下去。

枝道感受着微风,嗅到干草香气里有他清隽的气息,她舒服得闭上了眼睛。

明白突然问她:"你会和我分手吗?"

两年前他也这样问过,那时她失措地说不知道。这次枝道摇着头:"不会。"

明白:"真的不会?"

枝道的声音加重:"不会。"

明白偏着头盯着她,也加重了声音:"你敢保证你真的不会吗?"

居然连问三次,就这么不信她?枝道一下子把他扑倒在草地上,埋进他的脖颈,声音坚定:"我保证,我就要跟你一辈子,一生绝对就只有你一个,遇到问题我们就拼命解决它,遇到误会我们就立即处理它。再苦也要一起承担,再累也要互相扶持。不逃避、不退缩,也绝对不说放手。"

那是一片冗长的沉默。于是她迟疑地抬头。明白在凝视着她,一言不发。枝道一下子迷上他凝视的样子:眼睛里只倒映了她的影子,温情脉脉。眸里还藏了很多话,无声却有力地能讲一辈子。后知后觉中,她找不出第二个还肯这样深深去看她的人。

没有第二个。这时更安静了。

枝道温柔地说:"我保证。"

蓦然,所有高楼都陷进土里,钢铁森林消音。世俗红尘都不再翻滚。崇岳茂林、莽原广川、大江巨泊也通通沉默睡去,众鸟酬鸣,长风越岭也全部消失。这样的静,就只听见他和她的呼吸和回忆倒在两个人头顶的声音。

往事回溯重现。第一句开始:"挺高冷啊!"

他们在公交站初识、走廊上的对视、上下学偷偷的并肩、纠葛误会、争吵埋怨、深夜温柔的呢喃、夏日里的依偎。那场雨、那件校服,他踩住她乱踢的鹅卵石,公交站他扯住她的领子让她靠他近些,车上他生气地紧握她的手指。他被奶茶泼了一身的狼狈,他打开门时长长的黑影。

他的血液,她的眼泪。最后一句结束:"对不起。"

四年前就预告好了。姓名与情意纠缠生生不朽,偶然的散席是在缓冲、等待再次相逢。那是一个四四方方的讲台,他站在讲台前没有半分犹豫,声音干脆:"明白,知道的明白。"

她犹豫着说:"那个……我叫枝道。"

"明白。"她紧紧握住他的手,"她比以前成熟了。"

明白认真地回望她。

枝道说:"所以即使害怕做不到,但她敢于面对了。"

明白的手慢慢回握她的,回应她:"我相信你。"

枝道抱住柔软的他,真挚地感激:"谢谢你。"

似昔人也非昔人,甜的、辣的、酸的、苦的,都已经失去原来的味道,再也回不去了。回不去那就拿着那些残碎朝前走。

不必沉醉于过去,因为还有新的故事要发生。

"还在看手机?"明白推门进来。

枝道窝在被子里:"最后十分钟。"

他慢慢地把门关上:"该睡觉了。"

"等会……"她微微侧身,综艺还有几分钟结束。

明白走近她,坐在床边后缓缓俯下来,下巴轻放在她横放的手机上,声音放轻:"很晚了。"他眼尾的几根长睫如鸟翅轻扑,枝道看着手机上的一张白俊的脸庞微微动摇,可又舍不得那最后几分钟,还没纠结完,明白便抽掉手机按了息屏放在一旁,慢慢地俯下来。双臂撑在她的脸侧,白色短袖睡衣的棉布晃荡着。隔着一掌的距离,呼吸轻柔,"明天是开学报名第一天,事情会很多,早点儿睡。"

枝道哪能抵抗这故意的温柔乡。的确,她要开始在北一大学的生活了,于是啄了他鼻尖一口妥协了:"好,睡睡睡。"

"姐姐,快点儿。"

两个人相处的时间越长,她才接受现在的明白比她更会撒娇。外貌加持和他对情感流露的控制有方,使他的撒娇更自然,像个委屈的孩子一样无理,又让人心软。加之他又掐住她对"姐弟"的特殊癖好,此刻枝道的心都要被他舀了去。

枝道:"大男人撒什么娇?"

他的声音柔和:"你不就喜欢我对你撒娇吗?"

枝道蓦然想起当年翻看贴吧墙时乱想让明白对她撒娇,她捏了下他,一下子感慨有没有情感对同一个人的看法有多重要。

他低下头双眼睁开,气息扑面而来。

"亲我。"强势中带着乞求。这一幕若是让那时的枝道看到,估计眼珠都要从眼眶里掉下来滚三圈。现在的枝道直接按住他的脖子,习惯地第一下就是亲吻他的嘴唇。

他搂得越来越紧,仿佛她是他遗在人世里独一无二的安全感。他摸了摸她的后脑勺:"报完名我去给你提行李,给你收拾寝室。进了新班级后不准看别的男生,社团招新不准进男生多的社团,别和自称学长的人聊天,老学长说教你认识学校,实际上就是想多和你接触,你不懂就直接来问我。机械院的男生都是色中饿鬼,你要是看到了就赶紧跑。还有,记得下课后要给我发消息,你不发,我们隔得远,我不知道你是不是因为和别人聊得欢就把我忘了……"

枝道捂住他滔滔不绝的嘴:"知道了,知道了……"小醋王。

他实际上是怕这个:"不要因为新鲜感就把我忽略了。"

枝道捧住他的脸:"你对自己这么没自信?"

明白把她的头按在怀里:"本来有,结果突然说分手……"他的自信顿时土崩瓦解，现在粘起来也是易碎品。

"别谈过去了。"枝道拍了下他，"说好要一起走到没有遗憾。"

他的热度与心跳都在她的脸下，美妙的怀抱刚好契合，不热不冷。

她和他其实在某种程度上也是相似的，有爱上一个人会一直存着的长情，只是一个紧追不舍，一个等待走散。

枝道无法否认她忘不掉那段初恋。乃至两年后第一次与他重逢，一半在挣扎，一半要迎上去。因为她始终遗憾本该好好往前走的感情怎么突然就崩掉了。

枝道关掉了灯，为新的环境做好准备："晚安。"

"晚安。"明白吻了吻她的额头。

还好正视内心，及时修正，还不晚。

"有请新郎新娘上台。"主持人高声宣布。

时间走得太急，站在婚礼台上的枝道都有些恍惚。

穿着新郎装玉树临风的明白牵着她的手站在一起，他的侧脸硬朗，英气动人。枝道想，做个女人被这样一只手牵着，该是美妙得全身发抖。她想要是被别人这样永久地牵着，那该多可怕。她不敢再想下去。那一刻竟莫名地流泪。

"怎么了？"明白替她擦去眼泪，有些担心。

枝道笑着说："我只是不敢相信我们已经认识了十年。"

这种不相信随着屏幕上的一张张照片和一个个故事慢慢退去。他亲手做了一个纪念合集："我和我的妻子相识于十年前的一个公交站牌下……"

枝道看着上面一幅幅图片加文字解说，看完难以置信地转头愣了很久，声音颤抖着："你居然……真的在勾引我。故意喷香水，故意摆好看的手指姿势，故意展现自己的知识丰富，故意在阳台上假装摔倒，还故意抛媚眼？"

"我居然现在才知道？"枝道一直以为是她居心不良。

明白按住她的肩膀："别激动，我只是在秀恩爱给她看。"

枝道:"她?"

明白:"她正在看。"

枝道:"谁?"

于是他说:"我把三侗岸邀请在台下观看我们的婚礼了。"

枝道吃惊地压低声音:"你邀请她干吗?"

明白也压低声音:"我让她把我们俩的故事也写成小说,以后就看这本小说,别总在我面前说喜欢卢子谅。"

枝道娇嗔地掐了把他的腰。后来枝道想了想,看了看坐在特邀席上头秃了一半还在不知疲倦、不辞辛苦、仰天长啸,挂着两个黑眼圈用手机码字的三侗岸,摇摇头说:"估计又要去骗人,封面上说甜到流泪。"

枝道二十八岁那年生了个男孩。

明白对孩子的出现起初是不太乐意,一心觉得孩子毁了夫妻俩的二人世界。他还没霸占枝道几年,就来个小崽子跟他抢?又是男孩,同性相斥之外,他还嫌孩子刚出生时太丑,孩子生出来后枝道问他取什么名。

明白说:"要不就叫明丑丑吧,贱名好养活。"气得枝道坐着月子也要使劲揍他。

生下明翳后做父亲的倒越活越幼稚。明翳要什么,他也要分一半,睡觉、拥抱。直到孩子断奶后他才稍微正常,又开始担心明翳发生各种意外,半夜迷糊着上厕所都要抱着明翳才肯去,生怕有人偷孩子。

明翳越长越开,跟明白小时候一模一样,俊得枝道爱不释手,几乎寸步不离,逗得明翳咯咯笑,有时就忘了回他的消息。明白靠着门,阴阳怪气地说一句:"哼,新人笑。"

直到明翳看到明白,笑着冲他左歪右歪地跑来张开双臂:"爸爸,抱。"

明白的心一下化了,认命地走过去把他抱起来。心想,笑就笑吧,他老子爱看得很。

明翳都五岁了。枝道不懂明白的精力怎么还在燃烧?也许是平时注重养生和保养,三十几岁和二十几岁几乎没差别,气质反因为进入社会磨炼后的沉淀内敛而更吸引人了。

明白抱怨枝道最近总是忙着工作没空理他，一连几次都强硬地推他出门。

当晚，枝道裹着浴袍出来正准备继续整理财务报表，一抬眼就看见明白倚在卧室门边上等她。这个男人的衣服和他的人一样不安分。锁骨从衬衣里含蓄地若隐若现，还假意衣服松垮，圆润的肩头一扯一滑。眼前的人就像一个伏笔，摆在那儿却朦胧不清，痒得人挠心挠肝地想翻一页去探个究竟。一分钟后，有人敲响卧室的门。枝道大惊失色，连忙穿好衣服起来，打开门一脸灿烂的笑容抱起孩子。

普通的一天早晨，两个人去金融公司上班，明翳准备去上学，喝着牛奶突然问枝道："妈妈，为什么爸爸晚上叫你姐姐？"

枝道窘迫地低下头。

明白淡定地喝水："有时候你妈妈还会叫我哥哥。"

枝道忙狠狠地踢了他一脚，又对明翳说："以后你就知道了。"

明翳半知半解地点点头，枝道心想这件事打马虎眼，翻过去就好，小孩子能记着什么呢？

要出门了。枝道抬头突然看到挂在客厅中间的一张张照片，摆在中间的是一张在北一大学校园的樱花树下的双人照，从大草原到雪山，从博物馆到海洋馆，从破旧的房子到繁华的城市。后来渐渐变成了三个人。

她看着明白准备开车送孩子上学。枝道想起他读大四时她要送他出国远行，他也是穿着这身衣服。朋友问她："异国恋不会累吗？"

枝道说："我会去找他。"

不知怎的就真的坚持下来了。啃着书本，泡图书馆，不参与任何娱乐活动，每天睡五个小时，考雅思，考托福。累的时候他打电话来，说他好想她就不觉得累了；冷的时候给他拍一张雪人的照片，看他也回一张雪人的照片就不觉得冷了；想哭的时候就翻以前的回忆和誓言，突然就不想哭了。慢慢地，她变得没那么脆弱伤感，也没那么容易哭。之后，她就去了他所在的城市，考研到他的学校。

那晚刚下飞机,漫天大雪里她抱着他,才真的声嘶力竭地痛哭出来:"明白,我……我真的做到了。"

明白抱着她也激动:"枝道,你很棒。"

两个人不知怎的就走到这里,连孩子都有了。

"快点儿。"明白向她招手。

枝道起身:"来了。"

明翳站在中间。他牵着明翳的左手,她牵着明翳的右手。

枝道一直肯定这句话:人从来不能被定性。

以前怕疼不代表现在还怕,以前爱多想不代表现在也多想,以前觉得爱情很虚伪不代表现在就同样不会认真对待。有一个成语叫盖棺论定,是因为活着就会有无数可能的改变。

她正视了过去的缺点并去感悟分析,所以才没有一直被负面情绪绑架。因此第一次重逢后,她没有把那次见面只当成一次普通的情感重现,而是带着反省去重新审视过去和现在的自己。

站在单元门前她开启了回忆。枝道一直在思考高中时代:他为什么值得留恋?她之前的性格在这段感情里产生了什么坏的影响?为什么她比过去活得疲惫?为什么她不能像一开始那样乐观向上?她是不是该纠正某些认知了?她是不是该从过去里爬出来了?回忆偶然警告她:过去拥有过什么。但未来是否还会有低落、分离,她不知道。未来是否还会再来一次醒悟、复合,她也不知道。她唯一能确定的是她有长长的一生要等待。

曲折会来,也会过去。

泪会落下,也会收回。


"爸爸,下班记得早点儿来接我。"

"好,那你别乱跑。"

"你爸才别乱跑。第一次接你回家,他居然迷路了,是我把你们俩从荒郊野外接回来的。"

"因为回来太堵了,我想走小路,谁想到刚好没有导航……"

"你爸是个路痴。"

"那是个意外……"

"好了好了。爸爸,妈妈,你们俩听我说……"

平凡的一天。

欢声笑语。

我们仨。

# 番 外

　　枝道大一新生报道时，已经快二十二岁了。
　　别的姑娘打扮得花枝招展，她却朴素，一件纯白短袖、灰短裤、凉拖，外表上就打消男生的搭讪想法，倒像来度假。
　　其实她没想这样。昨晚难眠，过于兴奋，枝道闭上眼时，胡思乱想便没断过，等真正入睡后，第二天的闹铃仿佛成了哑巴，只好洗把脸胡乱套了件衣服。
　　她一边慌慌张张咬着面包，一边跑出门，太阳亮得像一颗灯泡悬在眼前。
　　"我来接你。"明白打来电话。
　　枝道不太愿意："没事的，我自己可以。"
　　"你在哪？"他口气强硬。
　　"我已经到寝室了。"
　　"不是说好我来接你吗？"明白心疼她一个人扛箱子爬楼梯，少一秒见面他也不舒服。
　　"你有课嘛，没事的，等我晚上来找你。"
　　他默了下："……好。"

枝道挂了电话，轻呼了气，暂时不想和他同框。不是嫌弃他，是她嫌弃此时没精心打扮的自己。明白本就极出众，校园里总有这样的人，长期在他人欣赏的目光里游走。而她，偶尔惊艳众人，但不收整打扮，跟他走在一起时，其他人的眼神总有点不怀好意。

但她高估了自己的力量。宿舍在六楼，而她提着一个装满杂物的24寸行李箱，一个书包，桶、盆还有许多洗漱用品。一个学长刚送完其他人下楼，见她这边实在太重，于是热心肠地帮她提到六楼。枝道心里感激，为了不尴尬，她边走边与学长扯话题。这一切，慢慢地收在明白眼里。

刚到不久，他盯着那两人的背影，冷冷的眼皮下脸色很不好看。

床铺好、用品摆齐、地上也拖干净了，枝道与三位室友自我介绍着，宿舍内其乐融融。时间来到六点，她觉得差不多了，便道再见。

"不跟我们吃吗？我们才刚见面。"一个室友说。

"明天明天，今天跟朋友约好了。"枝道回。

出了宿舍楼，她站在小道上，想着先给他发消息再出发。掏出手机，打开联系人，还没点击头像，一只手突然从身后攥住她的手腕，用劲扯着她。她差点摔一跤。枝道不由得侧着看去——明白。

他话也不说一句，面色阴沉，如凶鹰擒住猎物般扯着她朝前走。

"明白，你要去哪？"她弄不清他。

他面无表情地说："随便走走。"

怎么了？她想。

一路沉默，枝道被动地任他领着走。双双停下脚步后，她慢慢抬头看去，是家酒店。

"这！"她瞪大了眼。

"你想多了。"他给她看他书包里带的一堆书。"开学也别忘了继续学习，图书馆没位子了，我点了外卖，吃完就背书。"

"哦。"

"今年……我要留学了。"

"我知道。"她低下头。

身份证拿到前台审核，两人再坐电梯找房间。停在门口，枝道拿着房卡在门锁上感应，她刚一推开门，明白便将她按在墙上，手放到她下骸骨把她的脸抬高。

她吓一跳："明……"

"枝道。"他的声音有种雾气感，又哑哑的，"永远别骗我。"

"哪啊……"她心虚。

明白的食指掠过她的喉部，眼神慵懒，嵌进她的力度加重了。

他说我都看到了，帮你提行李的。

这气息，这温度。枝道尽量把注意力集中在茶几上，心里某个地方像有一把小锤子在敲，咚，咚，咚，颤得发慌。

"你好好给我解释一下。"他的声音温柔，又霸道。

慢慢地，枝道把头搁在他胸膛上，她声音低低地跟他解释来龙去脉。听完，明白无奈地揉玩她的头，说姐姐，你怕丢人，你不知道我有多怕你人丢了。


"外卖……"外卖小哥呆呆地打量着他们的姿势，收音。

外卖小哥飞奔："打扰了！"

还真点了外卖，两份黄焖鸡。外面还有些太阳，明白拉了窗帘，房间一下暗下来，他靠在沙发边，拿出一堆书放在茶几上。

枝道坐在不远处，听着他消息响了。

屏幕亮了下，枝道看到通知栏一排文字——许雪。一看就是女生。

"这谁啊？"她问。

明白漫不经心看了看："同班同学，之前一直没说过话。"

消息又跳了出来。

许雪：如果你没有。

许雪：现在你有了我。

枝道皱眉："你自己回她。"明白拿过手机，打字。

明白：我有女朋友。

许雪：那你值得有两个。

这什么人！枝道咬着勺子，一把夺过他的手机："让我回！"

明白："但是我已经有六个了，星期天要修养身体。"然后拉黑。

枝道鼓着脸颊，奶凶地用双手扯住他的脸蛋："男孩子要保护好自己，听到没！"

明白搂她入怀："嗯嗯，来者全拒。"

饭吃完了，两人开启一如既往的学习时光。枝道耐心听他传授如何高效背完一本书的方法。先通过书的目录去整理这本书，背目录，再组织成你理解的逻辑导图，最后耐心地背细节，他说。枝道试了试，的确理解性的记忆比死记硬背更通透得多。

背完一个小节后，她看到戴眼镜的明白正在电脑前撰写英语论文。他看起来很俊，时不时推一推下滑的鼻托支架，整个人散发一种幽深的性感，明明他现在这么正经。枝道像画画临摹般观察着他的脸，空气静极了。

"你眼睛掉我身上了吗？"他扯了扯她头发，"继续背。"

"你睫毛好长。"

"我不仅睫毛很长。"他淡淡地说。

"什么？"明白看了看她，再看了看床，目光意味深长。接着又轻轻笑起来，酒窝若隐若现。枝道没忍住地揉着他的脸，感觉他就像一个储物罐，她把所有的爱和希望都存在他这里。

"明白。"她唤道。

明白伸出手，让她别过来。

"嗯？"她愣了一下，双手无措。嫌弃她？

咳了一声，他在她耳侧轻声说："会忍不住……"

直到电脑上最后一个字敲下，某个男人利落地关掉电脑，扔掉眼镜，手掌附上她的后脑勺。

"姐姐，我饿。"他用诱捕猎物的虚弱声音说。

这天，对于两人，又是普通又幸福的一天。

偶尔，室友张娟会猜测她的对象是谁，但她没想到会是金融系俊到顶级的学长。毕竟她可以在这个偌大的学校里注意到他,却不一定能注意到枝道。也许是除外表外,枝道有令人刮目的特点。思想、成就、艺术,还是体育?张娟观察了她一个学期。最后放弃了,也许真存在没有世俗隔阂的爱情。

读大学那会儿,枝道最爱与明白搭黄昏时的公交车,或两人骑单车追星星,甚至去荒山野林挖土埋信。

"好幼稚。"张娟知道后,淡淡地嘲弄。

"只要是我们俩的事,再幼稚也好玩。"枝道反驳。

那些走不到一块儿的人永远无法明白,和对的人看狗打架也浪漫。认识七年以来,她觉得他们就像两条麻线,缠扭成了更坚固的麻绳。

明白赴外留学那晚,天色稍稍暗,机场外人山人海。

她沉默地在他肩侧,他也语不成句。

"三十岁,我想创业。"他拖着行李,慢慢看向天空,"有些人,不用构思商业计划书,也不会绘制各种业务增长图表,更没做过市场分析,学历也不出色,但他们仍然在商业上成功了。枝道,我也不知去国外是值还是不值。"

"必须值。国外理念不能说完全先进,但你能给你提供新的角度,怎么不是好事?"

他停下来,低头看她:"我去了那边,你不准跟别人跑了。"

"我还往哪跑啊。"她笑起来,又垂下了眼。

风微微吹着,枝道觉得眼睛有点涩,鼻子莫名酸酸的。她知道这天一定会来,两人的距离不再仅仅只是隔着一条海岸线。她不希望自己是他的晨雾,会慢慢稀薄、消散,不留痕迹。

枝道的头越垂越低,声音毫无底气:"明白,你不能看上比我优秀的。"

明白紧抱着她:"说什么呢。我只要我喜欢的,不要只是适合我的。"

"到了,去托运行李吧。"她推开他。

"我们不会改变的。"他坚定地看着她。

"我知道。"

见她陷入情绪之中,明白捏了捏她的手,先去办理托运手续。

枝道明白她现在不应该被负能量绑着,可她却怎么也提不起劲。候机的时候,她坐在他身旁,搂着他的手臂,一句话都讲不出。

"我都快走了,不和我多说点话吗?"明白说。

她沉默,耷着头,泪水转在眼眶中。

"对不起。"枝道哽咽着,"要是那两年我没荒废自己就好了,那样现在我就能和你一起出国。"

"没关系的,没关系。"他安抚地亲吻她的头发。

"你能不能别走。"她的双手捂着脸,"明白,你别离开我。"

他只能搂着她,长长的沉默。

直到明白检票完,要进通道了,他看到枝道静静地站在不远处,鼻子红红的,连一句道别的话也不曾说出口。

他紧紧攥着票,向前走去,步子越来越慢。妈的,他看她这样,也舍不得走了。已走了大半个通道,明白双肩突然一耷,停下步子。算了,他不去了。刚一转身——

"明白!"远远的她对他大喊,"我一定会跟上你!"

周围人都吓着了,窸窸窣窣的声音响起。

枝道抬高了下颌,对他流泪,对他笑。她不在意那些声音。她知道,就算全世界会笑话她,但只有他不会嘲笑她的认真,还会更认真地回应她。

"我相信你!我等你!"明白大喊。